5

LUZIFER
VERLAG

ALEX LUKEMAN

PROJECT

TESLAS GEHEIMNIS

LUZIFER VERLAG

Deutsche Erstausgabe
Titel der Originalausgabe: THE TESLA SECRET

www.luzifer.press

Umschlaggestaltung: Michael Schubert | Luzifer-Verlag
Übersetzung: Peter Mehler

ISBN: 978-3-95835-490-6

Dieses Buch wurde nach Dudenempfehlung (Stand 2020) lektoriert.

Bibliografische Information der Deutschen Nationalbibliothek:
Die Deutsche Nationalbibliothek verzeichnet diese Publikation in der Deutschen Nationalbibliografie; detaillierte bibliografische Daten sind im Internet über *http://dnb.d-nb.de* abrufbar.

TEIL 1

Kapitel 1

Es waren nicht die Geräusche, die er *hörte*, die ihn schließlich aufweckten.

Nick Carter lauschte. Keine Insekten. Keine Frösche. Kein Rascheln in den Bäumen, keine vertrauten Geräusche in der Nacht. Nach dem heißen Tag war es kühl in der Hütte. Der saubere Geruch von Zedern und feuchter Erde wehte durch das geöffnete Fenster herein.

Selena schlief neben ihm. Er berührte sie an der Schulter und weckte sie auf. Leise flüsterte er ihr ins Ohr: »Zieh' dich an. Irgendetwas stimmt hier nicht.«

Nick schlug die Bettdecke zurück. Seine Füße berührten den harten Holzboden, dann nahm er seine .45er vom Nachttisch.

Selena schlüpfte nackt aus dem Bett. Ihre Kleidungsstücke lagen auf einem Stuhl in der Nähe des vorderen Schlafzimmerfensters. Wranglers, ein grünes Tanktop, Unterwäsche. Sie hielt sich vom Fenster fern, ließ die Unterwäsche aus und streifte sich nur ihre Jeans und das Top über. Dann schlüpfte sie in ein paar Nikes und zog ihre Glock aus dem Holster.

Nick zog sich ebenfalls seine Hose an. Von draußen hörte er ein leises, metallenes Geräusch und dann das vertraute *Pling* eines entsicherten Bügels. Adrenalin flutete seinen Körper, eine Welle aus ungezügelter Energie.

»Selena, Granate!«, schrie er.

Schützend hielt er sich einen Unterarm vors Gesicht und stürmte dann direkt durch die Fliegengittertür, die auf die Veranda hinausführte, Selena dicht hinter ihm. Er sprang von der Veranda, stolperte, fiel und rollte sich wieder auf die Beine. Schmerzen schossen durch seinen Rücken. Die Explosion der Granate erschütterte die Hütte.

Bis zu den Zedern waren es etwa dreißig Meter offenes Gelände. Sie rannten über die Lichtung und erreichten den Schutz des kleinen Wäldchens. Nick sah zu der Hütte zurück. Grelle Flammen schlugen aus dem Schlafzimmer. Das Feuer kletterte bereits an der Außenwand zu dem grünen Metalldach hinauf.

Eine Brandgranate, dachte er. *Verdammt.* Mehrere Male atmete er tief durch und versuchte sich wieder zu beruhigen.

»Wie viele?«, wollte Selena wissen. Ihre Stimme klang leise, angespannt.

»Wahrscheinlich mehr als einer.« Er beobachtete, wie sich die Flammen weiter ausbreiteten. »Wir müssen sie ausschalten. Ich werde von rechts einen Bogen bis zur Vorderseite um sie machen. Du gehst nach links. Behalt' mich im Auge.«

Sie nickte.

Er berührte sie am Arm. »Und pass auf, dass du nicht verletzt wirst.«

Er verschwand. Selena sah ihm nach. Ihr Herz hämmerte von innen gegen ihre Brust. Sie begann zwischen den Bäumen hindurchzuhuschen, die Pistole in beiden Händen an ihrer Seite.

Die Flammen fraßen sich lodernd durch das trockene Holz der Hütte. Rote, orangefarbene und gelbe Funken stiegen in den Nachthimmel. Kleinere Explosionen waren aus dem Inneren der Hütte zu hören. Der Lärm übertönte Nicks Bewegungen durch das Unterholz. Er schob Äste beiseite, hob seine nackten Füße und setzte sie mit vorsichtiger Präzision wieder auf dem unebenen Grund ab. Er mied den Rand des Wäldchens und umkreiste die Flammen.

Schließlich hörte er sie, noch bevor er sie sah … zwei weiße Männer, komplett in Schwarz gekleidet. Sie trugen Uzis bei sich.

»Vielleicht haben sie es nach draußen geschafft«, sagte der erste von ihnen. Er war etwa eins-achtzig groß, schlank.

Ex-Militär, dachte Nick, *ausgehend davon, wie er die Waffe hält.* Der zweite Mann war kleiner, untersetzter.

»Da raus? Machst du Witze?«

Er deutete auf das Gebäude. Die Hütte war mittlerweile von Flammen eingeschlossen. Das Fachwerk wurde sichtbar, während das Inferno unaufhaltsam die Wände und die Einrichtung verzehrten.

Nick hob seine Pistole und lauschte.

»Er schrie etwas, bevor die Granate hochging«, sagte der größere Mann.

»Meinetwegen kann er den ganzen Weg bis in die Hölle schreien. Die sind Toast. Lass uns verschwinden.«

»Hey, sieh mal da drüben. Eine Katze.« Der große Mann deutete in eine Richtung.

Eine große, orangefarbene Katze saß am Rande der Lichtung und betrachtete neugierig die Feuersbrunst. Nick erkannte sie.

Burps.

Der Kater war immer hier, wenn sie die Hütte besuchten. Nick schuldete ihm was. Vor Jahren hatte er ihm das Leben gerettet.

»Jetzt pass auf«, sagte der Mann. »Katzenfutter.« Er hob seine Uzi.

Nick schoss dem Mann zwei Kugeln in den Rücken und er sackte zusammen. Die nächsten beide Schüsse trafen den untersetzten Mann in die Brust und warfen ihn rückwärts auf den Boden.

Burps rannte in den Wald hinein. *Damit sind wir quitt, Kumpel.* Nick wartete, beobachtete. Die beiden Körper bewegten sich nicht. Er spähte nach rechts und links, sah aber nichts weiter. Niemanden. Also betrat er die Lichtung.

Zwischen den Bäumen bellte Selenas Pistole, drei harte, flache Echos. Ein dritter Mann fiel auf die Lichtung hinaus, wie die anderen in Schwarz gekleidet. Selena trat zwischen den Bäumen hervor. Nick lief zu dem Mann und behielt gleichzeitig die Baumreihe im Auge. Die Waffe des Mannes, eine weitere Uzi, trat er aus dessen Reichweite. Blut quoll zwischen den Lippen des Mannes hervor.

Nick kniete sich neben ihn. »Wer hat dich geschickt?«

Der Kerl sah mit schmerzverzerrtem Gesicht auf. Hustete Blut. Er versuchte zu sprechen und hustete wieder. Ein plötzlicher Schwall roter Farbe ergoss sich auf die braune Erde. Dann hörte sein Brustkorb auf sich zu bewegen.

Selena trat hinzu und starrte auf den Mann hinunter, den sie soeben getötet hatte. *Nicht darüber nachdenken. Das kannst du später verarbeiten.* Sie wurde langsam gut darin, ihre Gedanken und Gefühle so lange zu verdrängen, bis der geeignete Zeitpunkt dafür gekommen war.

»Gottverdammt«, sagte sie.

Nick stand auf und deutete auf die Leichen. »Sie haben es nicht besser verdient. Der da drüben wollte Burps abschießen. Einfach nur so zum Spaß.«

»Du blutest ein wenig«, bemerkte sie. Seine Brust war mit Striemen von den Ästen und Kratzern von der Fliegengittertür überzogen, durch die er gestürmt war.

»Das ist nichts. Wir sollten besser Harker anrufen. Im Pick-up liegt ein Notfallhandy.«

Selena betrachtete Nick, während die wechselnden Farben der Flammen über ihn strichen. Seine grauen Augen waren so schwarz wie die Nacht. Seine Haut leuchtete im Feuerschein und seine alten Narben zeichneten sich als dunkle Schatten und Flecken darauf ab. Gemeinsam liefen sie zu dem Silverado. Er zog eine Sporttasche unter dem Sitz hervor und nahm ein Paar Turnschuhe und ein altes schwarzes T-Shirt heraus. Außerdem kramte er ein Handy aus der Tasche und steckte es sich in die Hose.

Die Hütte brannte lichterloh. Die Hitze war bis über die Lichtung hinweg zu spüren.

»Lass uns die Leichen absuchen.« Er lief zu dem ersten Mann, den er erschossen hatte, und begann dessen Taschen zu durchsuchen. Selena übernahm den Mann daneben.

»Nichts«, sagte sie.

»Hier auch nicht.« Er trat zu der dritten Leiche, und dort spürte er etwas Hartes unter der Kleidung. Er zog ein Handy hervor, eines der billigen Prepaid-Modelle, die man überall kaufen konnte. Er steckte es sich ebenfalls in die Tasche.

»Hier wird es bald vor Cops und Feuerwehrleuten wimmeln«, sagte er. »Wir müssen die Leichen verschwinden lassen. Hilf mir, sie zwischen die Bäume zu tragen.«

Sie zerrten die drei toten Männer tief in das Waldstück, dann kehrten sie zurück, sammelten die Waffen ein und brachten sie zu den Leichen.

Er reichte ihr das Handy aus der Sporttasche. »Ruf Harker an, während ich mir ein Paar Socken suche.«

Mit dem Telefon in der Hand sah sie ihm auf dem Weg zurück zu dem Pick-up nach. In diesem Moment explodierte der Propangastank in der Hütte. Sie wirbelte zu dem brennenden Haus herum, und erst da fiel ihr auf, dass sie noch immer ihre Glock in ihrer Hand hielt.

Wie bin ich nur hierher geraten?, fragte sie sich.

Kapitel 2

In Virginia war es kurz vor sechs Uhr morgens. Elizabeth Harker saß bereits seit einer Stunde hinter ihrem Schreibtisch. In ihrer Hand hielt sie eine Tasse warmen schwarzen Kaffees. Sie fühlte sich zuhause, wenn sie an diesem Schreibtisch saß.

Das *Project* war ihr Leben geworden.

Elizabeth Harker besaß große grüne Augen und eine milchigweiße Haut. Sie war eine kleine Frau. Ihre Größe und ihr Aussehen, mit ihren rabenschwarzen Haaren, ließ die Leute oft an tanzende Elfen und Feen aus einer Geschichte von Tolkien denken. Hin und wieder verwechselten sie dann auch Größe und Geschlecht mit Kompetenz und trauten ihr nur wenig zu. Ein Fehler, den niemand ein zweites Mal beging.

Ihr Satellitentelefon meldete einen Anruf.

Probleme, dachte sie sofort. *Es ist zu früh.* Sie nahm den Anruf entgegen.

»Jemand griff uns in Nicks Hütte an. Wir brauchen ein Säuberungskommando.«

»Leichen?«

»Drei. Die Hütte ist abgebrannt.«

»Geht es Ihnen gut?«

»Ja. Nick hat ein paar Kratzer abbekommen.«

»Kratzer?«

»Hier, er kann es Ihnen selbst erzählen.«

Elizabeth hörte Selena etwas rufen, und dann meldete sich Nick. »Direktor, wir brauchen ein Säuberungskommando.«

»Das sagte Selena bereits. Was ist passiert?« Sie ließ sich von Nick auf den neuesten Stand bringen.

»Warten Sie einen Moment«, unterbrach sie ihn dann. Sie wechselte zu dem Telefon auf ihrem Schreibtisch und sprach ein paar wenige Worte mit jemandem am anderen Ende. Dann legte sie es wieder beiseite.

»Ein Team ist unterwegs und wird in zwei Stunden da sein. Verstecken Sie die Leichen und Waffen, bevor jemand bei Ihnen eintrifft.«

»Schon geschehen.«

Nick sah zu, wie die Funken stoben – jeder einzelne ein Feuer, das nur darauf wartete, entzündet zu werden. Am Tag zuvor hatte es stark geregnet. Die Hütte stand auf einer großen Lichtung. Um das Flammenmeer herum befand sich genug offenes Gelände und es war windstill. Es stand nicht zu befürchten, dass das Feuer übergriff. In der Ferne hörte er die ersten Sirenen.

»Die Löschfahrzeuge und der Sheriff werden bald hier sein.«

»Was werden Sie denen erzählen?«, hallte Harkers Stimme über die Satellitenverbindung.

»Propangasleck. Das werden sie uns abkaufen, denn der Gastank ist mit der Hütte in die Luft geflogen.«

»Irgendeine Idee, wer diese Leute waren? Trugen Sie Ausweise bei sich?«

»Nein. Ein Handy, sonst nichts. Aber vielleicht findet sich darauf etwas.«

»Kommen Sie zurück, so schnell Sie können. Und lassen Sie sich nicht einbuchten.«

Elizabeth lehnte sich in ihrem Sessel zurück und dachte nach. Wenn jemand hinter Nick und Selena her war, hatten diese Leute es vielleicht auch auf die anderen im Team abgesehen. Sie rief Ronnie Peete an und erzählte ihm, was passiert war. Danach Lamont und Stephanie und erklärte ihnen, dass Ronnie sie abholen würde.

Project war der verborgene Arm des Präsidenten. Niemand durfte wissen, aus welchen Personen ihr Team bestand und wo sie wohnten. Die Allgemeinheit wusste nichts über das *Project*, aber die Allgemeinheit warf für gewöhnlich auch nicht mit Handgranaten um sich. In den letzten Monaten hatten zu viele Personen von ihrer Geheimorganisation erfahren. Sie bekam zunehmend das Gefühl, dass das Wort *geheim* für ihre Art der Arbeit nicht mehr galt.

Elizabeth nippte an ihrem Kaffee und betrachtete das Bild der Zwillingstürme, das auf ihrem Schreibtisch stand. Wann immer sie Zweifel daran hegte, warum sie das alles tat, musste sie nur dieses Bild ansehen.

Der Tag hatte schlecht begonnen. Sie fragte sich, welche Überraschungen er noch bereithalten würde.

Kapitel 3

Ronnie Peete und Lamont Cameron waren unterwegs, um Stephanie abzuholen. Gemeinsam fuhren sie in Ronnies schwarzem Hummer.

»Was meinst du?«, fragte Lamont und blickte in den Seitenspiegel. Ein schwarzer Crown Vic folgte ihnen mit etwa einer Querstraße Abstand.

»Er stand bereits vor dem Gebäude, als ich dich abholte. Könnten die Cops oder die Feds sein. Oder die Leute, die Nick angegriffen haben. Harker meinte, sie hätten Granaten benutzt.«

»Wäre nicht das erste Mal. Nick hat ein schlechtes Karma, was Granaten angeht.«

»Karma? Kommst du mir jetzt mit diesem New-Age-Quatsch?«

»Yap.« Lamont holte seine Pistole hervor und zog den Schlitten ein Stück zurück, um zu überprüfen, ob sie geladen war. »Nick wird wegen der Hütte ziemlich angepisst sein.«

Ronnie spähte in den Rückspiegel. Der Wagen folgte ihnen noch immer. Auf der Kreuzung vor ihnen tauchte ein weiterer schwarzer Ford auf und kam direkt auf sie zu. Der Wagen beschleunigte, um die Lücke zwischen ihnen zu schließen.

»Jetzt geht's los«, murmelte Ronnie.

»Glaubst du, das sind Feds?«

Jemand lehnte sich aus dem entgegenkommenden Fahrzeug und begann mit einer Maschinenpistole auf sie zu feuern. Der Hummer war mit kugelsicherem Glas ausgestattet. Sternenförmige Risse bildeten sich an den Stellen auf der Windschutzscheibe, wo die Kugel einschlugen.

»Nope, keine Feds.«

Ronnie trat hart auf die Bremse und riss das Lenkrad nach links. Quietschend drehte sich der Hummer um einhundertachtzig Grad, krachte gegen das entgegenkommende Auto und warf es auf die Seite.

Ronnie nahm den Fuß von der Bremse, stieg stattdessen auf das Gaspedal und hielt direkt auf das zweite Fahrzeug zu. Lamont konnte deutlich die Panik im Gesicht des Fahrers sehen, als der Hummer auf ihn zuraste, und versuchte ihm auszuweichen.

Ronnies Hummer war mit einer zusätzlichen Panzerung, einem verstärkten Chassis, einem Turbolader und ein paar zusätzlichen Pferdestärken modifiziert worden. Er rammte den Ford wie ein zweieinhalb Tonnen schwerer Vorschlaghammer und beförderte ihn über den Bürgersteig. Ronnie gab weiter Gas und schob den Ford durch das riesige Schaufenster eines Ladengeschäfts. Das Fenster zersplitterte in einer Explosion aus Glasscherben. Elegant gekleidete Schaufensterpuppen fielen auf den Gehweg hinaus.

Ein Mann kletterte aus dem Wagen. Ronnie sprang aus dem Hummer und erschoss ihn mit drei schnellen Schüssen. Ein paar Meter die Straße hinunter begann eine Frau zu schreien.

Lamont stieg ebenfalls aus und duckte sich rechtzeitig hinter den Hummer, bevor ein großer Mann aus dem anderen Wagen auf die Straße stieg und seine Uzi abfeuerte. Die Neunmillimetergeschosse prallten scheppernd von den Stahlplatten des Hummers ab. Lamonts erster und zweiter Schuss gingen fehl. Der dritte und vierte jedoch nicht. Der Mann fiel nach hinten und war nicht mehr zu sehen.

Ronnie schoss ebenfalls. Der Fahrer sank über dem Lenkrad zusammen.

So schnell der Schusswechsel begonnen hatte, war er auch wieder vorüber. Die Echos der Schüsse verhallten. Der Verkehr auf der Kreuzung war zum Erliegen gekommen. Die Straßenecke schien wie ausgestorben. Da sah Lamont, wie sich in einem der Apartmentfenster ein Vorhang bewegte. Mit der Pistole in beiden Händen wirbelte er zu dem Fenster herum, erblickte aber dort nur eine verängstigte Frau, die schnell wieder in der Wohnung verschwand.

Rauch stieg unter der verbeulten Motorhaube des Wagens auf, der halb in dem Schaufenster des Ladens stand. Der Fahrer war tot, sein Kopf in einem unnatürlichen Winkel verdreht. Aus dem Hals des Beifahrers ragte eine dicke Glasscherbe des Schaufensters. Seine toten Hände umklammerten noch eine Uzi. Der vordere Innenraum war mit rotem Blut bedeckt. Der Mann, den Ronnie erschossen hatte, lag ausgestreckt neben der Wagentür auf dem Gehsteig.

»Lass uns nach dem anderen sehen«, sagte Lamont.

Sie liefen über die Straße. In dem zweiten Fahrzeug regte sich nichts. Ronnie aber bemerkte das Benzin unter dem Wagen. Mit ausgestrecktem Arm hielt er Lamont zurück. Der Benzintank explodierte und riss den Ford auseinander.

Sirenen näherten sich, sehr viele Sirenen. Die beiden hasteten zu ihrem Hummer zurück. Die rechte Seite war vollkommen demoliert. Der hintere Kotflügel war eingedellt und verbeult, der glänzende schwarze Lack zerkratzt, und der vordere Kotflügel so verbogen, dass er gegen den Reifen rieb. Die gesamte Karosse und die Fenster waren mit Einschusslöchern übersät.

»Hast deinen Wagen geschrottet«, stellte Lamont fest.

Ronnie betrachtete sein Auto und schüttelte den Kopf. »Wir werden Hilfe mit den Cops brauchen. Ich sag Bescheid.«

Kapitel 4

Das gesamte Team traf sich in Harkers Büro. Nick und Selena waren vor einer Stunde aus Kalifornien eingetroffen.

Stephanie Willits saß auf der Couch. Sie war die Computerspezialistin bei *Project*, eine geniale Hackerin und für alles zuständig, was mit Computern zu tun hatte. Stephanie besaß dunkle Augen und Haare und ein hübsches, freundliches Gesicht. Die meiste Zeit trug sie ein sympathisches Lächeln zur Schau. In diesem Moment aber war ihr das Lächeln vergangen.

Neben ihr saß Ronnie. Seine Navajo-Abstammung stand ihm ins Gesicht geschrieben. Er besaß kantige Gesichtszüge und dunkle Augen. Seine Nase war groß und von nobler römischer Anmutung. Seine Haut war hellbraun, mit einem leichten Rotton, der in den Sommermonaten etwas ausgeprägter erschien. Er trug eines seiner Lieblingshemden, ein knallbuntes Panorama aus Cadillacs voller fröhlicher Surfer, die an einem hawaiianischen Strand entlangfuhren.

Neben dem Bild der Twin Towers auf Harkers Schreibtisch lag ein silberner Kugelschreiber, der früher einmal Franklin Delano Roosevelt gehört hatte. Sie nahm in auf und drehte ihn zwischen den Fingern.

»Es besteht kein Zweifel, dass es sich hier um einen geplanten Überfall handelte«, sagte sie. »An den Personen, die euch attackiert haben, konnten keinerlei Ausweise oder ähnliches gefunden werden, weder in Kalifornien noch hier. Aber wir konnten die meisten von ihnen identifizieren.«

»Wie?«, fragte Selena.

Sie sah etwas frischer aus als Nick, aber nur ein wenig. Ihr Gesicht zeigte Spuren von Ermüdung und ihre veilchenblauen Augen waren mit roten Äderchen durchzogen. Ihre rotblonden Haare hatte sie zu einem kurzen Pferdeschwanz zurückgebunden, der von einem Gummiband gehalten wurde. Sie ließ die Haare einfach wachsen.

Kein Vergleich mehr zu dem Tag, als sie das erste Mal hier hereinspazierte, dachte Harker. Sie hatte sich verändert. Der Look des reichen, verwöhnten Mädchens war verschwunden.

»Die drei Männer in Kalifornien waren Ex-Militärs. Ihre Fingerabdrücke tauchten in den Datenbanken auf. Von dem, der verbrannte, konnten wir keine mehr sicherstellen, aber die anderen arbeiteten früher für Langley.«

»Also Söldner und Ex-Agenten«, sagte Nick.

»Genau.«

»Das gefällt mir nicht. Wo hatten wir das schon mal? Spione und Söldner?«

»In Texas«, sagte Ronnie. Er spürte immer noch die Nachwirkungen der Verletzung, die er sich dort zugezogen hatte. »Glauben Sie, dass es die gleichen Leute sind, Direktorin?«

»Ja. Auf dem Telefon, das Nick fand, war ein eingegangener Anruf. Er ließ sich zu einer Firma namens Endgame Development zurückverfolgen. Die Firma entwickelt interaktive, gewalttätige Videospiele. Sachen wie *Freitag der 13.*, aber in 3D und High Definition. Endgame ist eine Unterfirma eines Tochterunternehmens des Unterhaltungskonzerns, der Malcolm Foxworth gehört.«

»Foxworth steckt hinter AEON.«

»Deshalb glaube ich, dass es die gleichen Leute sind.«

»Was sollen wir tun?«, fragte Nick.

»Endgame hat seine Büros in Brighton Beach in Brooklyn. Ich möchte, dass Sie und Lamont sich dort umschauen und sehen, was Sie herausfinden können.« Elizabeth spielte weiter mit ihrem Kugelschreiber. »Es könnte sich um einen Präventivschlag gehandelt haben, um uns aus irgendeinem Grund aus dem Weg zu räumen. Man hatte es ganz sicher deshalb auf Sie abgesehen, weil Sie die vier Kernpersonen unseres Einsatzteams bilden. Stephanie und ich standen wahrscheinlich als nächste auf ihrer Liste, nachdem sie sich um den schusskräftigen Teil unserer Organisation gekümmert hätten.«

»Ein großer Fehler.« Lamont lächelte. »Die kannten Sie beide wohl nicht sehr gut.«

Lamont war aus den Navy Seals ausgeschieden und danach direkt zu *Project* gewechselt. Die lange Narbe eines Granatsplitters zog sich von seiner Stirn über Nase und Wange. Sie bildete eine dünne, rosafarbene Furche auf seiner kaffeebraunen Haut. Er hatte hellblaue Augen, ein Geschenk seines äthiopischen Großvaters.

»Was könnten sie vorhaben?«, fragte Selena.

Harker tippte mit ihrem Kugelschreiber auf den Tisch. »Wenn die Vergangenheit ein Indikator ist, dann werden wir das sehr bald herausfinden.«

Kapitel 5

Der Mann, der die Geschicke von AEON leitete, sah aus Fenstern seines Penthouse auf die Londoner Innenstadt hinaus. Von hier aus konnte er beinahe die gesamte Stadt überblicken – ein guter Ort, um über seine Macht nachzudenken.

Malcolm Foxworth war ein kleiner Mann mit einer ungeheuren Ausstrahlung. Sein Haar war schwarz, mit silbernen Strähnen durchsetzt und gut frisiert. Seine Ohren schienen ein wenig zu groß für seinen Kopf zu sein. Seine Augenbrauen bildeten dünne, schwarze Striche über schmalen Augen so blau wie Eisgletscher. Foxworths Gesicht war unauffällig, beinahe gewöhnlich. Wenn er wütend wurde, lief er rot an. Wenn er jedoch sehr wütend wurde, wurde sein Gesicht so weiß wie Kreide.

Foxworth hatte seine Karriere mit einer kleinen Zeitung begonnen, die er von seinem Vater geerbt hatte. Über die Jahre hatte er daraus ein weltweites Medienimperium geschaffen, indem er unzufriedenen Menschen genau das erzählte, was sie hören wollten. Er kontrollierte Radiostationen, Zeitungen, Magazine und Fernsehsender, die alle eine Sache gemein hatten: Sie dienten dazu, jene unheilvolle Wolke der Zwietracht zu nähren und auf der ganzen Welt Angst zu schüren.

Angst war Foxworths Mittel zum Zweck. Angst siegte fast immer über Vernunft. Ängstliche Menschen wurden wütend und ließen sich so leichter manipulieren. Die großen Politiker hatten die Ängste der Menschen immer wieder dafür genutzt, ihre Ziele zu erreichen. Dann gratulierten sie sich selbst zu ihren Erfolgen und hielten sich für die Herrscher der Welt. Aber nur sehr wenige wussten, wer tatsächlich die Fäden in der Hand hielt und die Welt an ihnen zappeln ließ.

Foxworth wusste es, denn er war einer von ihnen. Die Verschwörungstheoretiker hatten tatsächlich recht in ihrer Annahme, dass es eine verborgene Geheimgesellschaft gab, welche die Weltherrschaft anstrebte – sie lagen nur mit allem anderen falsch.

Über die Jahrhunderte hinweg hatte AEON viele Namen getragen. Die Illuminaten. Die geheimen Freimaurer. Die neue Weltordnung. Die trilaterale Kommission. Die Bilderberger. Das alles waren nützliche Ablenkungsmanöver gewesen, Futter für die menschliche Paranoia. Taschenspielertricks. Niemandem war es je gelungen, die wirkliche Verschwörung aufzudecken.

Doch in den letzten Jahren war ihm zunehmend jemand in die Quere gekommen.

Irgendwer hatte Harkers Laufburschen auf die Fährte der Demeter-Operation gebracht. Das war, als hätte man Sand ins Getriebe einer komplexen Maschine geworfen. Jahre der Vorbereitung waren auf diese Art binnen weniger Stunden von einem von einer Frau angeführten Team aus ignoranten, abgehalfterten Soldaten ruiniert worden. Und das war nicht das erste Mal gewesen, dass sie eine AEON-Operation zum Scheitern gebracht hatte. Wann immer er an

Harker dachte, spürte Foxworth das Verlangen, sie an der Gurgel zu packen und ihr das Genick zu brechen.

Harker bezog ihre Macht aus ihrer Nähe zum Präsidenten. Präsident Rice spielte nicht nach den Regeln. Er ließ sich nicht bestechen oder dazu überreden, zu verstehen, welche Dinge wirklich eine Rolle spielten. Er war schwach, lehnte Kriegseinsätze kategorisch ab. Ohne ihn würde Harker bedeutungslos werden.

Rices Gegner in den anstehenden Präsidentschaftswahlen war eine Marionette der AEON-Gruppe. Wahlen aber waren unvorhersehbar, egal was die Umfragen im Vorfeld sagen mochten. Foxworth hatte nicht die Absicht, bis November zu warten und zu hoffen, dass sein Mann als Sieger hervorgehen würde.

Er würde zuerst Rice umbringen lassen und dann Harker töten.

Er blickte auf die sich ständig verändernde Skyline Londons hinaus. Ein leichter Regen klopfte gegen das Glas. Jenseits der Themse zeichnete sich das gigantische Riesenrad, das die Londoner auch das *Auge* nannten, vor dem grauen Himmel ab.

Ein plötzlicher, schmerzhafter Stich durchfuhr ihn. Er presste seine Hand gegen das dicke Fensterglas, um sich abzustützen. Alles verschwamm vor seinen Augen. Dann verlor sich der Nebel wieder und der Schmerz in seinem Schädel ebbte ab. Unsicher wankte er zu seinem Schreibtisch und setzte sich.

Auf der anderen Seite des Raums öffnete sich eine Tür. Eine große, elegant gekleidete Frau mit blasser Haut und langen schwarzen Haaren kam herein. Sie bewegte sich mit einer unbekümmerten Leichtigkeit und voller sexueller Verheißung. Ihr cremefarbenes Kostüm hob sich leuchtend von ihren dunklen Haaren ab, ihre rote Bluse zeigte gerade genug Dekolletee, um das Auge abzulenken, und in ihrem Blick funkelten unausgesprochene Gedanken.

Mandy Atherton war als Modell auf dem Höhepunkt ihrer Karriere angekommen, als sie vor zwei Jahren auf Foxworth traf. Im mörderischen Geschäft der Modedesigner und schönen Frauen gab es immer jemanden, der an ihrem Stuhl sägte. Mandy war nicht dumm. Sie wusste nur zu gut, worin ihre Zukunft lag, und das war nicht die Modeindustrie, sondern das Bett eines reichen Mannes.

In der letzten Zeit war es Foxworth zwar zunehmend schwergefallen, darin seinen Mann zu stehen, aber das war für Mandy kein Problem. Sie kannte andere Wege, um ihre Bedürfnisse zu stillen. Sie war mindestens so einfallsreich und intelligent wie schön. Tagsüber trat sie als Foxworths Assistentin auf.

»Malcolm, Doktor Morel ist hier.«

»Das wurde auch Zeit. Schick ihn herein.«

Doktor Morel trug einen Kinn- und Schnurrbart und einen dreiteiligen dunklen Anzug, der eine Menge Geld gekostet haben musste. Er war fünfzig Jahre alt, wurde langsam kahl und bekam eine Wampe. Er sah aus wie ein Schauspieler, der Sigmund Freud verkörperte. Handgefertigte Schuhe ließen ihn noch etwas größer wirken, und ein Hauch von Parfüm war ein Indiz für seine Eitelkeit.

In seiner rechten Hand trug er einen glatten schwarzen Lederkoffer voller ausgewählter medizinischer Präparate bei sich.

Morel war kaum einen Meter siebzig groß, und das war einer der Gründe, warum Foxworth ihn gern um sich hatte. Zusätzlich zu seiner geringen Körpergröße war Morel verschwiegen. Er war ein Mann, der genau wusste, wie man seinen Kunden das Gefühl gab, umsorgt und respektiert zu werden. Noch viel wichtiger aber war, dass er wusste, wie man ihnen half, sich besser zu fühlen.

»Gottverdammt, Morel, wieso hat das so lange gedauert? Ich kann nicht denken mit diesen Kopfschmerzen.«

»Tut mir leid, Malcolm, auf der M1 war eine Baustelle. Ich bin so schnell gekommen, wie ich konnte. Bitte, nehmen Sie Platz.«

Foxworth bestand darauf, dass ihn enge Mitarbeiter mit dem Vornamen ansprachen. Die einfachen Arbeiterbienen nannten ihn *Sir*.

Foxworth setzte sich an den Schreibtisch. Morel legte seinen Koffer auf dem Tisch ab, öffnete ihn und zog einen Stuhl heran. Dann nahm er ein Instrument heraus und leuchtete damit in Foxworths Augen.

»Sehen Sie nach oben. Jetzt nach rechts. Und jetzt nach links.« Er legte das Instrument wieder beiseite und nahm stattdessen eine Ampulle mit einer klaren Flüssigkeit darin und eine Spritze heraus.

»Noch irgendwelche anderen Symptome, Malcolm? Verschwommenes Sehen? Hörverlust? Gleichgewichtsprobleme?«

»Dafür habe ich jetzt keine Zeit. Gib mir einfach etwas gegen die Kopfschmerzen. In zwanzig Minuten habe ich ein wichtiges Treffen.«

»Natürlich.« Morel zog die Spritze auf und ließ ein paar Tropfen herausquellen.

»Die Hose, bitte.«

Foxworth stand auf. Morel bemerkte, dass er dabei ein wenig schwankte, behielt es jedoch für sich. Foxworth entblößte seinen Hintern und Morel verabreichte ihm die Injektion.

»In ein oder zwei Minuten sollten Sie sich bereits besser fühlen«, sagte er. »Sind Sie immer noch nicht bereit für ein paar Tests? Nur über Nacht.«

»Ich will keine Tests.« Foxworth spürte bereits, wie das Mittel zu wirken begann. Der Schmerz verflog. Er atmete tief durch. »Ich brauche keine Tests. Diese Kopfschmerzen kommen vom Stress.«

»Malcolm …«

»Ich sagte, ich will keine verdammten Tests, Morel.«

Foxworths Stimme war eisig geworden. Etwas Uraltes und sehr Gefährliches schien in ihr zu liegen. Morel wich unwillkürlich einen Schritt zurück, als ob er gerade etwas unaussprechlich Böses gesehen hätte. *Lächerlich*, schalt er sich. *Das hast du dir nur eingebildet.*

Foxworth beruhigte sich wieder. »Erwähnen Sie es einfach nicht wieder. Solange ich Sie erreichen kann, brauche ich nichts anderes.«

»Für Sie bin ich immer erreichbar.« Morel klappte seinen Koffer zu.

Das Geld, das er für diese Besuche verdiente, garantierte dafür. Wenn sein Patient keine Untersuchungen wollte … nun, dann war das seine Entscheidung. Morel hatte getan, was er konnte. Er würde das Thema nicht wieder zur Sprache bringen, nicht nach Foxworths Ausbruch soeben. Für einen Moment hatte er sich tatsächlich bedroht gefühlt.

Kapitel 6

Die Sicherheitsvorkehrungen in Selenas Appartement waren mit denen in Langley oder bei der NSA vergleichbar. Und sie benötigte sie. An den Wänden hingen genug rare Kunstwerke, um ein privates Museum damit zu eröffnen. Sie hatte von ihrem Onkel ein Vermögen geerbt. Seine Ermordung hatte sie zu *Project* geführt.

Nie hätte sie sich träumen lassen, einmal für Harker zu arbeiten.

Eines der Dinge, die Nick an ihr mochte, war, wie wenig überheblich sie sich verhielt. Selena protzte nicht mit ihrem Geld herum und ihr haftete auch keine falsch empfundene Überlegenheit wegen ihres Wohlstandes an.

Er saß am Küchentresen und sah ihr beim Kochen zu. Sie bewegte sich mit der Geschmeidigkeit, die von zwanzig Jahren Martial-Arts-Training perfektioniert worden war. Ihr rotblondes Haar verriet ihre keltische Herkunft. Ihre Augen waren manchmal blau, manchmal von einem tiefdunklen Violett. Und sie besaß ein interessantes Gesicht. Einer ihrer Wangenknochen stand ein wenig höher als der andere. Gutaussehend war der Begriff, der den meisten Leuten in den Sinn kam, wenn sie sie sahen. Auf ihrer Oberlippe befand sich ein kleines dunkles Muttermal, ein Schönheitsfleck.

Selena verfügte über viele Fertigkeiten, aber kochen gehörte nicht dazu. Gerade versuchte sie sich an einem

Rezept für Bœuf Stroganoff. Auf dem Herd köchelte ein Topf mit Nudeln.

»Brauchst du Hilfe?«

Nick versuchte, sich seine Nervosität nicht anmerken zu lassen. Selenas letzte beiden Versuche, ein Abendessen zuzubereiten, waren nicht gut ausgegangen. Meistens gingen sie zum Essen aus oder Nick bereitete etwas zu.

»Nein, alles bestens. Wie ist dein Drink?«

»Gut.« Er nahm einen Schluck von seinem Whiskey. Schaum quoll aus dem Topf, als die Nudeln überkochten, und ergoss sich über den Herd.

»Verdammt!« Sie drehte die Herdplatte ab.

»Halb so wild.«

Sie nahm die Nudeln vom Herd und kippte sie in ein Sieb im Waschbecken. Die Hälfte der Nudeln blieb im Sieb kleben. Sie kratzte sie heraus, gab das Fleisch dazu und brachte alles zu dem Tresen in der Mitte der Küche. Dieser war bereits mit Tellern, Servietten und Besteck gedeckt. Außerdem hatte sie eine Rose in einer Vase dazugestellt, Wasser in Kristallgläsern und eine große Schüssel mit griechischem Salat.

Nick beäugte das Stroganoff. »Was sind diese schwarzen Dinger?«

»Oliven. Ich hatte keine Essiggurken.«

Er nahm einen Bissen. Das Fleisch war wie Leder. Seine Augen tränten. »Etwas scharf.« Beide griffen nach dem Wasser. »Wie viel Pfeffer hast du denn genommen?«

»Einen Teelöffel voll. Du magst es ja gern scharf, also gab ich noch etwas mehr dazu.«

»Ein Teelöffel.« *Ausgeschlossen*, dachte er. »Nicht übel«, log er und nahm einen weiteren Schluck Wasser.

»Es schmeckt furchtbar. Verdammt.« Sie schob ihren Teller von sich.

»Spitzenkoch wird man nicht über Nacht. Der Wein ist gut.« Er beugte sich zu ihr und küsste sie. »Und du schmeckst auch gut. Nach gepfeffertem Wein.«

»Du schmeckst nach Whiskey und ranziger saurer Sahne.«

»Essen wir eben nur den Salat.«

Nachdem sie damit fertig waren, setzten sie sich auf die lange Couch, von der aus man die Lichter der Stadt überblicken konnte. In der Ferne sah man die weiß leuchtende Kuppel des Kapitols.

»Ich wünschte, es könnte immer so sein«, sagte sie.

»Na ja, zumindest jetzt ist es so.«

»Aber für wie lange? Irgendetwas wird passieren. Tut es immer. Wir wissen noch nicht, wer es auf uns abgesehen hatte.«

»Nein, aber wir werden es herausfinden.«

»Glaubst du, sie versuchen es wieder?«

»Ja.«

»Wie können wir sie aufhalten?«

»Sie werden einen Fehler begehen. Früher oder später macht jeder Fehler. Alles, was wir brauchen, ist eine Spur. Dieser werden wir folgen, mehr herausfinden, und immer so weiter. Die Spur wird uns irgendwohin führen. Und dann werden wir die Bedrohung eliminieren.«

»Wir wissen aber nicht, was für eine Bedrohung das sein könnte.«

Er nahm seinen Drink zur Hand und starrte in den bernsteinfarben schimmernden Whiskey. Dann stellte er ihn wieder ab.

»Wir finden es heraus«, sagte er noch einmal. Dann wechselte er das Thema. »Vermisst du deinen alten Job?«

Selena besaß eine einzigartige Begabung für alte und unbekannte Sprachen. Auf diesem Gebiet hatte sie sich einen weltweiten Ruf erarbeitet.

»Manchmal. Meistens nicht. Nach dem vergangenen Jahr könnte ich nie wieder in mein altes Leben zurückkehren. Nicht einmal bei all den Nachteilen, die es mit sich bringt, für Elizabeth zu arbeiten.« Sie starrte in ihr Weinglas. »Denkst du manchmal darüber nach, auszusteigen? Etwas anderes zu tun?«

»Ja, manchmal. Aber es dürfte schwer werden, ein normales Leben zu führen. Was immer das sein mag.«

»Manche Dinge ändern sich nicht, ob nun in einem normalen Leben oder nicht.«

»Was meinst du damit?«

Sie stellte ihr Glas ab und küsste ihn. Ein langer Kuss.

Sie lösten sich voneinander. »Nicht das Thema wechseln«, sagte er.

Sie blickte ihm in die Augen. Graue Augen, mit goldenen Tupfen.

Gemeinsam liefen sie ins Schlafzimmer und zogen sich aus. Sie presste sich an ihn und legte ihre Arme um ihn. Dann strich sie mit ihren Händen über seinen Körper, ertastete seine Topografie, die seine Geschichte erzählte. Seine rechte Körperhälfte war von den Waden bis zur

Schulter mit Narben überzogen, die Folgen einer Granate in Afghanistan. Ihre Berührung war vertraut. Sie sog seinen Duft ein, versuchte ihn zu inhalieren. Sie warf ihn aufs Bett und setzte sich auf ihn.

»Sag mir, dass du mich liebst«, forderte sie ihn auf. »Sag es mir.«

»Du weißt, dass ich das tue.«

»Sag es mir.«

»Ja. Ja, ich liebe dich.«

Sie war bereit für ihn. Sie führte ihn, und dann begannen sie, sich im Gleichklang zu bewegen. Danach lagen sie sich lange Zeit in den Armen.

Nick schlief ein. Und träumte den Traum.

Sie kommen sehr schnell über den Berghang, das Wummern der Rotoren gleicht dem Herzschlag des Krieges.

Das Dorf liegt in einem sandigen Tal, umgeben von schroffen Berghängen unter einer erbarmungslosen Sonne.

Er springt als Erster aus dem Helikopter, seine Marines dicht hinter ihm. Sie hasten die Straße entlang. Rechts von ihnen niedrige Häuser mit flachen Dächern, auf der linken Seite weitere Häuser und der Markt. Die windschiefen Marktbuden sind aus alten Kisten zusammengeflickt, von herabhängenden Stoffbahnen getrennt. Fliegen belagern den Stall des Metzgers.

Irgendwo schreit ein Baby. Die Straße ist leer. Wo sind alle geblieben?

Plötzlich tauchen bärtige Männer auf den Dächern auf wie Zähne eines Drachen und eröffnen das Feuer. Die

Marktstände verwandeln sich in einen Wirbelsturm aus Holzsplittern. Putz und Gesteinsbrocken explodieren aus den Häuserwänden.

Er kauert sich in einen schmalen Hauseingang. Aus einem der Häuser rennt ein Kind mit einer Granate in der Hand auf ihn zu und schreit irgendetwas über Allah. Nick zögert, eine Sekunde zu lange. Der Junge wirft sie nach ihm, und Nick erschießt ihn. Der Kopf des Jungen verschwindet in einer Wolke aus Blut und Knochen. Wie in Zeitlupe fliegt die Granate durch die Luft … dann wird alles weiß …

Nick schrie und schrak schweißgebadet auf.

»Ist okay, Nick. Es war nur ein Traum.« Selena wartete damit, ihn zu berühren, bevor sie sich sicher war, dass er nicht mehr schlief.

Er rieb sich sein Gesicht. »Versuch weiterzuschlafen«, sagte sie.

»Das ist zwecklos.«

Er stand auf und wartete auf den Morgen.

Kapitel 7

Endgame Development waren in einem Gebäude aus Beton und Ziegeln gegenüber der Brighton Beach Avenue untergebracht.

Die gesamte Gegend war ein städteplanerischer Albtraum. Apartmentgebäude und Reihenhäuser drängten sich dicht an Ladengeschäfte und Dienstleister. Die meisten der Beschilderungen waren auf Russisch oder Ukrainisch gehalten. Brighton Beach war daher auch als *Little Odessa* bekannt. Hier befand sich die Operationsbasis für die russische und ukrainische Mafia in den Vereinigten Staaten.

Der Augusttag war heiß und schwül. Nick und Lamont saßen vor einem schmuddeligen Straßencafé eine Querstraße von dem Gebäude entfernt, aßen russische Pasteten und tranken schwarzen Kaffee. Ihre Sportjacken verbargen ihre Waffen. Nick hatte eine .45er Sig-Sauer P229 mitgebracht, die speziell dafür konzipiert worden war, unauffällig getragen zu werden. Er dachte darüber nach, dauerhaft von seiner Heckler&Koch zu wechseln. Die Sig war kleiner, weniger auffällig und passte ganz wunderbar in das Holster an seiner Seite.

Niemand würde ernsthaft annehmen, dass sie in diese Gegend gehörten. Wahrscheinlich hielt man sie für Cops. Das gefiel Nick nicht sonderlich, aber dagegen ließ sich wenig unternehmen.

Das Endgame-Gebäude selbst war mehr als unscheinbar. Eine lange, mattgelbe Mauer voller Graffitis. Eine große, geschlossene Metalltür, die in die Garage führte, auf der einen Seite.

Im zweiten Stock führte eine Tür auf einen eisernen Laufsteg hinaus, der an der Vorderseite entlangführte. Das Gebäude war vier Stockwerke hoch. Im hinteren Drittel des Laufstegs führten mehrere Treppen und Plattformen zu den Notausgängen im vierten und fünften Stockwerk hinauf. Aus der zweiten Etage blickten ein paar kleine schmutzige und geschlossene Fenster auf die Straße hinaus. Am anderen Ende befand sich eine weitere Garage.

»Für eine Hightechfirma ziemlich unspektakulär«, sagte Lamont.

»Und nicht besonders einladend. Als hätte sich der Architekt von der Berliner Mauer inspirieren lassen.«

»Ein paar von den Typen hier haben in den guten alten Tagen sicher noch mitgeholfen, die Mauer zu bauen.«

»Ich sehe keine Kameras.« Nick nippte an seinem Kaffee. Der Kaffee war alt, die Pasteten hingegen frisch. »Keine sichtbare Straßenüberwachung.«

»In einer Gegend wie dieser hat das sicher was zu bedeuten.«

»Könnte vielleicht eine Übereinkunft mit einem der örtlichen Mafiabosse sein. Das würde es ihnen deutlich leichter machen.«

»Lass uns 'ne Runde Spazierengehen.« Lamont warf ein paar Geldscheine auf den Tisch und stand auf. Im Inneren des Cafés sah ihnen ein rattengesichtiger Mann nach und wählte dann eine Telefonnummer.

In einer Gegend wie dieser stach Lamont mit seiner Hautfarbe wie ein bunter Hund heraus. Passanten warfen ihnen finstere Blicke zu. Ein kleines Schild am Eingang des Gebäudes wies in Englisch und Kyrillisch darauf hin, dass Endgame Development im zweiten Stockwerk zu finden sein würden. Eine kurze Treppe führte zu einer Doppelglastür. Durch das Glas waren weitere Treppen und ein Lastenaufzug zu sehen.

»Wie wäre es mit dem direkten Weg?«, schlug Nick vor. »Ich will schon die ganze Zeit meine Spieleidee entwickeln lassen.«

»Nach Ihnen.« Gemeinsam betraten sie das Gebäude.

Der Eingangsbereich war düster und stank nach Urin, abgestandenem Bier und Zigaretten. Die Treppenstufen waren steil, nachgedunkelt und fleckig.

»Schick«, sagte Lamont. »Auf ihrer Website sah es hier aber aus wie im Hilton.«

»Ja, Meister der Illusionen. So heißt auch eines ihrer Games.«

Sie stiegen die Treppenstufen hinauf. In der zweiten Etage führte ein langer Korridor, bedeckt mit rissigem Linoleum, durch das gesamte Gebäude. Nick zählte vier Metalltüren, alle in einem stumpfen Braunton gestrichen. Ein Schild an der zweiten Tür lautete: Endgame Development, LLC.

Nick betätigte die Türklinke. Verschlossen.

Etwas weiter den Gang hinunter öffnete sich eine Tür. Ein großer, muskulöser Mann mit Bürstenhaarschnitt kam auf sie zu. Er trug ein schwarzes T-Shirt, ein schwarzes

Sakko, schwarze Hosen und schwarze Schuhe. Er bewegte sich wie ein Boxer. Sein Gesicht war finster und er lächelte nicht. Er sah aus wie jemand, der ohne Probleme bei diesen ultrabrutalen Ringkämpfen hätte mithalten können.

Dann müssen also doch irgendwo Kameras sein, dachte Nick. *Ziemlich gut. Ich habe keine gesehen.*

»Kann ich Ihnen helfen?« Sein Akzent war russisch oder ukrainisch.

»Ja, sehr gern. Wir suchen Endgame Development. Ich hätte da vielleicht ein Projekt für sie.«

Nick griff in seine Jackentasche und achtete auf die Reaktion des Mannes. Er gab sich alle Mühe, es zu verbergen, aber Nick sah, wie er innerlich zusammenzuckte. Unter seiner Jacke trug er eine Waffe. Nick zog eine Visitenkarte hervor und reichte sie dem Mann. Die Karte wies ihn als Nicholas Allen, Executive VP of Video Production aus.

»Mein Name ist Nick Allen. Das ist mein Assistent, Lamont Cranston. Uns schwebt da ein Spieleprojekt vor und man hat uns Endgame empfohlen. Wir würden gern die Möglichkeiten erörtern, mit ihnen zusammenzuarbeiten, aber wie es aussieht, ist niemand hier.«

»*Da*, geschlossen. Sind zu Strand gegangen.« Der Mann lächelte. In seinem Unterkiefer funkelte ein Goldzahn. »Kommen Sie morgen wieder.« Sein Lächeln gelangte nicht bis in seine Augen.

Nick hörte, wie unter ihnen die Eingangstür geschlossen und etwas geflüstert wurde. Sein Ohr begann zu jucken und zu brennen. Sein persönliches Warnsystem, ein Tick, der ihm schon mehr als einmal das Leben gerettet hatte.

»Wenn das so ist«, sagte er, »schiebe ich meine Karte einfach unter der Tür durch.« Er ging in die Hocke, als wollte er der die Visitenkarte tatsächlich durch den Türspalt schieben, packte dann aber das Bein des Mannes und zog es ihm unter seinem Körper weg.

Goldzahn war schnell. Er krachte auf den Boden, holte aber gleichzeitig zu einem Tritt aus. Damit traf er Nick an der Schulter. Der Tritt ließ seinen Arm taub werden und zwang ihn, den Griff zu lösen. Goldzahn rollte sich zur Seite ab, sprang auf die Beine und griff in sein Sakko. Lamont holte aus und trat ihm gegen das Knie. Nick hörte, wie es brach. Goldzahn heulte vor Schmerz auf. Er zog seine Pistole hervor und schoss, während er zu Boden ging. Die Kugel streifte Nicks Jacke.

Nick verpasste ihm einen festen Tritt in die Weichteile. Der Mann schrie. Seine Waffe schlitterte über den Boden davon. Dann trat Lamont ihm gegen den Kopf.

Einer weniger.

Schritte polterten die Treppe hinauf. In dem Korridor gab es keine Möglichkeit, irgendwo in Deckung zu gehen. Nick zog die Sig und feuerte auf das Türschloss. Lamont gab unterdessen drei schnelle Schüsse in Richtung Treppenaufgang ab. Das würde jedem, der dort gerade heraufkam, etwas zum Grübeln geben.

Nick warf sich gegen die Tür. Sie flog auf, und dann befanden sie sich im Büro von Endgame Development. Lamont schloss die Tür hinter ihnen. Kugeln prallten von außen gegen das Metall.

Die Tür war der einzige Ausweg. Sie saßen in der Falle.

An den Wänden stapelten sich eingeschweißte Computerspiele. Auf einer Werkbank standen Computer, ein Laptop und drei große Monitore. An der Wand warb ein grelles Poster für ein gewalttätiges Videospiel, das Nick auch schon in Läden gesehen hatte. Diese Spiele aber hatten mit der Realität nichts zu tun. Die Realität würde jeden Augenblick durch diese Tür stürmen.

Nick gab Lamont ein Zeichen. Die Kisten. Wer immer da draußen war, würde damit rechnen, dass sie hinter der Tür standen, wenn sie sich öffnete. Deshalb ließ sich vorhersagen, was sie tun würden. Nick und Lamont rannten in die Ecke des Raumes und kauerten sich hinter einige der Kisten. Nick holte tief Luft und versuchte den Adrenalinschub in seinem Körper unter Kontrolle zu bekommen. In dem Korridor vor der Tür war alles ruhig.

Lamont hielt drei Finger in die Luft. Da draußen waren drei Männer. Nick fragte sich, woher er das so genau wissen wollte. Aber drei oder vier würde keinen großen Unterschied machen.

Es waren drei.

Die Tür flog auf. Der erste Mann rollte sich durch die Tür, landete in der Hocke und feuerte in die Richtung, in der er seine Gegner vermutete. Die Schüsse bohrten sich in den Putz der Wand. Lamont schoss und verfehlte ihn, feuerte erneut, und der Mann ging zu Boden. Damit hatten sie ihre Position verraten.

Der zweite und dritte Mann feuerten durch die offene Tür und auf die Kisten. Holzsplitter explodierten in alle Richtungen. Ein langes Stück traf Lamont unter dem

Auge und bohrte sich in seine Wange. Blut rann an ihr herunter. Er schoss weiter. Die Männer in dem Korridor zogen sich zurück.

Eine Pattsituation.

Scheiß drauf. Nick sprang auf und rannte auf die gegenüberliegende Wand zu. Im Laufen konnte er einen flüchtigen Blick in den Flur erhaschen. Er sah einen der Schützen und verpasste ihm zwei Kugeln, bevor dieser überhaupt reagieren konnte.

Der letzte Mann war einfach nur dumm. Er spähte in den Raum hinein und schoss auf Nick. Lamont drückte zweimal ab. Der Mann rutschte an dem Türrahmen hinunter, brach auf der Schwelle zusammen und rührte sich nicht mehr. Der Raum war angefüllt mit Pulverdampf und den an heißes Kupfer erinnernden Geruch von Blut. Dann mischte sich noch der Gestank menschlicher Ausscheidungen darunter.

Nick lief zu der Arbeitsplatte und nahm den Laptop an sich. Dann sah er auf die toten Männer hinunter und steckte seine Pistole zurück ins Holster.

»Game over«, sagte er.

Kapitel 8

Harker lehnte sich in ihrem Sessel zurück.

»Die Boulevardpresse nennt es das *Massaker von Brighton Beach* und hält es für eine Fehde zweier verfeindeter Mafiagruppierungen. Die Männer, die sie töteten, gehörten alle zu einer der russischen Banden. Und die Kisten bei Endgame waren randvoll mit Pornografie, verpackt als New-Age-Seminare.«

»Das gefällt mir«, kommentierte Lamont. An der Stelle, wo ihn der Holzsplitter getroffen hatte, trug er eine weiße Bandage, die sich von seiner dunklen Haut abhob.

»Das Gebäude bestand aus festem Stein mit dicken Türen.« Nick spielte an seinem Ohr herum. »Niemand hat die Schüsse gehört. Und falls doch, schien es niemanden zu kümmern.«

»Wie seid ihr da wieder herausgekommen?«, erkundigte sich Stephanie.

»Es gab am anderen Ende des Korridors noch eine zweite Treppe, die in die Garage hinunterführte. Dort haben wir uns einen von ihren Wagen ausgeliehen.«

»Und zwar einen schönen Wagen. Einen brandneuen Beemer«, ergänzte Lamont. »Wir haben ihn dann in einer Entladezone stehenlassen. Das hier ist schließlich New York, also dürften sie ihn binnen zwei Minuten abgeschleppt haben.«

Ronnie lachte.

»Das war eine ziemlich extreme Reaktion auf unseren Besuch«, sagte Nick. »Sie konnten unmöglich wissen, was wir von ihnen wollten. Ich meine, wir hätten auch Cops sein können. Aber die sind gleich aufs Ganze gegangen.«

»Sie hatten ihre Befehle, jeden daran zu hindern herauszufinden, was sich dort verbirgt«, sagte Elizabeth. »Da muss es um mehr als nur Pornografie gehen.«

»Der Laptop, den ihr mitgebracht habt, ist verschlüsselt«, erklärte Stephanie. »1024-Bit-Verschlüsselung. Das Neuste vom Neuen. Militärausstattung.«

»Wann werden Sie herausgefunden haben, was sich darauf befindet?«

»Freddie arbeitet bereits daran.«

Freddie war ein hochaufgerüsteter Cray XMT im Computerraum ihres Hauptquartiers. Stephanie pflegte all ihren Computern Namen zu geben.

»Mir gefällt die Verbindung zu den Russen nicht«, grübelte Nick. »Wieso hängen die Russen da mit drin?«

Lamont sah zu Nick. »Vielleicht geht es ja doch nur um Pornos. Mafia-Kram.«

»Die Russenmafia bedeutet selten etwas Gutes, aber normalerweise schießen die nicht einfach irgendwelche Leute zusammen, wenn es nicht unbedingt sein muss. Das erregt Aufsehen und sorgt für Probleme. Seht euch doch nur die Nachrichten an.«

»Hier geht es nicht um Pornografie«, sagte Harker. »Das ist etwas anderes. Ihr seid dorthin gefahren, weil ihr Endgames Nummer auf dem Telefon in Kalifornien gefunden habt. Damit habt ihr in ein Wespennest gestochen.

Foxworth kämpft sicherlich aus gutem Grund mit harten Bandagen.«

»Was nun, Direktorin?«

Sie legte ihren Kugelschreiber auf dem Schreibtisch ab. »Ich will wissen, was auf diesem Computer ist. Das gibt uns vielleicht eine Richtung.«

Kapitel 9

Malcolm Foxworth drückte auf einen Schalter, der in die Schnitzereien seines Schreibtisches eingelassen war. Eine flache Abdeckung glitt zurück und offenbarte einen großen Monitor und eine Tastatur. Auf einen Tastendruck hin fuhr der Monitor heraus. Er sah auf seine goldene Rolex. Noch eine Minute. Während er wartete, malte er sich die Zukunft aus und lächelte. Genau eine Minute später erwachte der Bildschirm zum Leben. Er zeigte acht Männer, die restlichen Mitglieder des inneren Kreises von AEON.

AEON existierte seit dem achtzehnten Jahrhundert. Eine Gruppe wohlhabender und mächtiger Männer in England und Frankreich hatte ein Bündnis mit dem gemeinsamen Ziel geschlossen, ihren Reichtum zu vergrößern und ihren gemeinsamen Einfluss dafür einzusetzen, dieses Ziel zu erreichen.

Die neun Mitglieder sprachen sich stets nur mit Vornamen an. Das schuf die Illusion einer gewissen Kollegialität, auch wenn Foxworth sich hinsichtlich der Gruppe keinen falschen Hoffnungen hingab. Das tat niemand. Die Anführer von AEON glichen eher einem Schwarm hungriger Haie als einem Zusammenschluss von Kollegen. So wie Haie würden sie sich sofort auf jedes Mitglied stürzen, welches Anzeichen von Schwäche oder mangelndem Urteilsvermögen zeigte. Ihr Bündnis gründete sich hauptsächlich auf einem gemeinsamen Nutzen. Freundschaften waren nicht gänzlich unbekannt, aber eher selten.

Foxworth eröffnete die Konferenz.

»Meine Herren, ich danke Ihnen, dass Sie sich die Zeit genommen haben.«

Anerkennendes Nicken reihum.

»Ich denke, wir können es heute kurz halten. Anatoly, können Sie uns ein Update über ihre Fortschritte geben?«

Anatoly Ogorov war der russische Außenminister.

»Die Tesla-Apparatur ist so gut wie fertiggestellt.« Seine Äußerung wurde ebenfalls mit anerkennendem Nicken quittiert. »Man hat mir versichert, dass wir kurz davor stehen, den Prototyp testen zu können. Die Konstruktion des Generators gelang schneller als geplant.«

»Wann wird das Projekt fertiggestellt sein?«

Die Frage kam von Don Julio Silva, dem Vertreter Brasiliens. Auf die eine oder andere Art hatte Silva die Kontrolle über alle Energiereserven in Mittel- und Südamerika an sich reißen können. Er gehörte zu den einhundert reichsten Männern der Welt und war außerdem eines der mächtigsten Mitglieder im inneren Kreis der Gruppe, nach Foxworth.

»Ende Oktober oder Anfang November«, antwortete Ogorov. »Noch vor der Präsidentschaftswahl in Amerika.«

»Konnten Sie die Hindernisse überwinden?«

»Nicht alle. Noch nicht. Es gibt immer noch ein paar Probleme. Aber ich bin zuversichtlich.«

Silva nickte. »Gut. Wo wir gerade von der Wahl sprechen … was gedenken Sie dahingehend zu unternehmen,

Malcolm? Wir müssen Rice schlagen. Seine Politik macht es uns unnötig schwer.«

Zustimmendes Gemurmel der anderen war zu hören.

»Ich verstehe. Es wurden bereits die notwendigen Schritte eingeleitet. Rice wird kein Problem mehr darstellen.«

»Können wir uns darauf verlassen?«

Silva wollte ihm den Vorsitz der Gruppe streitig machen. Von seinem Erfolg würde daher maßgeblich abhängen, ob er seine Führungsrolle verteidigen konnte. Deshalb gab es nur eine mögliche Antwort und Foxworth gab sie ihm.

»Das können Sie.«

In den folgenden fünfzehn Minuten erörterten sie ihre weitere Strategie in Europa. Es gab immer noch Unstimmigkeiten darüber, wie lange man die Eurozone und die europäische Währung aufrechterhalten wollte. AEON beabsichtigte, den Euro zu Fall zu bringen und aus der wirtschaftlichen Depression, die darauf folgen würde, Gewinn zu schlagen. Die Frage lautete daher nicht, *ob* das geschehen würde, sondern lediglich *wann*. Aber hier bestand kein dringender Handlungsbedarf. Sie einigten sich darauf, das Problem zu einem späteren Zeitpunkt noch einmal zu erörtern. Damit beendete Foxworth das Treffen.

Er betätigte den versteckten Schalter und der Monitor fuhr in seinen Schreibtisch zurück. Die Abdeckung glitt an ihren ursprünglichen Platz zurück. Er aktivierte die Sprechanlage.

»Mandy, schick Healy herein.«

»Sofort, Malcolm.«

Weniger Minuten später klopfte Healy an die Tür und trat ein.

Michael Healy war Foxworths Sicherheitschef. Er blieb vor Foxworths Schreibtisch stehen, die Beine leicht auseinander, die Hände hinter dem Rücken verschränkt. Neben der Beaufsichtigung von Foxworths persönlicher Sicherheit kümmerte sich Healy außerdem um Einsätze, die nichts mit Unternehmenssicherheit oder Personenschutz zu tun hatten.

Healy hatte vierzehn Jahre lang dem SAS gedient, Englands Elite-Spezialeinheit. Nach einem Sexskandal mit minderjährigen Prostituierten war er wegen *unangemessenen Verhaltens* aus dem Dienst geworfen worden. Aber ein Mann mit seinen Fähigkeiten konnte überall Arbeit finden. Und so landete er schließlich hier, bei Foxworth.

Seine zivile Kleidung wirkte, als wäre sie gerade erst frisch gestärkt worden, die Bügelfalten messerscharf. Seine Schuhe waren so glänzend poliert, dass sie einen beinahe blendeten. Er hatte den Rücken durchgestreckt. Seine Schultern waren breit und sein Gesicht kantig. Seine Augen schimmerten haselnussbraun und kalt. Foxworth gefiel das. Er wusste Disziplin zu schätzen.

»Ist in Amerika alles bereit?«

»Es ist alles vorbereitet.«

»Sind Sie sicher, dass nichts davon zu mir zurückverfolgt werden kann?«

»Ja.«

»Gut. Sie haben grünes Licht. Fahren Sie mit der Operation fort. Das wäre alles.«

»Jawohl, Sir.« Healy drehte sich zackig um und verließ den Raum. Foxworth sah ihm nach.

Die kleinen Leute mit ihrem Geschwätz von Demokratie, Meinungsfreiheit, Recht und Ordnung, dachte er.

Bald würde es eine neue Ordnung geben. Seine Ordnung, sein Gesetz.

Kapitel 10

Nick träumte.

Es war heiß. Er befand sich auf einer Mission im Dschungel, trug seine Waffen, seine Ausrüstung. Vor ihm lag eine Lichtung. Eine große Spinne hockte in der Mitte der Lichtung. Direkt hinter ihm war Selena.

»Bring sie nicht um, Nick. Das wird zu viel Lärm verursachen.«

Die Spinne und die Lichtung verschwanden und stattdessen sah er eine uralte Ruine voller Lianen und anderem Grünzeug. Schlangen und Gesichter waren in die verwitterten Steine eingeritzt worden.

»Das ist es«, sagte Selena hinter ihm.

Er drehte sich zu ihr um. Sie trug einen Tropenhelm und einen roten Bikini, dazu Kampfstiefel und eine rote Plastikpistole.

»Wo sind deine Waffen?«, fragte er. »Und wo ist deine Weste?«

Sie hielt ihm die Pistole entgegen und drückte den Abzug. Wasser schoss heraus. Dann befand er sich plötzlich inmitten eines ausgewachsenen Feuergefechts. Kugeln peitschen durch das Laub um ihn herum. Selena lag neben ihm, drückte immer wieder mit ihrer Wasserpistole ab. Der Strahl, der aus der Waffe schoss, war rot.

Ein grellroter Fleck erschien auf ihrem Bauch, so rot wie ihr Bikini. Er sah, wie sich das Blut ausbreitete. Er ließ sein

Gewehr fallen und nahm sie in die Arme, versuchte die Blutung zu stoppen, presste seine Hand auf die Wunde. Blut sickerte ihm durch die Finger.

»Nick«, sagte sie. »Nick.«

Sie schloss die Augen. Blut rann ihr aus dem Mund. Sie atmete nicht mehr.

Wellen von Kummer und Wut spülten über ihn hinweg. Er riss den Kopf nach oben und schrie.

Jemand schüttelte ihn. Er erwachte, schnappte nach Luft. Seine Wangen waren feucht, und sein Herz hämmerte so wild in seiner Brust, als versuchte es sich einen Weg hinaus zu bahnen.

Selena griff nach seinem Arm. Auf dem Wecker neben dem Bett war es 03:07 Uhr.

»Nick, du hast geschrien. Du hattest wieder einen Albtraum.«

Er hatte Selena von seinem Afghanistan-Traum erzählt. Die anderen Träume hatte er nie großartig erwähnt. Sie begannen, als er zwölf Jahre alt gewesen war. Sie kamen nicht sehr oft. Er verstand immer erst später, was sie bedeuteten. Sie handelten nie von etwas Gutem und immer von etwas, das noch nicht passiert war. Diese Träume besaßen eine eigentümliche Intensität, eine Strahlkraft.

So wie jener, der er gerade geträumt hatte.

Es war eine übersinnliche Begabung, die er von seinen irischen Vorfahren geerbt hatte. Seine Großmutter hatte ihm erzählt, dass man es *die Vorsehung* nannte und ihm all diese dunklen Weissagungen und Warnungen in den Kopf gesetzt. Nick schätzte, dass sie den gleichen Ursprung wie sein Ohrenjucken hatten, welches immer dann auftrat, wenn Gefahr drohte.

»Verdammt«, sagte er und rieb sich über sein Gesicht.

»Wieder Afghanistan?«

»Nein.«

Sie wartete.

Nick schwieg. Das Bild seiner Hände, die versuchten, ihr Blut zurückzuhalten, wollte ihm nicht aus dem Kopf.

»Du kannst so nicht weitermachen«, sagte sie.

»Womit?«

»Zu versuchen, ganz allein mit diesen Träumen fertigzuwerden. Du musst jemanden aufsuchen.«

»Ich will nicht, dass jemand in meinem Kopf herumspukt. Ich komme schon klar.«

»Du bist so ein sturer Bock.« Am liebsten hätte sie ihn geschüttelt. Stattdessen aber sagte sie: »Lass uns wieder ins Bett gehen.«

»Wir sind schon im Bett. Ich glaube nicht, dass ich wieder einschlafen kann.«

»Von Schlafen habe ich nichts gesagt. Nimm nicht immer alles so wörtlich.«

Später sollte er doch noch einmal einschlafen.

Kapitel 11

Präsident James Rice wartete am Rand der Bühne des Lakeside Buildings in Chicagos Kongresszentrum. Mit halbem Ohr hörte er seinem Vizepräsidenten zu, der gerade die Menge an Delegierten und treuen Parteianhängern anheizte. Hinter der Bühne waren Agenten des Secret Service postiert, weitere drehten vor der Bühne ihre Runden.

In wenigen Minuten würde Rice die Nominierung seiner Partei für eine zweite Amtszeit annehmen. Fünfzig Millionen Zuschauer würden die Übertragung verfolgen. Umfragen zufolge lag er sieben Prozent hinter seinem Gegner. Hinter den Kulissen war die Stimmung angespannt und sein Lager gespalten, was die weitere Wahlkampfstrategie anbelangte.

Jeder wartete gespannt darauf, was Rice zu sagen hatte. Über die endlosen Probleme in Afghanistan und dem Mittleren Osten, die wachsenden Spannungen mit dem Iran und Russland und China. Über die Jobsituation und eine Wirtschaft, die in ernsten Schwierigkeiten steckte. Die Medien wetzen bereits ihre Messer.

Es spielte keine Rolle mehr, dass Rice das Land vor einem dritten Weltkrieg bewahrt hatte und vor einem Jahr nur knapp einem Mordversuch entronnen war. Die Öffentlichkeit interessierte nur, was er in der letzten Zeit für den *kleinen Mann* getan hatte. Kennedys berühmte Worte, dass es nicht darauf ankäme, was das Land für einen selbst tun könne, waren längst vergessen.

Sein Kontrahent kannte keinerlei Skrupel, Rices Bilanz zu verfälschen. Senator Richard Carino verdrehte die Fakten, wie es ihm gerade passte, und warf wie mit Konfetti mit willkürlich erfundenen Zahlen und sorgfältig einstudierten Phrasen um sich. Lautstark zog er über das enorme Defizit und die Kriege her, ohne irgendwelche Alternativen zu nennen oder Verantwortung für die aktuelle Lage übernehmen zu wollen. AEON hatte hunderte Millionen Dollar investiert, um Rice aus dem Amt zu drängen. Seine Wiederwahl war ernsthaft gefährdet.

Der Saal war bis auf den letzten Platz besetzt. Kevin Hogan, Rices Chief of Staff, stand neben dem Präsidenten. Hogan war ein waschechter Politprofi. Und so sah er auch aus – ein gerissener Berater, den die nicht zu leugnende Aura eines mächtigen Mannes umgab. Er versuchte die Ruhe zu bewahren. Von seiner Rede an diesem Abend würde einiges abhängen.

»Nur noch eine Minute, Mister President.«

»Wie ist mein Make-up?«

»Gut, Sir. Keine Sorge, es wird Ihnen nicht wie Nixon ergehen.«

Rice lächelte. »Das hoffe ich.«

Hogan stieß ein schwaches Lachen aus. In der allerersten Fernsehdebatte zwischen Kennedy und Nixon hatte dieser in den Schwarz-Weiß-Fernsehern so ausgesehen, als würde er dringend eine Rasur brauchen. Wie ein Mann, dem man keinesfalls vertrauen durfte. Das war ein schlechter

Tag für das Land gewesen, denn mit diesem Tag war das Fernsehen zu einem entscheidenden Faktor darin geworden, Amerikas Politik zu formen.

Auf der Bühne beendete der Vize-Präsident seine Rede. Mit einer ausladenden Geste drehte er sich zum Rand der Bühne um.

»Und damit, meine lieben Landsleute, übergebe ich an den Präsidenten der Vereinigten Staaten.«

»Showtime, Mr. President.« Hogan lächelte Rice ermutigend zu. »Zeigen Sie es ihnen, Sir.«

Auf sein Stichwort hin hallten die Marschklänge von *Hail to the Chief* durch den Saal. Rice schritt auf die Bühne, sah in die Menge, winkte. Geblendet von den Scheinwerfern stolperte er über ein Kabel.

Rice hörte den Schuss als Erster und spürte den Windhauch, als die Kugel an seinem Hinterkopf vorbeipfiff. Im Publikum brach Chaos aus. Sofort wurde Rice unter einem Berg von Secret-Service-Agenten begraben. Er hörte einen zweiten Schuss und spürte, wie dieser den Mann über ihm traf. Der Agent schrie auf. Blut spritzte über die Bühne.

Sein Personenschutz beantwortete die Schüsse mit einer Salve. Irgendwo über ihm ratterte eine automatische Waffe. Für einen kurzen Moment war er wieder in Vietnam. Kugeln peitschen in das lebende Schutzschild, welches sich auf ihm stapelte. Die Schüsse zerrissen den Teppich und ließen das Podium zersplittern, an dem er seine Rede hätte halten sollen. Der Schütze hielt sich irgendwo in der Dunkelheit hinter den Scheinwerfern versteckt.

Er spürte den Schock, als eine Kugel seinen Arm traf, und erst danach den Schmerz. Eine weitere heftige Salve seiner Leibwächter brandete auf. Dann hörten die Schüsse plötzlich auf. Starke Arme zerrten die Körper von ihm herunter, halfen Rice auf die Beine und eilten mit ihm von der Bühne.

Kevin Hogan lag in einer Lache aus Blut auf dem Boden. Die Nähe zur Macht hatte ihren Preis.

Kapitel 12

Michael Healy fürchtete niemanden. Das einzige ihm bekannte Gefühl, welches Angst am nächsten kam, war Nervosität. Und jetzt war er nervös. Er hatte es vermasselt. Die letzten drei Aufträge von Foxworth waren gründlich in die Hose gegangen. Dabei spielte es auch keine Rolle, dass nicht er es gewesen war, der vor Ort scheiterte. Er war für die Missionen verantwortlich.

»Rice ist noch am Leben.« Foxworth sah ihn an. »Zum Glück für Sie ist der von Ihnen ausgewählte Mann tot. Genau wie die Personen, die Sie gegen Harkers Team aussandten. Was haben Sie dazu zu sagen?«

»Für die Sache mit Harkers Leuten gibt es keine Entschuldigung. Bei Rice hatten wir einfach nur Pech. Er stolperte in dem Moment, als unser Mann schoss. Der Plan war ansonsten wasserdicht.«

»Nicht *unser* Mann, Healy. *Ihr* Mann.«

»Natürlich, Sir.«

»Verraten Sie mir einen Grund, wieso ich mich Ihrer nicht entledigen sollte.«

Er hat keine Ahnung, wie schnell ich ihn umbringen könnte, dachte Healy.

»Es gibt nichts zu entschuldigen, Sir«, wiederholte er.

Foxworth drehte sich auf seinem Stuhl herum, sah aus dem Fenster. Dann wandte er sich wieder Healy zu.

»Keine weiteren Fehler mehr.«

»Ja, Sir.« Healy entspannte sich, wenn auch nur ein wenig.

»Wie schätzen Sie den Schaden durch den Zwischenfall in Brighton Beach ein?«

»Das dürfte kein Problem werden. Die getöteten Männer gehörten alle einer niedrigen Sicherheitsstufe an. Ehemaliger FSB, Ogorovs Männer. Die Polizei und die Medien halten es für einen Bandenkrieg. Ich denke nicht, dass das auf uns zurückfallen könnte. Aber ein Problem gibt es vielleicht.«

Foxworth wartete.

»Einer der Computer fehlt. Einer von Harkers Männern muss ihn mitgenommen haben. Möglicherweise könnten sich darauf Nachrichten finden lassen, die nach Prag führen.«

»Können sie gelesen werden?«

»Nein. Sie sind verschlüsselt. Aber ihr Ursprungsort ließe sich zurückverfolgen.«

»Wenn Harker das gelingen sollte, wird sie jemanden nach Prag schicken.«

»Ich zumindest würde das tun.«

Foxworth dachte einen Moment nach. »Darum müssen wir uns kümmern. Schicken Sie ein Team nach Prag. Sie sollen warten, ob Harkers Leute dort aufkreuzen. Wenn sie das tun, dann eliminieren Sie sie.«

»Jawohl, Sir.«

»Das wäre alles.«

Nachdem Healy verschwunden war, sah Foxworth wieder aus dem Fenster auf das Stadtbild von London hinaus und sann über sein Problem mit Harker nach. Er hoffte, dass sie jemanden nach Prag schicken würde. Früher oder später würde er einen Weg finden, sie und ihre Bande von Störenfrieden ein für alle Mal auszulöschen.

Kapitel 13

»Der Schütze besaß ein M4A1 mit ACOG-Zielfernrohr«, erklärte Elizabeth. »Die neueste Version. Die hätten unsere Scharfschützen auch gern.«

»Verdammt«, fluchte Nick. »Wie kommt jemand an so etwas heran?«

»Sie haben die Waffe nach Fort Bragg zurückverfolgen können. Die Army hat einen Quartermaster Sergeant verhaften lassen, der im Waffenlager arbeitete. Er wird gerade vernommen.«

»Jede Wette«, sagte Ronnie.

»Was bedeutet ACOG?«, fragte Selena.

»ACOG steht für Advanced Combat Optical Group«, beantwortete Nick ihre Frage. »Es gibt viele verschiedene Varianten. Im Prinzip sind es computerisierte Zielfernrohre mit eingebauten Funktionalitäten wie Entfernungsmesser, Hilfsmitteln zur Kompensation von Wind und Geschossparabel und solche Dinge. Du hast noch nicht mit einem gearbeitet, sie sind nicht auf dem freien Markt erhältlich. Das M4A1 ist ausschließlich dem Militär und der Polizei vorbehalten.«

»Wo befand sich der Schütze?«, wollte Ronnie wissen.

»In der Klima- und Lüftungsanlage an der Decke«, antwortete Harker. »Er feuerte durch ein Lüftungsgitter. Die Halle ist knapp zweiundneunzigtausend Quadratmeter groß. Das Lüftungssystem läuft an der gesamten

Deckenkonstruktion entlang und ist riesig, mit jeder Menge Platz, damit jemand darin herumkriechen kann.«

»Konnte man ihn schon identifizieren?«

»Ein ehemaliger Staff Sergeant namens Hardin. Wurde wegen eines Vorfalls in Afghanistan unehrenhaft entlassen. Man beschuldigte ihn einer Vergewaltigung.«

»Da geht einem ja richtig das Herz auf«, sagte Nick. »Irgendwie gibt es immer ein schwarzes Schaf, um das Militär in einem schlechten Licht erscheinen zu lassen. Wieso ist er nicht in Leavenworth gelandet?«

»Das war eine politische Sache.«

Nick schüttelte den Kopf.

»Das Bureau und der Secret Service untersuchen das Attentat gemeinsam. Das muss uns im Moment nicht kümmern. Wir haben etwas anderes auf dem Schirm. Stephanie hat die Verschlüsselung des Laptops von Endgame knacken können. Steph, zeig uns, was du gefunden hast.«

Der Monitor an der Wand erwachte zum Leben. Auf dem Bildschirm erschien eine E-Mail mit einer Wegbeschreibung zu Nicks Hütte und Fotos von Nick und Selena. Selena erschauderte. Jemand hatte Aufnahmen von ihr geschossen und diese an Attentäter gesandt, um sie umzubringen.

»Heilige Scheiße«, entfuhr es Nick.

»Die Nachricht wurde an ein Cybercafé in Los Angeles geschickt«, fuhr Stephanie fort. »Das ist eine Sackgasse. Ich konnte Fingerabdrücke von dem Laptop nehmen und habe sie an Interpol geschickt. Das ergab zwei Treffer, beides ehemaliger FSB. Russen.«

»Die Russen waren hinter uns her?«

Selena blickte Stephanie fragend an. »Aus welchem Grund?«

»Es gibt keinen Grund«, erwiderte Harker. »Das war nicht die Regierung.«

»Dass die russische Regierung nicht dahintersteckt, ist nur eine Vermutung«, entgegnete Selena.

»Wollen wir die restlichen Möglichkeiten durchspielen?«, fragte Ronnie.

»Wieso nicht?«

»Okay.« Harker sah in die Runde. »Vermutung Nummer eins lautet, dass nicht der Kreml hinter der Sache steckt. Was wäre Nummer zwei?«

»Die Mistkerle waren früher beim FSB«, überlegte Nick. »Demnach ist Vermutung Nummer zwei, dass wer immer hinter der Sache steckt Verbindungen zu den Russen hat.«

»Wer verfügt über die nötigen Kontakte, um solche Leute anzuheuern?«, fragte Lamont.

»Die russische Mafia ganz sicher.«

»Ja, aber der Mafia sind wir ziemlich egal. Außerdem waren die Männer, die uns hier in Kalifornien attackierten, Amerikaner.«

»Dann lautet Vermutung Nummer drei, dass es jemand mit weitreichenden Kontakten im Inland wie auch nach Russland sein muss. Auf wen könnte das zutreffen?«

»Endgame ist eine von Foxworths Holdings«, sagte Selena. »Ihm gehört AEON. Er würde über die entsprechenden Kontakte verfügen.«

»Ogorov ist ebenfalls Teil von AEON«, sagte Elizabeth. »Er könnte also den russischen Kontakt repräsentieren. Damit wären wir wieder bei ihnen.«

Nick rutschte auf seinem Stuhl herum und versuchte die Schmerzen in seinem Rücken loszuwerden.

Ronnie strich die Vorderseite seines Hawaiihemdes glatt, auf dem unwirklich grünen Palmen Hula-Tänzerinnen ihre Körper wiegten.

»Überlegen wir noch einmal, was bis jetzt passiert ist.« Lamont zählte die einzelnen Punkte an seinen Fingern ab. »Zuerst lauern sie Nick und Selena auf. Dann Ronnie und mir. Nick und ich fahren nach New York, die Russen versuchen uns umzubringen, und wir finden einen Computer mit Hinweisen zu Nicks Hütte.«

Ihm gingen die Finger aus. »War's das?«

»Da ist noch mehr«, sagte Stephanie.

Lamont grunzte. »Wirklich?«

»Mehrere E-Mails zwischen Brighton Beach und Prag.«

Nick rieb sich die Stirn. Er spürte, wie sich Kopfschmerzen ankündigten. »Prag? Wie die Stadt in Tschechien?«

»Ja.« Steph klickte mit ihrer Maus. Der Bildschirm füllte sich mit eng beieinanderstehenden Zifferngruppen.

»Das sind codierte Nachrichten.«

Elizabeth trommelte mit ihren Fingern auf die Tischplatte. »Können Sie sie knacken?«

»Ich kann nichts versprechen. Diese Gruppen sind typisch für einen Buchcode. Die Personen in Brighton waren Russen. Sollte es also tatsächlich ein Buchcode sein, dann handelt es sich wahrscheinlich um ein russisches Buch.«

»Wie wollen Sie herausfinden, welches Buch es ist?«

»Ich werde einen Scan aller russischen Bücher in den Datenbanken durchlaufen lassen, in Kombination mit einem Dechiffrierprogramm. Wenn sich die Ziffern auf eine Seite oder ein Wort beziehen, dann bezeichnen sie entweder zuerst eine Seite oder ein Wort. Das Programm überprüft beide Möglichkeiten und sucht nach Korrelationen. Wenn sie darüber hinaus noch eine weitere Verschlüsselung hinzugefügt haben, werden wir den Code nie knacken können. Das Gleiche gilt für den Fall, dass sich das gesuchte Buch nicht in den Datenbanken findet. Dann haben wir Pech.«

»Und wenn es klappt?«

»Dann werden wir wissen, welches Buch es ist, welche Ausgabe, welche Seiten, welche Worte. Dann können wir es übersetzen. Der Computer wird das übernehmen. Und dann lesen wir die Nachricht.«

»So einfach«, murmelte Ronnie. »Wieso bin ich da nicht drauf gekommen?«

»Weil die Regierung dir dein fürstliches Gehalt ausschließlich dafür bezahlt, Zeug in die Luft zu jagen«, sagte Stephanie. »Sie bezahlen dich nicht fürs Nachdenken.«

Alle lachten.

»Wie lange wird es dauern?«, erkundigte sich Harker.

»Kommt drauf an. Wenn es eine Übereinstimmung gibt, wird der Computer sich melden.«

»In Ordnung. Gute Arbeit.«

»Was ist mit Prag?«, fragte Nick.

»Ich will, dass Sie und Selena dort Nachforschungen anstellen, Selena, Sie sprechen doch Tschechisch, oder?«

»Ja, bin allerdings ein wenig eingerostet.«

»Das spielt keine Rolle.« Sie schob eine Akte über den Tisch. »Nachdem mir Stephanie berichtete, was sie herausgefunden hat, habe ich das hier zusammenstellen lassen. Das sind Ihre Lebensläufe und Ihre Pässe. Sie und Nick werden sich auf dieser Reise als Kanadier ausgeben. Verheiratet.«

»Das geht ja schneller als in Vegas«, murmelte Nick.

Harker warf ihm einen ihrer vielsagenden Blicke zu. »Nick, Sie sind Vertreter. Sie wollen in Prag ein kleines Geschäft aus dem Boden stampfen. Und Sie haben Ihre Frau mitgebracht, um ihr mal einen echten Urlaub in Europa zu bieten.«

»Ich leiste meinen Beitrag zur Globalisierung«, kommentierte Nick, als läge ihm etwas auf der Zunge.

»Die Adresse des Cafés, von dem die Nachrichten stammen, finden Sie hier drin.« Sie tippte auf die Akte. »Das ist nicht viel, aber mehr haben wir im Moment nicht. Versuchen Sie dort etwas herauszufinden. Identifizieren Sie den Absender.«

»Und wie sollen wir jemanden herausgepickt bekommen? Vorausgesetzt, der Absender ist überhaupt noch dort?«

Harker griff in ihre Schublade und zog etwas hervor, das wie eine normale Digitalkamera aussah. »Sie sind Touristen. Touristen machen eine Menge Fotos. Jedes Bild, das Sie hiermit aufnehmen, wird über Satellit hochgeladen. Steph und ich werden es ein paar Sekunden später empfangen. Begeben Sie sich in das Café, aus dem die E-Mails abgeschickt wurden, und machen Sie Fotos. Wenn der Absender das Café regelmäßig besuchen sollte und sich sein Bild in unseren Datenbanken findet, haben wir vielleicht Glück.«

»Das sind viele *wenns* und wenig Handfestes, mit dem wir arbeiten können.«

»Mehr kann ich Ihnen im Moment nicht bieten.«

»Nach allem, was ich hörte, soll das Bier in Prag ziemlich gut sein«, sagte Ronnie.

Kapitel 14

Nick und Selena landeten am frühen Abend auf dem Václav-Havel-Flughafen. Nick hatte sein Aussehen verändert, damit die Gesichtserkennungsprogramme ihn nicht aufschnappten und seine Tarnung aufflog. Nach dem Zwischenfall in Jerusalem konnte er nicht mehr ohne Tarnung reisen.

Er trug einen sorgfältig rasierten Bart nebst Schnurrbart. Silikonkissen und Latex veränderten die Form seines Gesichts und verliehen ihm ein aufgedunsenes, leicht verbrauchtes Aussehen. Das Gesicht eines Trinkers. Hautfarbenes Gummi zog seine Ohren an seinen Kopf. Die charakteristische Narbe, wo ihm eine chinesische Kugel das linke Ohrläppchen abgerissen hatte, war verschwunden. Kontaktlinsen färbten seine grauen Augen haselnussbraun. Sein kurzes schwarzes Haar war unter einer täuschend echt aussehenden braunen Perücke verschwunden.

Auch Nicks kanadischer Pass wirkte echt. Er wies ihn als Richard Wilson aus, einen Geschäftsmann aus Vancouver. Er trug einen Ehering. Auf dem Einreiseformular, welches er im Flugzeug ausfüllen musste, hatte er als Grund ihres Besuches *Urlaub* angegeben.

Selena trug praktische, einfache Garderobe, die sie langweilig aussehen ließ – eine uninteressante Frau in klobigen braunen Schuhen und einem langen Rock, die aufgeregt ihrem ersten und einzigen Urlaub in Osteuropa entgegensah. Sie trug eine graubraune Perücke. Ihre Augen hinter einer riesigen Brille mit Plastikgestell besaßen die gleiche Farbe. An ihrem Finger sah man einen billigen Hochzeitsring. Ihr Pass gab sie als Grundschullehrerin aus und ihr Name lautete Sylvia Wilson.

Sie verließen das Flugzeug über die markierten Wege, die sie zur Zollkontrolle führten. Nick bemerkte die Sicherheitskameras und das Wachpersonal und hielt den Kopf gesenkt. Er war nur ein weiterer Reisender mit Jetlag, der ungeduldig darauf wartete, endlich in sein Hotel zu kommen.

Der Zollbeamte wirkte gelangweilt. Er sah in die Pässe und danach prüfend in Nicks Gesicht. Dann deutete er auf die Kameratasche, die Nick über der Schulter trug.

»Öffnen Sie bitte die Tasche.«

Nick öffnete sie und zog die Kamera heraus. »Das neueste Modell«, sagte er. »Da passen bis zu fünftausend Bilder drauf.«

Der Beamte prüfte, ob die Kamera deklariert worden war. Dann stempelte er Nicks Ausweis ab und gab ihn zurück.

»Genießen Sie Ihren Aufenthalt.« Selenas Ausweis würdigte er kaum eines weiteren Blickes und stempelte diesen ebenfalls ab.

Sie nahmen sich ein Taxi ins Hotel. Das Zimmer war von Vancouver aus mit einer Kreditkarte gebucht worden, die auf Wilsons Namen ausgestellt war. Das Hotel selbst war ein renovierter Altbau mit einer sehr optimistischen Drei-Sterne-Klassifizierung. Ein Hotel, wie es sich

Reisende mit einem eingeschränkten Budget ausgesucht hätten. Von hier aus war es nur ein zwanzigminütiger Fußweg ins Herz der Altstadt.

Sie hatten für fünf Tage gebucht. Der Empfangsmitarbeiter überreichte Nick einen großen Metallschlüssel mit einem hölzernen Anhänger und erklärte ihnen, dass sie den Schlüssel abgeben sollten, wenn sie das Hotel verließen. Er behielt ihre Ausweise und überreichte ihnen dann ein FedEx-Paket.

»Das kam vor einer Stunde für Sie an. Ist das aus Ihrem Büro? Sind Sie geschäftlich hier?«

»Ja.« Nick reichte ihm eine Visitenkarte. »Geschäftlich und zum Vergnügen. Danke sehr.«

Er nahm das Paket. In einem Prospektständer auf dem Tresen steckten Broschüren, die Stadtrundfahrten, Sehenswürdigkeiten und Restaurants bewarben. Selena wählte einige davon aus und stopfte sie sich in ihre Handtasche.

»Sie sollten sich auf jeden Fall die Rathausuhr ansehen«, riet ihr der Rezeptionist. »Willkommen in *Praha*.«

Der Fahrstuhl war beinahe antik, ein kunstvoller, schmiedeeiserner Käfig mit einem Ziehharmonikagitter davor. Im Schneckentempo fuhren sie darin hinauf. Selena sah zu, wie der Schacht vor der schwarzen Schmiedekunst vorbeizog.

Ein Vogel in einem Käfig muss sich genauso fühlen, dachte sie.

In ihrem Zimmer war es stickig und heiß. Nick zog hinter ihnen die Tür zu und verschloss sie. Eines der Fenster wies zur Straßenseite hinaus. Er öffnete das Fenster und sah unten auf der Straße eine grell lackierte elektrische Straßenbahn vorbeirumpeln. Vom Fliegen tat ihm der Rücken weh, ein dumpfer Schmerz, der sich über seine Seite zog und immer dann nach ihm krallte, wenn er sich bewegte. Sie waren Touristenklasse geflogen, denn Leute wie die Wilsons konnten sich etwas anderes nicht leisten.

Er setzte sich aufs Bett. Es gab unter seinem Gewicht nach. »Man sollte die Häftlinge in Guantanamo mal für ein paar Tage in einem Flugzeug in der Holzklasse festschnallen. Das dürfte sie zum Reden bringen.«

Selena lachte. »Das geht nicht, Nick. Das wäre als Folter absolut unangemessen.«

Sie setzte sich zu ihm. Nick öffnete das Paket. Es enthielt zwei irische Pässe mit Einreisestempeln der Tschechischen Republik, zwei SIG Sauer P229 Pistolen ausgelegt für .40er Smith&Wesson-Munition, Holster und vier geladene Magazine. Eine Schachtel enthielt Gegenstände, die sie benötigen würden, falls sie sich als Iren ausgeben mussten.

Nick war gegenüber den Glocks, welche die anderen bevorzugten, immer skeptisch gewesen. Sie waren großartig, wenn sie funktionierten – leicht und problemlos zu tragen. Aber sie neigten dazu, im falschen Moment zu verklemmen. Während er die SIG betrachtete, beschloss er, mit Harker darüber zu sprechen, die Marke zu wechseln, wenn sie wieder zurückgekehrt waren.

Er nahm eine der Pistolen heraus und schob das Magazin hinein. Er zog den Schlitten zurück und ließ ihn wieder nach vorn schnellen. Dann drückte er mit dem linken

Daumen den Entspannhebel nach unten und steckte die Pistole in ein Holster. Selena tat das Gleiche mit ihrer Waffe. Die Pistolen waren nun gesichert, bereits mit einer Kugel im Lauf. Man brauchte nur noch den Abzug betätigen und war im Geschäft.

»Geht doch nichts über ein Präsent aus der Heimat«, sagte er.

»Wie sieht dein Plan aus?«

»Für heute ist es zu spät, noch etwas anderes zu tun als ein Restaurant zum Abendessen zu finden. Wir müssen schlafen. Morgen erkunden wir das Café.«

Kapitel 15

Morel legte die Spritze in seinen Koffer zurück und klappte ihn zu. Foxworth rollte seinen Hemdsärmel zurück und schloss einen goldenen, mit Diamanten besetzten Manschettenknopf. Die Arznei flutete seinen Körper und der Schmerz verflog. Er hatte keine Ahnung, was Morel ihm verabreicht hatte. Und es war ihm auch egal, solange es nur den Schmerz im Zaum hielt. Die Kopfschmerzen wurden häufiger. Doch Doktor Morel ließ sie verschwinden, und das war das Einzige, was zählte.

Foxworth lächelte. »Danke, Ernest.«

Morel versuchte sich seine Überraschung nicht anmerken zu lassen. Er konnte sich nicht entsinnen, dass Foxworth schon einmal seine Dankbarkeit ausgedrückt oder ihn bei seinem Vornamen angesprochen hatte. Als Symptom erschien es ihm beinahe genauso verstörend wie seine Wutausbrüche. Sein Patient stand auf und lief zu den Fenstern. Morel wartete.

»Ein neuer Tag bricht an«, sagte Foxworth. »Ein Tag, der Ordnung ins Chaos dort draußen bringen wird.« Er ließ seinen Arm über die Skyline Londons schweifen. »Es wird natürlich schwierig für sie werden. Aber am Ende wird jeder seinen Platz finden. Die Geschichte wird es mir danken.«

»Sie sind ein Visionär, Malcolm.«

»Ja.«

Er drehte sich zu Morel um. »Wir fliegen morgen in die Toskana. Ein Wagen wird Sie am Morgen abholen. Mandy hat bereits Ihre Tickets gebucht.«

»Wie Sie wünschen, Malcolm.« Morel verbeugte sich leicht und verließ den Raum.

Foxworth sah ihm nach, dann nahm er sein verschlüsseltes Telefon zur Hand und telefonierte nach Moskau. Er wollte ein Statusupdate von Ogorov.

Anatoly Ogorovs Ratschläge formten die russische Außenpolitik. Der russische Präsident war sich natürlich nicht darüber bewusst, dass die Anweisungen eigentlich von Foxworth stammten.

Ogorov meldete sich. »Malcolm. Ich wollte Sie heute anrufen.«

»Liegen wir noch im Zeitplan?«

»Das tun wir. Der erste Test ist für morgen anberaumt. Ich vertraue da ganz Yuri. Ich bin zuversichtlich.« Ogorov schwieg für einen Moment. »Was ist passiert, Malcolm? Wieso ist Rice noch am Leben?«

»Irgendein Idiot hat ein Kabel auf der Bühne liegenlassen. Rice stolperte in dem Moment darüber, als unser Mann abdrückte. Wir werden so schnell keine zweite Chance bekommen.«

Das Mittel begann zu wirken. Foxworth verspürte nur minimale Bedenken. »Das spielt keine Rolle. Nur eine unglückliche Fügung.«

»Natürlich.« Es folgte eine weitere Pause. »Malcolm, einige andere sind nervös. Die letzten Bestrebungen, Probleme zu eliminieren, endeten wenig erfolgreich.«

Foxworth spürte, wie Wut in ihm aufzusteigen begann – Schmerzmittel hin oder her. Mit *anderen* bezog sich Ogorov natürlich auf die Führer von AEON. Foxworth leitete die Geschicke der Gruppe. Es war keine Demokratie, aber seine Position innerhalb der Gruppe hing von der übereinstimmenden Meinung der anderen ab. Einzig die Resultate zählten.

»Welche anderen?« Foxworth musste jemandem vertrauen können. Ogorov war sein mächtigster Unterstützer im Führungskreis.

»Silva ist einer von ihnen.«

»Das überrascht mich nicht.«

»Maupassant ist ebenfalls unzufrieden.«

»Wenn sie im November erst die Resultate sehen, werden die Unstimmigkeiten abebben. Wenn nicht …«

Den Rest seines Gedankengangs ließ er unausgesprochen.

Kapitel 16

Prag war genauso beeindruckend, wie es einem die Tourismusbroschüren vorschwärmten. Selena und Nick bummelten über die Pflastersteine des Altstädter Rings im Herzen des mittelalterlichen Stadtkerns. In Europa herrschte Urlaubssaison. Der Tag war angenehm warm mit Temperaturen um die zwanzig Grad Celsius. Der Platz war vollgestopft mit Touristen aus allen Teilen des Kontinents. Die beiden waren nur zwei weitere Fremde, die von allem Fotos machten, besonders von der Uhr am Alten Rathaus.

Prags astronomische Uhr stammte aus dem Jahre 1410. Zwei große Zeiger gaben den Stand der Sonne und des Mondes an, sowie einen Monatskalender. Das Glockenspiel begann zur vollen Stunde zu läuten und sie blickten zu der Uhr hinauf. Handgeschnitzte Figuren der zwölf Apostel fuhren oberhalb der Uhr aus dem Gebäude und zogen in einer langsamen Prozession von einer Seite zur anderen. Ein Skelett, das den Tod repräsentierte, wendete eine Sanduhr.

Nick sah zu, wie der Tod gleichzeitig auch noch eine kleine Glocke läutete. »Stell dir vor, wie es damals gewesen sein muss, sich solch ein Wunderwerk anzusehen.«

»Die ganze Stadt ist eine einzige Zeitreise.« Selena hatte ausgiebig die Broschüren studiert. »In der Nähe des Schlosses gibt es eine kleine Straße, genannt *das Goldene Gässchen*, die Alchimistengasse. Winzige Häuschen, die für das Gefolge des Königs an der Schlossmauer errichtet wurden.«

Der Hradschin war die größte Burganlage der Welt. Er thronte auf einem Hügel, von wo aus er die Stadt und die andere Seite der Moldau überblickte.

»Vielleicht schauen wir uns das später noch an. Zuerst sollten wir das Café aufsuchen.«

Die gepflasterten Straßen rund um den Platz waren schmal und alt und verströmten einen Hauch von Mittelalter. Es fiel nicht schwer, sich vorzustellen, dass es hier vor mehreren Jahrhunderten von Pferdegespannen und Händlern wimmelte. Nun säumten moderne Geschäfte und überfüllte Cafés die Gassen. Nick hätte gern die Läden erkundet, sich in ein Café gesetzt und einfach den vorbeiziehenden Touristen zugesehen. Aber er bezweifelte, dass sie dafür Zeit finden würden.

Vorsicht war ihm zur Gewohnheit geworden. Immer wieder blickte er sich um, ob ihnen jemand folgte. Er konnte nicht genau sagen, was ihn beunruhigte, aber irgendetwas fühlte sich nicht richtig an.

Das Internetcafé befand sich in einer schmalen Seitengasse. Die Inneneinrichtung entsprach dem europäischen Punk-Stil. Es sah hier aus wie in einem zweitklassigen Nachtclub, viel Schwarz und Chrom und Plastik mit neonfarbenen Akzenten. Thematisch schien sich das Ambiente irgendwo zwischen Disco und Heavy Metal zu bewegen. An einem Tresen waren zwei Dutzend Monitore nebst Tastaturen aufgereiht. Vor den Monitoren waren Chromstühle an den Boden geschraubt worden, die auch aus einem amerikanischen Diner aus den Fünfzigern hätten stammen können. Ihre Drehhocker waren mit rotem Vinyl bezogen. Die meisten der Plätze waren besetzt. Ein Schild an der Wand verkündete, dass eine Stunde Internetzeit für 50 Kronen zu haben war. Nick rechnete sich aus, dass das etwa zwei Dollar und fünfzig Cents entsprach.

Gegenüber der Computerwand nahm eine glänzende Espressomaschine mit vier Brühgruppen das kurze Ende eines L-förmigen Tresens ein. Eine Kaffeebar bot Pasteten und Sandwiches an. Eine Tafel an der Wand dahinter listete die mit bunter Kreide aufgeschriebenen Spezialitäten des Tages auf.

Das Café war regelrecht überfüllt. Etwa dreißig Tische waren auf engstem Raum verteilt. Als jemand von einem Tisch am Fenster aufstand und das Café verließ, ließen sich Nick und Selena an dem Tisch nieder. Wenig später erschien eine Kellnerin bei ihnen.

Sie war jung und beinahe hübsch zu nennen. Sie trug falsche Levis und ein schwarzes T-Shirt. Ihr langes schwarzes Haar war zu einem Pferdeschwanz zusammengebunden. Sie hatte blaue Augen. Eine kurze weiße Schürze war um ihre Hüften gebunden.

Sie stellte auf Tschechisch eine Frage. Selena verstand sie, aber das war nicht der richtige Augenblick, um mit ihren Sprachkenntnissen zu prahlen.

»Es tut mir leid. Sprechen Sie Englisch?« Selena kramte ein englisch-tschechisches Reisewörterbuch hervor, blätterte darin herum und deutete dann auf den Satz. *Ich hätte gerne einen Kaffee und eine Pastete, bitte.* Er stand direkt unter den Sätzen: *Können Sie mir sagen, wo ich die Toilette finde?*, und: *Bitte entschuldigen Sie, ich bin nur zu Besuch in Ihrem Land.*

Touristen, tatsächlich? Als ob irgendjemand hier sie für Einheimische gehalten hätte. Nicht auf diesem Trip.

»Sind Sie Amerikaner?«, fragte die Kellnerin auf Englisch, beinahe ohne jeden Akzent.

»Nein, Kanadier.«

»Wir sind aus Vancouver«, ergänzte Nick lächelnd.

»Ich habe einen Cousin in Amerika. In Seattle. Er war schon einmal in Vancouver.«

»Kann ich ein Foto von Ihnen machen?«, fragte Nick. Der perfekte Tourist.

»Klar.« Das Mädchen stellte sich in Pose, stemmte sich eine Hand in die Hüfte und lächelte. Einer ihrer Zähne fehlte, was den Effekt etwas ruinierte. Nick richtete die Kamera auf sie. Hinter ihr war ein Großteil des Cafés zu erkennen. Er machte ein Foto von ihr, noch eines, dann bewegte er leicht die Kamera und schoss zwei weitere Fotos. Dann zeigte er ihr seine Werke.

»Die sind doch hübsch, oder?«

Der Mann hinter dem Tresen rief ihr etwas zu.

»Okay, ich bringe Ihnen Ihren Kaffee.« Sie verschwand.

»Ich hab den Großteil des Cafés eingefangen.« Er hob die Kamera und fing zwei weitere Bilder der Computerwand ein, sowie von einem der Männer hinter dem Tresen. Einer der Gäste sah ihn finster an.

»Sorry.« Er winkte ihm entschuldigend zu und stellte die Kamera ab. »Man beobachtet uns.«

Die Kellnerin erschien wieder, stellte zwei kleine dampfende Tassen mit dickem, schwarzem Kaffee und zwei Rosinenschnecken ab und ließ sie wieder allein.

»Du meinst den Typen mit der blauen Dachmütze?«

»Genau. Zweiter Tisch rechts von dir. Blaue Dachmütze, Schnurrbart.« Sie lächelte.

Nick hob seine Tasse zum Mund und blies darüber. Ein Mann, der vor den Monitoren saß, drehte sich weg. »Ich hab ihn auf Kamera. Du wirst besser. Aber da ist noch mehr. Bei den Computern. Hosenträger, sieht aus wie ein Arbeiter. Bullig, schwarze Hose.«

»Woher wussten die, dass sie uns folgen sollen?«

»Sie sind uns nicht gefolgt. Sie waren bereits hier.«

»Und haben auf uns gewartet.«

»Sieht ganz danach aus. Iss etwas von deinem Teilchen. Lache ein wenig. Wir müssen uns etwas mit ihnen ausdenken.« Er grinste.

Sie lachte. Eine glückliche Touristin. »Du bist so gut gelaunt auf dieser Reise. Was jetzt?«

»Wir trinken unseren Kaffee aus, bezahlen die Rechnung und gehen auf Besichtigungstour. Sie werden uns folgen. Wo zwei sind, sind sicher noch mehr. Sie wissen nicht, dass wir sie bemerkt haben. Also spielen wir das Spiel mit.«

Als Nick aufstehen wollte, raubte ihm ein schmerzhafter Stich den Atem. Er zuckte zusammen.

»Geht es dir gut?«, fragte sie ihn.

»Prima. Lass uns bummeln gehen.«

Kapitel 17

Zoran Jovanovich war während des Bosnienkrieges Kompanieführer der Skorpione in Srebrenica gewesen, einer serbischen paramilitärischen Einheit unter General Ratko Mladic. Mladic war ein großer Bewunderer von Hitlers Waffen-SS gewesen. Bestens ausgebildet, gnadenlos und diszipliniert setzten sich die Skorpione aus völkischen Fanatikern zusammen, die ihre Befehle ohne Widerspruch ausführten.

Der Name Srebrenica war mit Blut geschrieben worden. Mladics Truppen hatten hier achttausend muslimische Männer und männliche Kinder ermordet und in einem Massengrab verscharrt. Dann vergewaltigten sie die Frauen. Zoran und seine Einheit gehörten zu den enthusiastischen Teilnehmern dieses Ereignisses.

Zoran war ein Attentäter – oder Auftragsmörder, wie es im Westen so anheimelnd hieß. Mit der Zeit hatte er sich einen festen Kundenstamm aufbauen können. In der Unterwelt war er als *der Skorpion* bekannt, eine Anerkennung sowohl seiner Erfahrung als auch seiner Rolle im Krieg.

Der Auftrag in Prag war nicht der erste, den er von diesem besonderen Klienten angenommen hatte. Das erste Mal war vor ein paar Jahren in Belgrad gewesen, und seine Zielperson ein stellvertretender Kurator des Tesla-Museums – ein Mann mit gestohlenen Papieren, an denen sein Auftraggeber interessiert gewesen war. Aus der gleichen unbekannten Quelle hatte es seither noch andere Aufträge gegeben.

Zoran beobachtete die beiden Amerikaner, die sich als Touristen ausgaben. Sein Kunde hatte ihn mit Fotos und einer Anzahlung von einhunderttausend US-Dollar versorgt. Die restlichen einhunderttausend sollte er nach erfolgreichem Abschluss der Mission erhalten. Wie er genau vorgehen wollte, war ihm überlassen. Zoran war mitgeteilt worden, dass die beiden Zielpersonen sich hier einfinden würden, in dem Café. Und da waren sie. Es war gut, mit Profis zusammenzuarbeiten. Gut, sich auf eine korrekte Aufklärung verlassen zu können.

Der Grund, weshalb sein Auftraggeber die beiden tot sehen wollte, ging ihn nichts an. Die Frau sah gut aus, selbst hinter dieser albernen Brille. Vielleicht würden er und sein Partner sich noch an ihr erfreuen, bevor sie sie umbrachten. Den Mann würde er dabei zusehen lassen. Dann wäre es wie damals in Srebrenica …

Zoran vermisste die alten Zeiten.

Kapitel 18

Der Luftwaffenstützpunkt in Irtysch, sehr viel weiter östlich von Prag gelegen, war ein zerfallendes Denkmal an den Niedergang des Sowjetreiches, tausende Quadratmeter aus Beton und verfallenden Gebäuden, die sich wie ein Krebsgeschwür durch die westsibirische Steppe erstreckten. Nur wenige konnten sich noch an den Stützpunkt erinnern, und denen, die es konnten, war er egal. Wenn sie gewusst hätten, was sich hier nun abspielte, hätte das ihr Interesse womöglich wieder geweckt.

Ein Mann in einem weißen Laborkittel stand vor einem gigantischen Hangar und sah zu, wie ein schwarzer Kamov-Hubschrauber wie ein unentschlossener Vogel über ihm schwebte, bevor er schließlich auf dem rissigen Rollfeld aufsetzte. Die Rotoren drehten sich langsamer und blieben schließlich stehen. Ein Offizier in Uniform stieg aus dem Helikopter.

General Sergei Kaminsky war einer der mächtigsten Männer des russischen Militärs. Zu den Abzeichen auf seinen breiten Schultern gehörten vier goldene Sterne. Er war ein Ochse von einem Mann, mit buschigen schwarzen Augenbrauen, die zu der Farbe seiner Augen passten. Er besaß ein fleischiges Gesicht und sein Mund war dauerhaft nach unten verzogen, so als hätte er verlernt, wie man lächelt.

Der Mann in dem weißen Kittel, der auf ihn zutrat und ihn begrüßte, war der ganze Stolz unter den russischen

Physikern. Yuri Malenkov war hager und hochgewachsen. Er lief mit leicht zur Seite geneigtem Kopf, als würde er etwas lauschen, das nur er hören konnte. Er hatte eine hohe, vorstehende Stirn und einen Intelligenzquotienten, der in die 200 ging. Das machte ihn zu einem Genie, während andere oft ihre Schwierigkeiten hatten, zu verstehen, wovon er gerade sprach.

Der Physiker und der General schüttelten sich die Hände. Kaminsky sah zum Himmel hinauf und sog tief die frische Luft ein.

»Ein wunderschöner Tag. Hier kann man noch richtig durchatmen, nicht wie in Moskau.«

Er musterte den Wissenschaftler. »Können wir beginnen, Yuri?«

»Natürlich, General. Bitte folgen Sie mir.«

Das große Hangartor stand halb offen. Die Tesla-Apparatur befand sich etwa in der Mitte der Halle auf einer Plattform. Dicke Stromkabel aus vier riesigen Dieselgeneratoren wandten sich über den Boden. Die Kabel endeten in Anschlussstellen an den Trägerplatten von vier großen Kupferspulen. Ein eng mit Draht umwickelter Metallkern ragte wie ein Kanonenrohr zwischen ihnen auf und war auf das offene Hangartor gerichtet. Die Luft in dem Hangar roch nach Diesel und Ozon.

Yuri führte Kaminsky zu einem Betonbunker, den man am hinteren Ende des Hangars errichtet hatte. In dem Bunker nahmen Tische voller elektrischer Gerätschaften den meisten Platz ein. Ein halbes Dutzend Techniker überwachten die Instrumente und warteten darauf, mit dem Test beginnen zu können. Alle Augen waren auf die beiden Männer gerichtet, als diese eintraten.

Der General und der Physiker begaben sich zu einem großen Sichtfenster an der vorderen Wand des Bunkers.

»Was konnten Sie erreichen? Erklären Sie mir, was ich hier vor mir sehe.« Kaminsky beäugte die seltsame Konstruktion in der Mitte des Hangars.

»Teslas Konzept war den technischen Möglichkeiten seiner Zeit unterworfen, hätte aber selbst damals funktioniert. Es war eine Herausforderung, es zu konstruieren.«

»Konnten Sie die Probleme überwinden?«

»Die meisten. Was Sie hier sehen, ist nur ein Testgerät basierend auf Teslas Prototyp, bei dem wir nur einige Teile durch neue Materialien ersetzt haben. Die Pläne für die spätere Waffe weichen davon etwas ab. Sie wird sehr viel größer sein und eine andere Energiequelle benötigen.«

»Wie funktioniert es?«, erkundigte sich der General.

Yuri hatte sich auf die Frage vorbereitet, mit einfachen Antworten, die auch Kaminsky verstehen würde. »Es ionisiert Wasserstoffatome und isoliert deren Elektronen.«

»Wodurch subatomare Partikel zurückbleiben?«

Yuri nickte, zufrieden darüber, dass Kaminsky ihm folgen konnte.

»Ja, genau. Das Fehlen von Elektronen bewirkt die Bildung von Protonen. Die Apparatur beschleunigt die Protonen durch eine Hochspannungselektrode und entlädt sie als einen gebündelten hochenergetischen Partikelstrahl. Dieser bewegt sich beinahe mit Lichtgeschwindigkeit. Der Strahl pulsiert kontinuierlich, solange die entsprechende Energie dafür bereitgestellt wird. Trifft er auf ein Hindernis, zerstört er dessen atomare oder molekulare Struktur.«

»Wieso ist das noch nie zuvor versucht worden?«

»Wir haben versucht, eine solche Waffe zu entwickeln. Für die Experimente benutzten wir das alte Atomwaffentestgelände Semipalatinsk-21 in Kasachstan. Auch die Amerikaner experimentieren schon seit Jahren mit Partikelstrahlen. Die Schwierigkeit liegt in der nötigen Energie, die dafür aufgebracht werden muss, und der Transportfähigkeit. Bislang konnten wir keinen Strahl erzeugen, der stark genug war, um sich nicht in der Atmosphäre zu zerstreuen, oder eine Waffe in einer praktikablen Größe schaffen. Doch nachdem ich verstanden hatte, wie Tesla dachte, war ich in der Lage, eine Einheit zu konzipieren, die zumindest einige dieser Probleme löste. Ein paar andere aber bleiben.«

Kaminsky wartete. Yuri fuhr fort.

»Das größte Problem ist und bleibt Energie. Der Strahl benötigt mehr als einhundert Megawatt, um Ziele im All zu erreichen. Tesla schuf eine revolutionäre Energiequelle. Sie ist beinahe vollendet, aber uns fehlt noch ein Schlüsselelement, um sie auf ein ausreichendes Level zu bringen. Wir bauen schneller als wir unsere Konstruktionen einsetzen können. Solange wir jenes Schlüsselelement nicht finden, werden wir nicht das Leistungsvermögen erreichen, welches Ihnen vorschwebt.«

»Was genau fehlt Ihnen?«

»Ein Verstärker, der Schlüssel für maximale Leistung.«

»Und das?« Kaminsky deutete auf die seltsam aussehende Form in dem Hangar. »Wie hoch ist dessen Leistung?«

»Mit dieser Testeinheit rechne ich mit einer Reichweite von weniger als zwei Kilometern, bevor die Überstrahlung eintritt.«

»Überstrahlung?«

»So nennt man den Moment, wenn sich der Strahl aufgrund der Partikel in der Atmosphäre aufzulösen beginnt. Staub, Luftfeuchtigkeit, solche Dinge. Mit der Überstrahlung verliert der Strahl seine zerstörerische Kraft. Zwei Kilometer stellen bereits einen großen Erfolg dar, aber wie Sie sehen können, ist die Apparatur nicht für den Kriegseinsatz geeignet.«

»Sie wissen also nicht, ob es funktionieren wird.« In Kaminskys Worten schwang ein Hauch von Warnung mit.

»General, Sie baten darum, von mir benachrichtigt zu werden, wenn der Apparat zur Demonstration bereit ist. Ich bin zuversichtlich, dass es funktionieren wird.«

Kaminsky lächelte und klopfte Yuri auf die Schulter. »Nun, dann wollen wir uns mal ansehen, wie er funktioniert.«

»Beginnen Sie, Sasha«, wies Yuri seinen Cheftechniker an, der sich die ganze Zeit in seiner Nähe aufgehalten hatte.

Sasha bellte ein paar Befehle. Eine ganze Reihe von Lampen an den Anzeigetafeln wechselte von Rot auf Gelb und schließlich auf Grün. Der Ozongeruch wurde stärker.

»Wir müssen erst die Ladung aufbauen«, erklärte Yuri. »Wenn wir diesen Punkt erreicht haben, kann die Energie kontinuierlich zugeführt werden.«

Kaminsky nickte. Elektrische Entladungen knisterten und sprangen wie Gewitterblitze zwischen den Spitzen der Kupferspulen und bohrten sich in den Kern. Um die Tesla-Apparatur herum bildete sich ein blaues Leuchten. Ein Brummen ertönte, eine tiefe Vibration, die Kaminsky bis unter die Sohlen seiner Stiefel spürte.

»Bereit«, rief Sasha.

Von ihrem Beobachtungspunkt aus konnten Yuri und Kaminsky das Zielobjekt sehen, einen T-34-Panzer, der einen Kilometer weiter auf dem Feld stand.

»General«, sagte Yuri, »betätigen Sie einfach den Knopf unter dem Fenster. Der Apparat wurde bereits ausgerichtet.«

Ein großer roter Druckknopf fuhr aus einer in der Wand eingelassenen Stahlkassette heraus. Die beiden Männer blickten durch das Glas. Kaminsky drückte auf den Knopf.

Ein greller Strahl aus blauem Licht schoss durch die Luft. Der Panzer verschwand, begleitet von einem Geräusch, welches sich anhörte, als hätte Gott in die Hände geklatscht.

Kaminsky starrte sprachlos und mit offenem Mund zu der Stelle, wo sich eben noch der Panzer befunden hatte. Selbst Yuri war von der Kraft überrascht, die das Gerät entfesselt hatte.

Schließlich fand Kaminsky seine Stimme wieder. »So etwas hat man als Waffe zu konzipieren versucht?«

»Ja. Die Zeitungen Amerikas nannten es damals den *Todesstrahl.*«

»Damit hatten sie nicht unrecht«, kommentierte Kaminsky. »Erstaunlich. Ich bin beeindruckt, Yuri.«

Den Physiker schien das Lob sichtlich zu freuen.

Kaminsky griff sich an seine große Nase. »Uns bleiben weniger als drei Monate. Wird sie dann fertig sein?«

»Nur, wenn wir das Problem mit der Energieverstärkung lösen können. Sonst nicht.« Er schwieg für einen Moment. »Es gibt da vielleicht etwas, das uns helfen könnte, aber es ist ziemlich weit hergeholt.«

»Sprechen Sie weiter.«

»Es gibt da ein Buch, in Portugal. Ein sehr altes Buch. Die Spanier fanden es bei der Eroberung von Yucatán. Es trägt den Namen *Mafra Codex*. Tesla erwähnte es in seinen Aufzeichnungen. Ich weiß nicht, wieso, aber er glaubte, dass es ihm bei der Weiterentwicklung seiner Waffe helfen könnte. Besorgen Sie mir dieses Buch.«

Kaminsky nickte. »Ich werde dafür sorgen. Und wenn Sie den nötigen Energieschub haben, wird die Waffe funktionieren?«

»Unter diesen Umständen sicherlich. Wir hatten noch einige Schwierigkeiten mit dem Zielsystem. Da wir noch keine Tests mit der echten Waffe durchführen konnten, benutzten wir Laser. Ich denke, die meisten Probleme haben wir hinter uns gelassen. Mit einem eingebauten Verstärker wird die Reichweite des Strahls so gut wie unendlich sein. Nichts wird ihn aufhalten können.«

»Und diesen Strahl können sie dann aufrechterhalten?«

»Wenn das Verstärkerproblem gelöst ist, bin ich zuversichtlich, dass wir das können. Wenn auch nur für ein paar Minuten.«

»Wir brauchen nur ein paar Minuten«, antwortete Kaminsky.

Kapitel 19

Elizabeth und Stephanie betrachteten die Anzeige eines Bildvergleichprogramms, das auf einem der Crays im Untergeschoss lief. Das Programm scannte eine Datenbank, die Informationen von Interpol, der NSA, der DIA, aus Langley und den Geheimdiensten Israels, Großbritanniens und der Europäischen Union vereinte. In dieser Datenbank waren eine Menge schlechter Menschen versammelt. Der Computer suchte nach einer Übereinstimmung mit den Bildern, die Nicks Kamera übermittelt hatte.

Das Programm analysierte unverwechselbare Gesichtszüge und Körperhaltungen. Augenform, Knochenstruktur, Ohrläppchen, die Form des Schädels. Die Nase. Dreidimensionale Abmessungen. Bärte, Kleidung, Hüte, Brillen, Kontaktlinsen oder Make-up interessieren den Computer wenig. Man konnte ihn hinters Licht führen, aber das war nicht leicht.

Auf der linken Seite des Monitors wechselten flackernd die Bilder aus dem Café, während der Computer sie sortierte und verglich. Auf der rechten Seite verschwommen die schnell wechselnden Porträts aus der Datenbank miteinander. Das Gesichtserkennungsprogramm war einer der Grundpfeiler der Terrorbekämpfung. Dafür war jedoch eine Rechenleistung erforderlich, die sich nur die Regierung leisten konnte.

Die Bilder froren ein. ÜBEREINSTIMMUNG erschien in dicken roten Buchstaben.

»Bingo«, sagte Stephanie. Sie tippte auf eine Taste. Das Bild nahm nun den gesamten Bildschirm ein. Darunter erschienen Informationen zu der Person.

»Sieh an, sieh an. Kein sehr netter Mann«, sagte Elizabeth. »Zoran Jovanovich. Kommandeur von Mladics Skorpionen. Gesucht wegen Kriegsverbrechen in Srebrenica in 1995.«

Schweigend studierten sie seine Akte.

»Ein echter Dreckskerl«, sagte Stephanie.

»Und er sitzt nur wenige Tische von Nick entfernt. Ich glaube nicht an Zufälle. Ob er noch weitere Kameraden bei sich hat?«

»Ich werde die Suche auf Serben eingrenzen, Kriegsverbrecher, mit Verbindungen zu Mladic.«

Steph gab einige Befehle ein. Bilder fluteten den Bildschirm. Innerhalb einer Minute gab es einen zweiten Treffer.

»Nikola Nikovich. Diente ebenfalls in Srebrenica, als Sergeant unter Jovanovich. Wird wegen Kriegsverbrechen gesucht. Er exekutierte auf Jovanovichs Befehl hin allein über zweihundert Jungen. Wird von Interpol wegen Vergewaltigung und Mord gesucht.«

»Wo sind Nick und Selena da nur hineingeraten?«, fragte Steph.

»Das werden sie selbst herausfinden müssen.« Elizabeth griff nach ihrem Satellitentelefon. »Zeit für ein Telefonat.«

Kapitel 20

Prag im August war der Traum eines jeden Taschendiebes. Die Menschenmassen erinnerten Nick an eine Tokyoer U-Bahn während der Hauptverkehrszeit. Gerade liefen sie durch den Torbogen des Altstädter Brückenturms, der eine Seite der Karlsbrücke bewachte.

Die Brücke, welche die Moldau überspannte, war von Karl IV. errichtet worden, um die Stadt mit dem Hradschin zu verbinden. Die Bauarbeiten dazu hatten 1357 begonnen. Sie war sechshundert Meter lang und wurde von mehreren steinernen Pfeilern gestützt. Auf beiden Seiten säumten Statuen von Heiligen und Königen die Brücke.

Auf der Brücke waren keine Fahrzeuge erlaubt. Der Damm war vollgestopft mit Touristen und Händlern und laut von dem Stimmengewirr aus über einem halben Dutzend Sprachen. Kioske verkauften Essen, Kunsthandwerk und Souvenirs. Auf der anderen Seite der Moldau ragten weithin sichtbar die Mauern und Türme der Burg auf.

»Beeindruckend.« Selena sah zu dem riesigen Bauwerk hinauf. »Was Burgen anbelangt, ist das wohl nicht zu schlagen. Blaukäppchen und seine Freunde sind übrigens hinter uns.«

Sie blieben vor einem Kiosk stehen, in dem Kunstdrucke aus Prag und der Umgegend aus dem 19. Jahrhundert ausgestellt waren.

»Ich mag diese Menschenmengen nicht«, sagte Nick. »Wenn sie uns etwas antun wollen, gibt es hier genug Möglichkeiten, unterzutauchen. Genug Verwirrung. Unmöglich zu sagen, wer wer ist.«

Sie liefen weiter und wichen einem Pantomimen mit weißem Gesicht und gestreiftem Kostüm aus, der sich ihnen in den Weg stellte. Sie versuchten in der Mitte des breiten Fußweges zu bleiben.

»Glaubst du, dass sie uns umbringen wollen?«

»Man sollte immer erst einmal vom Schlimmsten ausgehen.«

»Eine von deinen Regeln.«

»Und eine sehr gute.«

»Wenn die Menge für sie von Vorteil ist, dann sicher auch für uns.«

»Das stimmt«, sagte er.

Sie hatten die Hälfte der Brücke überquert. Nicks Ohr begann zu jucken. Sie hielten vor einem Kiosk an, der Sonnenbrillen auf einem drehbaren Gestell mit einem Spiegel dahinter verkaufte. Nick warf einen Blick in den Spiegel und sah Blaukappe, der sich hinter ihnen schnell näherte.

»Sie sind gleich bei uns«, warnte er. »Mach dich bereit. Sie werden Messer haben. Ihre Kanonen werden sie hier nicht einsetzen.«

Sein Adrenalin begann zu pumpen. Die Menge wogte dicht um sie herum. Blaukappe kam von rechts. Nick legte sich in Gedanken ein Angriffsmuster zurecht: *Blocken, Ellbogenstoß, Beinfeger.* Er machte sich bereit. Der Mann passierte ihn mit weniger als einem Meter Abstand und lief weiter. Nick zog sich im letzten Moment zurück und sah Blaukappe hinterher, der in der Menge verschwand.

Selena stieß einen langen Seufzer aus. »Der andere ist immer noch hinter uns. Sieht sich Postkarten an.«

»Vielleicht will er seiner Mutter eine schicken.« Nick sah zu der Burg.

»Lass uns zur Burg hinaufgehen. Hier sind zu viele Menschen. Sie werden es später wieder versuchen.«

»Wir könnten uns die Kronjuwelen ansehen«, schlug Selena vor. »Es gibt gerade eine Ausstellung.«

»Du willst dir die Kronjuwelen ansehen? Sind wir hier im Urlaub?«

»Hast du eine bessere Idee? Ich mag Schmuck. Aber nicht an Männern. Du würdest mit einer Krone albern aussehen.«

»König Nicholas. Klingt gar nicht so schlecht.«

Nicks Telefon klingelte. HARKER, wie auf seinem Display zu lesen war.

»Nick, du bist in schlechter Gesellschaft.«

»Auch Ihnen einen schönen Tag, Direktorin. Und was gibt es sonst noch Neues?«

»Lassen Sie die Witze, falls es nicht zu viele Umstände macht. Wo sind Sie gerade?«

»Auf der Karlsbrücke. Werden von zwei Personen beschattet. Sie wussten, dass wir kommen würden und erwarteten uns bereits in dem Café.«

»Einer mit einer blauen Mütze, der andere mit Hosenträgern?«

»Genau.«

»Der mit der blauen Mütze heißt Jovanovich. Er befehligte im Bosnienkrieg eine Kompanie in Srebrenica. Der andere mit den Hosenträgern diente in seiner Einheit. Beide werden wegen Kriegsverbrechen gesucht.«

Nick wusste, was sich in Srebrenica abgespielt hatte.

»Schlechte Gesellschaft, ganz wie Sie sagten.«

»Versuchen Sie, aus ihnen herauszubekommen, wieso sie hinter Ihnen her sind.«

Nick schwieg.

»Wir müssen herausfinden, was hier los ist. Worauf warten sie noch? Wer hat sie angeworben? Und was Sie sonst noch herausfinden können.«

»Hier wimmelt es von Menschen.«

»Dann müssen Sie sie an einen weniger belebten Ort locken.«

»Direktorin ...« Sie hatte aufgelegt.

»Und?« Selena sah ihn fragend an. Über ihre Schulter hinweg konnte sie Mister Hosenträger sehen, der sich noch immer die Postkarten ansah.

Nick erzählte ihr, was Harker ihm aufgetragen hatte.

»Aber wie sollen wir sie finden?«

»Wir treffen sie da oben«, sagte er und deutete auf die Burg. »Sie werden *uns* finden.«

In der Altstadt hinter ihnen läutete der Tod die Glocken zur vollen Stunde.

Kapitel 21

Stephanie eilte in Elizabeths Büro. Ein Blick von ihr genügte und Elizabeth musste unwillkürlich lächeln.

»Gute Neuigkeiten? Sie strahlen wie die Grinsekatze persönlich.«

»Ich konnte das Buch identifizieren, welches Endgame benutzte. In Brighton Beach. Ich habe den Code geknackt. Jetzt können wir ihre Nachrichten lesen.«

»Dann sollten Sie sich besser setzen. Welches Buch ist es?«

»Zuerst dachte ich, dass es sich um einen russischen Klassiker handeln würde. So etwas wie die Erstausgabe von *Krieg und Frieden*.«

»Dem war aber nicht so.«

»Nein, es ist aktueller. *Generation P* von Wiktor Pelewin. Es ist eine Satire auf Materialismus und Gier und die Suche nach dem Lebenssinn innerhalb einer korrupten Gesellschaft, und handelt von einer Verschwörung der Medien, um das Volk zu kontrollieren. Nicht unbedingt die Art von Buch, die man bei ein paar grobschlächtigen Ex-FSB-Agenten erwarten würde.«

»Eine Medienverschwörung?«

»Ja.«

»Da denke ich sofort an Foxworth.«

»Wenn er dahinter steckt, hat er einen seltsamen Sinn für Humor.«

»Was haben Sie herausgefunden?«

»Brighton Beach war der zentrale Knotenpunkt für Nachrichten aus der ganzen Welt. Alles kam dort herein und ging von da wieder hinaus. Nachdem wir bei Endgame eingebrochen waren, haben sie ihre Leitstelle eilig an einen anderen Ort verlegt. Ich habe eine Suche gestartet, um die Hauptserver aufzuspüren, aber nichts gefunden. Und wenn ich sie nicht finde, kann es die NSA auch nicht.«

»Wer verfügt über eine solche Technologie?«

»Eine Regierung oder jemand mit unbegrenzten Ressourcen. Aber sie sind nicht so klug, wie sie glauben. Ich war imstande, ihnen ein kleines Geschenk zu schicken. Es wird uns informieren, wenn eine neue Nachricht eintrifft, und sie abfangen. Gerade erst kam eine solche herein. Sie landete in Paris.«

»Sprechen Sie weiter.« Harker nahm ihren Kugelschreiber auf.

»Es ging um den sogenannten Mafra Codex.«

Harker begann ungeduldig mit dem Stift auf den Tisch zu klopfen. »Spannen Sie mich nicht unnötig auf die Folter, Steph. Was ist der Mafra Codex?«

»Ich musste es auch erst nachschlagen. Es ist ein uraltes Buch aus Mexiko. Präklassische Maya-Zeit, etwa um 500 v. Chr. herum. Es ist das einzige Buch, welches aus dieser Zeit erhalten ist.«

»Ein Buch.«

»Nun, kein Buch, wie wir es heute kennen. Die Seiten bestehen aus Rinde, mit Bildern und Zeichen darauf. Die

Konquistadoren brachten es nach Spanien. König Phillip überließ es einer Familie als Geschenk, die ihm dabei geholfen hatte, den Thron Portugals zu besteigen. Es wurde nie vollständig übersetzt.«

»Wo befindet sich das Buch?«

»In Portugal, in der Bibliothek des Palacio Nacional de Mafra. Deshalb nennt man es auch den Mafra Codex. Es ist in einem sehr schlechten Zustand und wird daher nicht ausgestellt. Sie bewahren es in einem speziellen Archiv auf.«

»Nun, wie lautete dann die Nachricht?«

»Es war der eilige Auftrag, den Codex aus der Bibliothek zu stehlen. Mit allen Mitteln, wie es heißt. Unter allen Umständen.«

»Was könnte an einem alten Maya-Buch so wichtig sein? Gute Arbeit, Steph.«

Stephanie sah zu, wie Harker wieder ihren Stift zur Hand nahm.

»Sie werden jemanden aussenden, der Sache nachzugehen, oder?«

»Bin ich so leicht zu durchschauen?«

»Was bleibt Ihnen anderes übrig? Wenn es wichtig genug ist, dass die bösen Jungs es in ihre Finger kriegen wollen …« Den Rest des Satzes ließ sie unvollendet. »Ich bin im Computerraum, falls Sie mich brauchen.«

Sie schloss die Tür hinter sich. Für den Moment war Elizabeth allein in ihrem Büro. Sie seufzte schwer und zwang sich, zu entspannen. Auf ihrem Telefon blinkten keine Lichter. Keine Anrufe der CIA oder aus dem Weißen Haus. Keine unmittelbare Krise, die sie lösen, kommentieren oder aufhalten sollte. In den Stapeln von Akten auf ihrem Schreibtisch befanden sich eine Menge potenzieller Probleme, aber die konnten warten.

Sie war müde.

Nicht nur wegen der Krankheit, die sie beinahe umgebracht hatte, bevor die Ärzte ein Mittel finden konnten, das ihr das Leben rettete. Auch nicht wegen der anhaltenden Kopfschmerzen, einer Nachwirkung jener Kugel, die sie in den Kopf bekommen hatte.

Sie war einfach nur hundemüde.

Sie schloss ihre Augen und lehnte sich in ihrem Sessel zurück. Wann warst du das letzte Mal im Urlaub? Darüber musste sie nachdenken. Vor Jahren. Sie war auf die Bahamas geflogen und hatte sich den schlimmsten Sonnenbrand ihres Lebens geholt. Sie hatte gehofft, an den weißen Sandstränden dort jemanden kennenzulernen, jemanden, mit dem sie eine kleine Affäre haben könnte. Aber dazu war es nicht gekommen.

Sie war nie sonderlich promiskuitiv gewesen, aber Sex war ihr auch nicht gerade fremd. Das letzte Mal, als sie einen Mann in ihr Bett gelassen hatte, war sie noch jünger gewesen, arbeitete noch im Justizministerium. Sie hatte geglaubt, er wäre der Richtige gewesen. Der klassische Traum von einer Karriere, einer Familie und einem liebenden Ehemann. Doch der Traum hatte sich als ebenso klassische Seifenblase und er als ausgemachtes Arschloch erwiesen. Er hatte sie für eine verlassen, die sein narzisstisches Wesen nicht herausforderte, eine jüngere Frau, die ihm am Ende ebenfalls den Laufpass gab.

Seither hatte sie sich nicht wieder zu jemandem hingezogen gefühlt, niemanden gefunden, der mit der harten Realität ihres Jobs und den Verwerfungen, die er mit sich brachte, hätte umgehen können. Wenn es so jemanden da draußen gab, dann war sie ihm noch nicht begegnet.

Für Kinder war es bereits zu spät. Aber sie hätte nichts dagegen gehabt, mit jemandem ihr Leben zu teilen – jemanden, der sie in kalten Nächten festhielt und mit dem sie morgens Frühstücken konnte.

Um Himmels willen, schalt sie sich. *Elizabeth, du brauchst eine Pause. Vielleicht Hawaii … nein, das geht nicht. Nicht jetzt. Vielleicht später.*

Sie versprach sich, Urlaub zu nehmen, wenn das alles vorüber war.

Sie öffnete wieder die Augen. Die Realität kehrte zurück. Stephanie hatte recht gehabt. Sie musste ihr Team hinter dem Codex herschicken. Nick und Selena konnten sich Ronnie und Lamont in Portugal anschließen, wenn sie in Prag fertig waren.

Kapitel 22

Kordeln aus rotem Samt hielten die Touristen vor einem gläsernen Käfig auf Abstand, in dem die Kronjuwelen der Kaiser des Heiligen Römischen Reiches lagen. Zwei bewaffnete Sicherheitskräfte in kunstvollen taubenblauen Uniformen hielten zu beiden Seiten der Vitrine Wache. In der Menschenmenge befand sich auch Blaukäppchen. Hosenträger gab vor, sich etwa dreißig Meter von Nick und Selena entfernt für eine der ausgestellten mittelalterlichen Rüstungen zu interessieren.

Die beiden betrachteten das funkelnde Ausstellungsstück. Die Krone bestand aus goldenen Spangen, die aus einem ebenfalls goldenen Band ragten, das mit kostbaren Edelsteinen versetzt war. Vier Kreuzblumen mit den größten Saphiren, die Selena je gesehen hatte, ragten aus dem Band der Krone hervor. Ein goldenes Kreuz, mit weiteren Saphiren bestückt, schmückte die Oberseite der Krone. Diamanten und Rubine so groß wie Taubeneier und funkelnde Perlen rundeten die Dekoration ab. Ein goldenes Zepter und ein Reichsapfel, beide ebenfalls reichlich mit Edelsteinen besetzt, ergänzten den Schaukasten.

»Wir haben Glück, sie bestaunen zu können«, erklärte Selena. »Normalerweise liegen sie unter Verschluss. In der Broschüre heißt es, dass man allein sieben unterschiedliche Schlüssel benötigt, um Zutritt zu dem Tresorraum zu erlangen, in dem sie aufbewahrt werden.«

»Ein paar von unseren Politikern in Washington würden sicher auch gern so etwas tragen.«

»Ich wette, die Krone ist schwer.«

»Der Preis, den man als König zu zahlen hat«, spottete Nick. »Du kriegst das nette Spielzeug, aber eben auch Kopfschmerzen und einen steifen Nacken.«

»Kannst du dir vorstellen, wie es gewesen sein muss, hier zu leben?«

Der Bau der Burg war ursprünglich bereits im Jahre 880 begonnen worden. Über die Jahrhunderte waren immer weitere Bereiche dazugekommen. Jeder europäische Architekturstil ließ sich irgendwo in der Burganlage wiederfinden. Sie verfügte über hunderte Räumlichkeiten. Es gab Kapellen, Wohnquartiere der mittelalterlichen Mönche und Nonnen, Küchen, Schlafzimmer und Kerker, Räume für jeden Zweck, sogar eine Kathedrale. Die Burg erstreckte sich beinahe über einen Kilometer, ein Irrgarten aus Sälen, Gängen, Fußwegen, Gärten, Brücken und Treppen.

»Man kommt sich vor wie eine Ratte im Labyrinth. Apropos, unsere Ratten sind immer noch bei uns. Ich werde langsam müde. Lass uns einen ruhigeren Ort suchen.«

Nick konsultierte eine Karte der Burg, die er beim Betreten mitgenommen hatte.

»Hier.«

»Die Basilika des Heiligen St. Georg?«

»Dort werden sich weniger Leute aufhalten. Der Ort ist so gut wie jeder andere.«

Die Basilika befand sich in einer der Ecken des Burggeländes, etwas außerhalb der Hauptgebäude, war mit einem ehemaligen Benediktinerkloster verbunden und anhand von zwei nadelförmigen Türmen aus weißlichem Stein zu erkennen. Die Türme waren über siebenundzwanzig Meter hoch. Alles an dieser Burg war gigantisch, und die Basilika des Heiligen St. Georg bildete dabei keine Ausnahme.

Sie schlenderten über das Burggelände, bis sie schließlich die Basilika erreichten. Dann traten sie ein, ihre Verfolger dicht hinter ihnen. Ihre Schritte hallten über den harten Steinboden. Nick sah sich um und deutete dann auf eine Seitenkapelle.

»Das sieht wie ein schöner ruhiger Flecken aus.«

Ihre Touristenkarte wies die Kapelle als Ruhestätte von Fürst Vratislav I. aus. Ein Schild mit dem Wort *geschlossen* in vier verschiedenen Sprachen hing von einer Kette über dem Eingang zwischen zwei Metallstativen. Sie liefen um die Absperrung herum und betraten den Schrein.

Es war ein beeindruckender Raum. Die hohe, gewölbte Decke war das Werk wahrer Steinmetzmeister. Am hinteren Ende der Kapelle führten zwei geschwungene, parallel verlaufende breite Treppen zu einer gebogenen Apsis mit kleinen Fenstern hinauf. An der kuppelförmigen Decke waren ausgeblichene Gemälde von religiösen Figuren auf weißem Hintergrund zu sehen. Die Nachmittagssonne fiel durch die Fenster herein und tauchte die Kapelle in ein helles Licht.

Die Heiligengruft befand sich zu ihrer Rechten. Sie sah wie ein kleines Holzhaus auf einem steinernen Fundament aus und war mit dem Gemälde einer Nonne und eines

Bischofs mit einem Stab in der Hand geschmückt. Der Bischof kniete vor der Nonne. Nick hatte keine Zeit, über den Symbolismus dieses Bildes nachzudenken, denn Blaukäppchen und Hosenträger betraten die Kapelle. Stahl blitzte in ihren Händen auf.

»Geh nach oben«, sagte er. »Dort gibt es genug Platz, um sich frei zu bewegen. Versuche möglichst nicht deine Waffe zu benutzen.«

Dann rannten sie gemeinsam die Stufen nach oben.

Kapitel 23

Die beiden serbischen Killer trennten sich und kamen die Treppenstufen zu beiden Seiten der Apsis hinauf. Selena und Nick erwarteten sie in der Nähe der Fenster. Blaukäppchen hatte ein langes, schimmerndes Schnappmesser in der Hand. Er warf es sich von einer Hand in die andere und lächelte dabei. Nick ließ sie näherkommen und drehte sich zu Selena.

»Ich hasse Messer.«

»Ich auch.«

»Zur Hölle mit dem Lärm.« Er zog seine Pistole hervor. Selena tat es ihm gleich.

Die beiden Serben erstarrten. Damit hatten sie nicht gerechnet.

»Lasst die Messer fallen«, forderte Nick mit barscher Stimme. »Na los doch.«

Der Mann mit den Hosenträgern sah Blauköppchen an. Er war also der Anführer.

Er nickte.

Die Messer klapperten über den Steinboden.

»Sie werden nicht schießen«, sagte Blauköppchen. »Wenn Sie schießen, dann kommen Polizei und sie schnell sterben in Gefängnis. Das ich kann garantieren.«

»Ihr Englisch ist ziemlich gut für jemanden, den ich normalerweise von meinem Schuh kratze. Sagen Sie uns, wer Sie geschickt hat.«

»Niemand hat geschickt. Wir sind Besucher. Wenn wir sehen reiche amerikanische Touristen, wir glauben, dass sie Geld haben. Rein geschäftlich. Sie sollten uns jetzt gehen lassen.«

»Wer hat euch gesagt, dass wir Amerikaner sind? Wir sind Kanadier, Arschloch. Ihr habt in dem Café auf uns gewartet. Wer hat euch verraten, dass wir dort sein würden?«

»Okay, Sie Kanadier. Haben Kaffee in Café getrunken.« Er zuckte mit den Achseln. »Niemand uns hat geschickt.« Er grinste.

»Runter auf die Knie.«

Das schien Blaukäppchen nicht zu gefallen.

»Sie machen Fehler.«

»Runter. Sofort.«

Die beiden Männer ließen sich auf die Knie sinken.

»Die Hände auf den Rücken.« Nick zog eine Rolle Isolierband aus seiner Tasche und gab es Selena.

»Binde Ihnen die Hände zusammen, Dano.«

»Was?«

»Hast du nie Hawaii Five-O gesehen? Na, egal. Wickele das um ihre Handgelenke. Schön fest. Wir werden jetzt einen kleinen Spaziergang zur Polizeistation machen. Ich weiß, wer Sie sind, Jovanovich. Die Cops werden an der Sache in Srebrenica interessiert sein.«

Blaukäppchen war schnell. Als Selena nach vorn trat, ließ er sich mit einer plötzlichen Bewegung rückwärts auf die Hände fallen und trat Selena die Beine weg. Dann griff er nach ihrer Pistole. Sie rollte sich auf ihn zu und rammte ihm ihren Ellenbogen gegen die Schläfe, gefolgt von einem Faustschlag gegen seinen Solarplexus. Er japste und hörte auf, sich zu wehren. Sein Partner versuchte aufzustehen. Nick schlug ihm hart mit seiner Sig gegen den Schädel, und dann noch einmal, um sicherzugehen. Der Mann brach ohnmächtig zusammen. Selena rappelte sich wieder auf. Dann klebte sie den beiden Männern die Hände hinter dem Rücken zusammen.

Jovanovich stöhnte. Blut rann ihm aus dem Ohr.

»Was machen wir jetzt mit ihnen?«, fragte Selena.

»Wir reden zuerst mit unserem Freund hier. Dann liefern wir sie aus. Interpol wird uns dafür lieben. Gib mir deine Waffe.«

Sie reichte sie ihm. Er nahm die beiden Pistolen, lief zu einer großen und breiten Vase voller Blumen nahe der Wand und ließ sie hineinfallen.

»Genug Sightseeing für heute.«

Kapitel 24

Zurück im Hotel telefonierte Nick über sein Satellitentelefon mit Harker.

»Jovanovich hat geredet. Er weiß nicht, wer ihn angeheuert hat, aber er arbeitete schon öfter für ihn.«

»Ja?«

»Jovanovich verdient seinen Lebensunterhalt mit dem Töten von Menschen. Sein erster Job für Wer-immer-hinter-uns-her-ist war vor etwa drei Jahren. Er hat einen Angestellten im Tesla-Museum von Belgrad abgestochen und es so aussehen lassen, als wäre ein Sexdeal eskaliert. Der Angestellte war im Besitz von einigen Dokumenten gewesen, die sein Klient wollte. Entwürfe von Nikola Tesla. Seither hat Jovanovich etwa ein halbes Dutzend Menschen für den gleichen Typen umgelegt. Er sagt, der Mann sei sein bester Auftraggeber.«

»Klingt nach einem ziemlich üblen Kerl.«

»Er ist stolz auf das, was er tut. Hält sich für einen Profi.«

»Mit einiger Sicherheit ist Foxworth sein Auftraggeber. Ich frage mich, wozu er Entwürfe von Tesla brauchte? Oder wie dieser Angestellte in ihren Besitz kam.«

»Direktorin, wir sollten von hier verschwinden. Die Polizei wird misstrauisch. Sie ließen uns ins Hotel zurückkehren, haben uns aber die Pässe abgenommen.«

»Benutzen Sie die irischen.«

»Ich dachte mir schon, dass Sie das sagen würden. Selena ändert bereits gerade ihr Aussehen.«

Während er das sagte, kam sie aus dem Badezimmer. Sie trug eine Perücke aus schulterlangem roten Haar. Die Brille und der Lehrer-Look waren verschwunden. Sie trug eine maßgeschneiderte grüne Bluse, einen schicken Rock und silberne Ohrringe in der Form eines keltischen Knotens. Ihre Augen waren mit grünen Kontaktlinsen bedeckt. Auf die Weise wirkte sie irischer als jede Irin.

»Ich schicke Sie nach Portugal«, sagte Harker. »Ronnie und Lamont werden sich in Lissabon mit Ihnen treffen. Sie werden ihnen die Mission erklären. Ihr Flug startet um 8:35 Uhr vom Václav-Havel-Flughafen. Die Tickets liegen am Terminal der TAP für Sie bereit. Erste Klasse. Werden Sie Ihre Waffen los.«

»Schon passiert.«

»Haben Sie einen angenehmen Flug.« Damit legte sie auf.

»Wir fliegen nach Portugal«, sagte Nick.

»Portugal? Wieso?«

»Keine Ahnung. Ronnie und Lamont werden uns briefen, wenn wir da sind.«

»Werden wir Lissabon besuchen?«

»Zumindest den Flughafen.«

»Dort gibt es fantastische Cafés und tolle Musik.«

»Am Flughafen?«

»Natürlich nicht. In Lissabon. Und Läden zum Shoppen.«

Nick grunzte. »Shopping.«

Er benötigte fünfzehn Minuten, um sein Aussehen zu verändern. Eine andere Perücke, neue Kontaktlinsen, die seine Augen blau färbten. Der Bart war verschwunden. Andere Brille, andere Kleidung. Sie verließen das Hotel über einen Seitenausgang und mieden den Empfangsschalter. Soweit man es im Hotel sagen konnte, waren Mr. und Mrs. Wilson noch immer auf ihrem Zimmer.

Währenddessen riefen sich zwei irische Touristen ein Taxi zum Flughafen.

Kapitel 25

Elizabeth rief die aktuellen Erdumlaufdaten des SBIRS ab. Das *Space-Based Infra Red System* bestand aus vierundzwanzig Satelliten in einer niedrigen Umlaufbahn und vier Satelliten in einem geostationären Orbit. Bodenstationen auf der gesamten Welt sendeten unentwegt Datenströme zurück ans Pentagon und die verschiedenen Geheimdienste. Die primäre Aufgabe des Systems bestand darin, Raketenstarts aufzuspüren und ihre Flugbahnen zu verfolgen, ließ sich aber auch für andere Aufgaben einsetzen.

Die Satelliteninformationen zu überprüfen, gehörte zu ihrer täglichen Routine. Seit etwa einem Jahr verfolgte sie Vorgänge in Zentralrussland, in der westsibirischen Tundra. Dieser Teil Russlands verfügte über keine nennenswerten militärischen Ressourcen, weshalb das Pentagon ihm in seinen Kriegsszenarien nur wenig Beachtung schenkte. Die Installation war getarnt, um sie wie ein Waldstück aussehen zu lassen, doch die Infrarot-Scans zeigten eine unverwechselbare Form. Es hatte den Anschein, dass die Russen dort eine Pyramide bauten – was keinerlei Sinn ergab.

Das Gelände befand sich in der Nähe eines verlassenen Militärflughafens aus den Zeiten des Kalten Krieges, nahe dem Fischerdorf Irtysch, das nahe der Stelle lag, an der der gleichnamige Fluss und der Ob zusammenflossen. Der Irtysch entsprang nördlich von Kasachstan, vereinte sich später mit dem Ob und mündete schließlich im arktischen Ozean. Eine gepflasterte Straße, was in diesem Teil Russlands eher selten anzutreffen war, verlief zwischen dem Dorf und der Basis.

SBIRS war seit mehreren Jahren im Einsatz, aber die Abdeckung war lückenhaft gewesen. Elizabeth rief die Aufzeichnung ab und begann sich rückwärts durch das Material zu arbeiten. Die Bilder bewegten sich in der Zeit zurück, bis sich die Form veränderte und schließlich verschwand. Das erste Mal war der Umriss vor weniger als zwei Jahren aufgetaucht. Sie ging die Fotos bis zu diesem Zeitpunkt durch und hielt inne.

Wieso sollten die Russen eine Pyramide mitten im Nirgendwo bauen? Und wieso überhaupt eine Pyramide?

Sie ließ die Aufnahmen tageweise abspielen und beobachtete das Geschehen. Lange passierte gar nichts. Nichts weiter als eine verlassene Armeebasis. Hin und wieder ein einsamer Spaziergänger. Zwei Männer auf Motorrädern, die sich auf der alten Rollbahn ein Rennen lieferten. Dann aber herrschte plötzlich Betriebsamkeit. Lastwagen, Einheiten, Ausrüstung. Sie überprüfte den Zeitstempel. Vor drei Jahren etwa.

Zäune wuchsen aus dem Boden. Soldaten patrouillierten um das Gelände. Die Russen nutzten die alte Basis für irgendetwas. Hitzesignaturen zeigten Wärmequellen in den alten Hangars an, wahrscheinlich große Generatoren. Das alles hätte genügen müssen, um eine genauere Satellitenüberwachung einzuleiten, doch darüber gab es keine Aufzeichnungen.

Sie folgte den Spuren der Zuständigkeiten in dieser Sache. Die Überwachung dieser Region oblag Langley. Und selbst in Langley würde man nicht so inkompetent sein und etwas so Offensichtliches wie das hier übersehen. Die einzige logische Erklärung war, dass man die Aufklärungsergebnisse absichtlich unter den Teppich gekehrt hatte. Jemand hatte jede weitere Untersuchung unterbunden. Elizabeths Intuition schlug Alarm. Es gab nur sehr wenige Personen, die die Macht besaßen, so etwas zu tun.

Lodge, dachte sie. Der ehemalige Direktor der CIA. Zu dem Zeitpunkt, als die Pyramiden das erste Mal auf den Überwachungsaufnahmen auftauchten, war er Deputy Director gewesen. Damals hätte alles über seinen Schreibtisch gehen müssen.

Die Bilder wechselten sich weiter wie ein Stummfilm aus Einzelaufnahmen ab. Ein großer Tieflader mit einem T-34-Panzer erschien. Männer luden den Panzer ab und positionierten ihn in einem Feld hinter den Startbahnen. Ein alter Panzer, ausgemustert, in einem Feld. Das ergab keinen Sinn. Die Bilder bewegten sich weiter durch die Zeit. Plötzlich fehlte von dem Panzer jede Spur. Der Zeitstempel war aktuell.

Zuerst dachte Elizabeth, dass die Aufnahmen durcheinandergekommen sein mussten, oder dass der Panzer während der Phasen, in denen die Satelliten außer Reichweite waren, weggeschafft worden war. Sie spulte vor und wieder zurück. In einem Bild war der Panzer noch zu sehen, im nächsten nicht mehr. Die Aufnahmezeit der Bilder lag nur wenige Sekunden auseinander. Der Panzer war in unmöglich kurzer Zeit vom Erdboden verschwunden. Der Grund, auf dem er gestanden hatte, war aufgewühlt und mit dunklen Schlieren bedeckt.

Was taten die Russen da draußen?

Kapitel 26

»Das ist doch mal ein Anblick.«

Lamont sprach für sie alle. Stolz, weiß und wunderschön ragte der Nationalpalast von Mafra vor ihnen im Mondlicht auf. Er befand sich etwa vierzig Kilometer nordwestlich von Lissabon, nahe der portugiesischen Küste. Der Palast war so groß wie eine Stadt, eines der größten zusammenhängenden Bauwerke in Europa. Zwei riesige Glockentürme ragten aus seiner Mitte empor. Ein voller Mond schien strahlend auf das wahr gewordene Versprechen eines Königs an seine Königin, Marie Anna von Österreich, herunter.

Schenke mir einen Erben und ich werde dir zu Ehren einen Palast errichten, der es mit jedem Königreich der Welt aufnehmen kann.

Sie hatte ihm den Wunsch erfüllt … und er sein Versprechen.

Das Team saß in einem grauen Fiat-Lieferwagen in der Nähe des Zoos, der sich unweit des Schlosses befand. Im Mondlicht wirkte das extravagante barocke Denkmal an das Ego eines Königs wie eine magische Erscheinung aus einem Märchen.

Der Palast verfügte über ein ausgefeiltes Sicherheitssystem, um seine unbezahlbaren Kunstwerke und Schätze zu schützen, ergänzt um ein beachtliches Kontingent von Wachleuten. Während des Tages patrouillierten sie ohne Pause durch das Schloss. In der Nacht beobachteten zwei Männer in einem Kontrollraum im Erdgeschoss die Monitore und wechselten sich mit Rundgängen ab. Die Wächter trugen Pistolen bei sich. Kameras überwachten das Gelände, die Galerien und Säle.

Niemand konnte die Rasenflächen oder Gärten durchqueren, ohne Alarm auszulösen. Alle Fenster und Eingänge verfügten über Infrarot- und Bewegungssensoren. Aufgrund der schieren Größe der Anlage wechselten sich die Kameraeinstellungen der Reihe nach ab. Was bedeutete, dass es Lücken in der Überwachung gab.

Ihnen war nicht viel Zeit geblieben, um einen Plan auszuarbeiten, also hatten sie die Karten und alten Baupläne des Palastes zurate gezogen. Nick hatte beschlossen, im Schutz des Parks Zugang zu den alten Abwassertunneln unter dem Palast zu erlangen. Von hier aus würden sie einen Weg in das Gebäude selbst finden.

»Der Mond könnte zu einem Problem werden«, sagte Nick.

»Das Licht wird aber die Ratten fernhalten«, warf Selena ein.

»Ratten?«

»Es gibt hier die Legende, dass in den Kanälen riesige Ratten leben, die nachts herauskommen und Jagd auf jedermann machen.«

»Ich hasse Ratten.« Ronnie sah zu den Bäumen und den Wegen in dem Park hinaus. »Außerdem ist das nicht fair.«

»Was ist nicht fair?«

»Du sagtest, sie machen Jagd auf jeder*mann*. Dir werden sie also nichts tun.«

Nick rollte mit den Augen. »Überprüft eure Ausrüstung.«

Sie stiegen aus dem Transporter. Alle waren schwarz angezogen. Schwarze Jacken, schwarze Hosen und Handschuhe, schwarze Kevlar-Westen, schwarze Schuhe mit weichen Sohlen. Schwarze Skimasken. Ronnie trug außerdem noch einen Rucksack. Jeder von ihnen besaß eine Pistole, ein Messer, eine Taschenlampe, Munition und eine schallgedämpfte MP-5, außerdem Funkgeräte im Ohr und Mikrofone. Falls sie getrennt wurden, konnten sie so in Kontakt bleiben.

»Denkt an die Einsatzregeln. Die portugiesischen Wachleute sind tabu. Schlagt sie notfalls k.o., aber bringt sie nicht um. Sie tragen Uniformen und sollten daher leicht zu identifizieren sein. Sonst sollte niemand weiter hier sein. Falls ihr auf irgendjemand anderes stoßt, handelt es sich dabei mit einiger Sicherheit um die bösen Jungs und damit um Freiwild.«

»Hast du deinen Bibliotheksausweis dabei?«, fragte Lamont.

»Dann wollen wir Selena mal was zum Lesen ausleihen.«

Sie huschten durch den Park. Kies knirschte unter ihren Füßen. Das Mondlicht warf dunkle Schatten unter die Bäume. Die Nachtluft war kühl und roch nach Kiefern und dem durchdringenden Aroma der Zootiere. Ein Vogel stieß hohe, kummervolle Schreie aus, die Selena einen Schauder über den Rücken jagten. Sie spürte, wie das Adrenalin in ihrem Körper zu wirken begann, und versuchte sich zu beruhigen.

Sie erreichten einen großen Wartungsschuppen, in dem sich eine der Pumpstationen für das Abwassersystem befand.

Nick studierte seine Karte. »Der Eingang sollte sich hier befinden.«

In wenigen Sekunden hatte er das Schloss geknackt. Sie betraten den Schuppen und schlossen hinter sich die Tür. Nick schaltete seine Taschenlampe ein. Die Pumpen und ein Generator standen schweigend vor einer Wand. In der Mitte des Bodens befand sich eine runde Stahlplatte. Ronnie und Lamont schoben sie beiseite. Eiserne Stufen führten in einen Ziegelschacht und in die Dunkelheit hinunter. Ein fauliger Gestank von uralten und frischen Ausscheidungen wehte durch die Öffnung zu ihnen herauf.

»Puh«, stöhnte Ronnie.

»Was hast du denn erwartet? Rosenduft? Ich gehe als Erster. Lamont, du bildest die Nachhut.«

Sie kletterten den Schacht hinunter. Die Leiter endete auf einer Plattform mit einem eisernen Geländer. Von dieser führte ein steinerner Laufsteg, der so breit war, dass er genau einer Person Platz bot, an der Wand der Kanalisation entlang.

Der Abwasserkanal besaß die Form eines Hufeisens und war gerade hoch genug, um aufrecht darin gehen zu können. Ein schwindelerregendes Muster aus alten und in konzentrischen Kreisen angeordneten Steinziegeln führte auf der rechten Seite zu dem Palast und auf der linken Seite in Richtung Ozean. An den Wänden klebte gräulicher Schleim, der das Licht zu schlucken schien. Die

Luft war schwer, als würde man Sirup atmen. Ein kleines Rinnsal floss in der Mitte der Passage entlang.

»Riecht wie Scheiße«, kommentierte Ronnie.

»Nicht schlecht, Sherlock.« Lamont kräuselte die Nase. »Wenigstens können wir aufrecht gehen.«

»Da lang.« Nick wies ihnen den Weg.

Sie liefen den Tunnel entlang. Hier gab es tatsächlich Ratten. Sie waren schwarz und ziemlich groß, wenn auch nicht riesig. Sie quiekten und huschten ihnen vor den Füßen herum. Selena erschauderte. Ihr Blick traf den von Nick.

»Wie in Kalifornien«, sagte sie.

Er nickte. »Aber wenigstens haben wir dieses Mal Licht.«

»Und keine Spinnen.«

Ronnie trat eine der quiekenden Ratten in die Mitte des Kanals.

In den Tunneln lag noch etwas Dunkleres als menschliche Abfälle. Ein Pesthauch der Jahrhunderte, aus einer Zeit, als noch Könige die Geschicke Europas regierten und goldene Kronen von solchem Wert trugen, um damit Tausende ernähren zu können. Während sie die Kanäle entlangschritten, dachte Nick, dass sich seither nicht viel geändert hatte. Die Kronen waren verschwunden, aber an ihre Stelle waren genügend andere Symbole der Macht getreten. Hightech-Waffen, die Milliarden von Dollars kosteten. Fernsehwerbespots für sinnlose Dinge, die niemand brauchte. Teure Wahlwerbung, die unehrliche Heuchler und Lügner als lächelnde Männer des Volkes verkaufte. Und die meisten Menschen litten noch immer unter der gleichen hoffnungslosen Armut wie früher.

Nach einer langen Biegung erreichten sie einen Punkt, an dem sich der Tunnel in zwei Richtungen verzweigte. Nick wählte den Tunnel rechts von ihnen. Nach zehn Minuten erreichten sie eine zweite Plattform, alt und marode. Auch hier führten eine Reihe von Sprossen nach oben.

Nick leuchtete in den Schacht. Die Sprossen endeten an einem eisernen Deckel. Er kletterte hinauf. Alter Rost regnete hinab. Oben angekommen stemmte er sich gegen die Platte, legte all seine Kraft hinein. Aber sie rührte sich nicht. Nick kletterte wieder hinunter.

»Keine Chance. Suchen wir eine andere.«

»Was ist, wenn sich keine mehr bewegen lässt?«, fragte Selena.

»Dann denken wir uns etwas aus.«

Sie liefen weiter. Dann erreichten sie den ursprünglichen Tunnel, der bis ins Jahr 1717 zurückdatierte. Nässe tropfte von den Wänden. Nick wagte es kaum, zu atmen. Sie erreichten eine weitere Leiter. Nick kletterte hinauf und stemmte sich gegen die Abdeckung. Sie bewegte sich, wenn auch nur ein wenig. In seinem Rücken spürte er ein schmerzhaftes Knacken. Er atmete tief durch.

»Ronnie, komm rauf und hilf mir mal.«

Die beiden Männer stemmten sich gegen die Platte. Sie ließ sich bewegen. Ein durchdringender Schmerz breitete sich in Nicks linkem Bein aus. Die Platte rutschte zur Seite. Nacheinander kletterten sie aus dem Loch. Die anderen folgten ihnen.

»Geht es dir gut?«, fragte Ronnie mit einem prüfenden Blick auf Nick.

Nick wischte sich einen Schweißfilm von der Stirn. »Ja, alles bestens.«

Es roch muffig hier und nach Staub. Doch verglichen mit der Kanalisation kam ihnen der Geruch wie der Duft eines Frühlingstages auf dem Lande vor.

»Schön, endlich da raus zu sein«, sagte Lamont.

Sie befanden sich in einem Kellerraum voller Kartons, Kisten, zerbrochener Statuen und aller Art von Gerümpel. Früher musste es sich hierbei wohl um den Kerker gehandelt haben. Die Decke war aus Felsgestein, dunkel und niedrig. Eine schmale Treppe aus abgewetzten Steinstufen führte nach oben. Am oberen Ende der Stufen befand sich eine feste hölzerne Tür. Nick stieg hinauf, die anderen hinter ihm. Der Schmerz in seinem Bein war allgegenwärtig.

»Du humpelst«, sagte Selena.

»Das ist nichts.«

Nick schlang sich seine MP-5 von der Schulter. Er öffnete die Tür. Sie führte in einen anderen Kellergang.

»Sieht aus, als hätten wir Glück«, sagte Lamont.

Sie befanden sich einem Elektroraum, neu und modern. Dicke Metallleitungen, bei denen es sich um die Hauptstromversorgung handelte, mündeten in Stromverteilerkästen. Von dort aus führten dutzende Leitungen ins Gebäude.

»Die hier sehen wie Videokabel aus.« Nick leuchtete mit seiner Taschenlampe auf ein dickes Bündel bunter Leitungen.

Ronnie öffnete seinen Rucksack und holte einen kleinen Videorekorder heraus, ein paar Messfühler und etwas, das wie ein tragbarer Taschenfernseher mit einer Digitalanzeige aussah. Er lief zu den Kabeln und schloss die Messfühler an.

»Wir haben Kameras«, sagte er. An der fünften Leitung angekommen, rief er: »Hab dich«, und klemmte die metallene Klammer an das Kabel.

Sein Bildschirm zeigte vierundzwanzig kleine Bilder der Überwachungskameras über ihnen. »Das hier ist der Hauptvideofeed. Alles wird von hier aus weitergeleitet. Wir sehen alles, was auch sie sehen.«

Er schloss seinen Videorekorder an das Gerät an und schaltete ihn ein.

»Wir nehmen einen zweiminütigen Loop auf und ersetzen ihn mit der eigentlichen Übertragung. Wer immer da oben zusieht, bekommt nur das zu sehen, was wir sie sehen lassen wollen.«

»Nämlich gar nichts.«

»Genau.« Sie warteten. Ronnie überprüfte die Aufnahme und schloss dann eine weitere Leitung an den Kabelstrang an.

»Schalte die Kameras … jetzt ab.« Ronnie drückte eine Taste. Das Bild flackerte kurz, dann wirkte alles wie vorher.

»Wir können gehen.«

»Wenn wir uns zurechtgefunden haben, begeben wir uns ins zweite Stockwerk. Die Bibliothek liegt am hinteren Ende. Wenn wir sie gefunden haben, übernimmst du, Selena. Sag uns einfach, was wir tun sollen. Wir schnappen uns den Codex und verschwinden wieder.«

»Nichts einfacher als das«, sagte Lamont.

Kapitel 27

Seit den Angriffen auf ihr Team begleitete der Personenschutz des *Projects* Elizabeth überall hin. Ihr Haus in Georgetown wurde rund um die Uhr bewacht, genau wie sie selbst, wenn sie sich im Hauptquartier befand.

Elizabeth schloss die Tür ihres Büros hinter sich und nahm den Fahrstuhl zum Ausgang im Erdgeschoss. Ein schwarzer, gepanzerter Lincoln wartete draußen auf sie. Er verfügte über zwölf Zentimeter dicke Panzerplatten, kugelsicheres Glas, Stahlfelgen, Notlaufreifen und einen Dieselmotor mit Turbolader, was sich deutlich auf den Spritverbrauch auswirkte. Ihr Fahrer hielt ihr die Hecktür auf.

»Guten Abend, Direktorin.«

»Guten Abend, Tom.«

Tom schloss hinter ihr die Tür. Ihr anderer Leibwächter war ein großer Mann, eine beruhigende Erscheinung. Er nahm auf dem Beifahrersitz Platz. Eine Remington-Pumpgun Kaliber 12 stand aufrecht in einer Halterung neben ihm. Als der Wagen langsam aus der Tiefgarage rollte, rief Elizabeth die jüngsten Satellitenaufnahmen aus Russland ab.

Es gab neue Aktivitäten auf dem Luftwaffenstützpunkt in Irtysch. Sie hatte sich mit der DIA angelegt, um das Areal von einem Satelliten rund um die Uhr überwachen zu lassen, aber nur einen Teilerfolg errungen. Es gab immer noch Zeitfenster, in denen der Satellit außer Reichweite war. Aber der Eindruck, den sie von der Lage vor Ort hatte, verdichtete sich.

Die Russen hatten die Sicherheitsvorkehrungen verstärkt. Mittlerweile, so schätzte sie, befand sich eine ganze Kompanie auf dem Stützpunkt. Jeder, der sich der Pyramide nähern wollte, musste drei Kontrollpunkte passieren, einer aufwendiger als der andere.

Es gab neue Zäune. Eine neue Straße, die von der Basis zur Pyramide führte. Wachsoldaten, die über das Gelände patrouillierten. Hunde. Lichtmasten waren aufgestellt worden. Irgendwer investierte einiges an Mühe, um eine bestimmte Sache zu bewachen.

Sie spähte aus den getönten Fenstern des Lincoln. Ein gelbes Motorrad mit zwei Personen in schwarzem Leder preschte vorbei. Beide Fahrer trugen Helme mit schwarzen Visieren, die ihre Gesichter verbargen. Als das Motorrad sie überholt hatte, drehte sich der hintere Mann um und warf ein dunkles Paket auf ihr Fahrzeug zu.

»*Fuck!*«, schrie Tom und trat auf die Bremse.

Der schwere Wagen erzitterte und wurde langsamer. Die Panzerung unter dem Motor fing den Großteil der Detonation ab. Im Inneren des Wagens hörte sich die Explosion wie ein Donnerschlag an. Der Lincoln wurde in die Luft gehoben und die Windschutzscheibe nach außen gedrückt. Glasscherben schnitten in Elizabeths Gesicht. Sie prallte von innen gegen die Tür, als der Wagen wieder auf der Seite landete und schlitternd am Straßenrand zum Stehen kam.

Ihr Fahrer lag regungslos gegen die Tür gelehnt. Sein Partner hing in seinem Gurt, bewusstlos und blutend. Benommen sah sie, wie das Motorrad wendete. Der Beifahrer lehnte sich zur Seite, mit einer weiteren Bombe in der Hand.

Elizabeth verließ nie ohne ihre Pistole das Haus. Sie zog die Glock und zielte mit zitternden Händen auf die Öffnung, wo sich eben noch die Windschutzscheibe befunden hatte. Durch den beißenden Rauch sah sie doppelt, sah zwei Motorräder auf sich zukommen. So schnell sie konnte, drückte sie den Abzug, immer und immer wieder. Sie hatte das Gefühl, sich unter Wasser zu befinden. Alles vollzog sich wie in Zeitlupe und das Geräusch der Schüsse drang nur gedämpft und wie von fern zu ihr durch. Heiße Patronenhülsen wirbelten um sie herum wie in einem schimmernden, eigenartigen Regen.

Das Motorrad rutschte über die Straße, und die Bombe, die für sie gedacht war, explodierte. Flammen hüllten die Maschine und die beiden Personen ein.

Später konnte sie sich nicht mehr erinnern, wie sie aus dem Wagen entkommen war. Sie erinnerte sich nur noch an die Sirenen und die blutverschmierte Leiche ihres Fahrers.

Kapitel 28

Die Bibliothek des Palastes glich keiner anderen Bibliothek, die Nick je gesehen hatte. Der Saal war so groß wie ein Fußballfeld. Weiße, rippenförmige Bögen mit floralen Akzenten wölbten sich von der hohen Kuppeldecke herab. Die Bibliothek war ein Zeugnis des goldenen Zeitalters barocker Architektur. Der Boden war mit weißen, roséfarbenen und grauen Fliesen bedeckt. Unter der zentralen Kuppel formten sie einen Kreis aus geometrischen Mustern, der von einem Quadrat eingefasst war. Er sah aus wie ein teurer orientalischer, aus Marmor gewebter Teppich. Zu beiden Seiten des Saals erstreckten sich je ein beinahe unendliches hölzernes Regal. Tausende Bücher waren darin aufgereiht. Marmorsäulen stützten eine zweite Etage, in der sich ebenfalls Buchregale befanden und die von einer marmornen Balustrade abgegrenzt wurde. Kaltes Mondlicht fiel durch die großen Fenster herein, was die Bibliothek in einem schaurig-schönen Glanz erstrahlen ließ.

Dunkle Umrisse schossen zu ihnen hinab und verschwanden wieder, als das Team den Saal betrat. Ronnie zuckte zusammen und fluchte.

»Fledermäuse! Hier gibt es Fledermäuse! Ratten und Fledermäuse. Was für ein verfluchter Ort ist das hier eigentlich?«

Nick lachte. »Ratten und Fledermäuse … Rats and Bats. Klingt nach einem guten Namen für eine Rockband.«

»Die Fledermäuse ernähren sich von Insekten, die die Bücher angreifen würden«, erklärte Selena. »Deswegen lassen die Portugiesen sie hier drin leben.«

Lamont seufzte. »Wieso weißt du so etwas?« Er betrachtete die ledergebundenen Ausgaben in den Regalen. »Jede Menge Bücher. Aber wo ist der Codex?«

»Der Codex wird nicht öffentlich ausgestellt. Sucht nach einem weiteren Raum. Es muss hier einen Ort geben, an dem sie die beschädigten Bücher zur Restauration aufbewahren.«

Fünf Minuten später hatten sie ihn gefunden, von einem elektronischen Tastenfeld verriegelt. Ronnie zog ein Gerät aus seinem Rucksack und befestigte es an dem Tastenfeld. Grüne Ziffern huschten verschwommen über das Display, bis nacheinander eine fünfstellige Kombination erschien. Das Türschloss sprang auf.

In der Sicherheitsstation nahe dem Haupteingang leuchtete eine rote Warnlampe auf. Der Wachmann, der die Monitore im Auge behalten sollte, konnte sie nicht sehen. Er lag auf dem Fußboden. Ein großes Stück seines Hinterkopfs fehlte, dort, wo eine Kugel ausgetreten und einen Großteil seines Gehirns mit sich gerissen hatte.

Kapitel 29

Der Restaurationsraum war etwa so groß wie eine geräumige Garage. Auf einer Werkbank entlang der Wand waren fein säuberlich eine ganze Reihe von Klebstoffen, Tinten und eigentümlichen Werkzeugen aufgereiht, deren Sinn und Zweck nur ein professioneller Buchrestaurator verstand. Auf der Arbeitsplatte lag aufgeschlagen ein ledergebundener Foliant und zeigte eine Illustration eines mittelalterlichen Ritters, der an einen Abgrund trat.

Selena lief zu dem Tisch.

»Das ist beeindruckend«, flüsterte sie beinahe andächtig. »Das ist eine illustrierte Ausgabe aus dem vierzehnten Jahrhundert. *Le Morte D'Arthur*. Artus' Tod.«

»König Artus?« Nick trat zu ihr und sah auf das Buch hinunter.

»Genau der.«

»Sehr hübsch, aber nicht das, wonach wir suchen.«

»Sorry.« Sie suchte den Raum ab. »Versuche doch mal den Schrank mit dem Tastenfeld dort. Er ist klimatisiert.«

Der Code, der sie bereits in den Raum geführt hatte, öffnete auch den Schrank. Darin befand sich eine etwa dreißig Zentimeter lange und fünfzehn Zentimeter breite Holzkiste. Selena zog sie heraus und öffnete den Deckel.

»Das ist er«, sagte sie, klappte den Deckel wieder zu und verstaute die Kiste in einer großen leeren Tasche an der Vorderseite ihrer Jacke. Die unübersehbare Wölbung erinnerte Nick an Selbstmordattentäter in Afghanistan. Er versuchte die Erinnerungen abzuschütteln.

Sein Ohr begann zu jucken.

»Irgendetwas stimmt hier nicht«, sagte er.

Jetzt brannte sein Ohr. Er zog daran. Ronnie und Lamont sahen einander an. Sie wussten, was das zu bedeuten hatte.

»Scheiße«, murmelte Ronnie.

»Schaltet die Lampen aus.« Nicks Stimme klang ruhig und gelassen. Doch er spürte bereits die altbekannte Anspannung vor einem Kampf.

Vorsichtig schob er die Tür des Raumes einen Spalt breit auf. Sie hörten gedämpftes Flüstern, das leise Quietschen eines Stiefels auf den Marmorfliesen. Mit seiner MP-5 auf der Höhe seiner Wangen öffnete Nick die Tür.

Fünf Männer, schwarz gekleidet, mit Skimasken und hässlichen kurzläufigen Automatikwaffen.

Nick eröffnete das Feuer. Die Schüsse erhellten die Bibliothek mit grellen Blitzen und einem verwirrenden, stroboskopartigen Flackern. Alle begannen zu schreien und zu schießen. Irgendetwas schlug hart gegen seine Brust und riss ihn herum. Im Fallen sah er, wie Selena ebenfalls getroffen wurde. Es war ein Ballett des Todes, schattenhafte Umrisse, die im Licht des Mondes und der Waffen miteinander tanzten …

… *Kugeln ließen die Marktstände um ihn herum zersplittern und prallten von den Steinwänden ab. Das Rattern der AKs war zu einem unablässigen Brüllen in seinen Ohren geworden. Es gelang ihm, in einem Hauseingang in Deckung zu gehen. Auf der staubigen Straße rannte ein Kind auf ihn zu und rief etwas über Allah. Das Kind hielt eine Granate in der Hand …*

… und dann war er wieder zurück in Portugal. Der kurze Erinnerungsfetzen war vorüber, und der Kampf ebenso. Für eine Minute musste er bewusstlos gewesen sein. Er brach in kalten Schweiß aus. Fünf dunkle Umrisse lagen zusammengekrümmt auf dem Marmorboden. Überall sah man Patronenhülsen liegen. Der Geruch von abgefeuerten Waffen lag in der Luft.

Lamont beugte sich über ihn. »Alles in Ordnung?« Er half Nick auf die Beine.

»Ja.« Seine Brust war geprellt und sein linker Arm taub. Selena krümmte sich vor Schmerzen, keuchte.

»Bin okay«, sagte sie, rang nach Luft. »Hat mir den Atem verschlagen.«

Ronnie half ihr auf. Sie zog die Kiste mit dem Codex aus ihrer Jacke. Die Kugel hatte das Buch durchschlagen und war in ihrer kugelsicheren Weste darunter steckengeblieben.

»Nick?«, erkundigte sich Lamont noch einmal.

»Mir geht's gut. Gott, ich liebe diese Weste.«

Ronnie beugte sich über die toten Männer. »Schätze, deren Westen waren nicht so gut wie unsere.« Er nahm eine der Waffen vom Boden auf. »Russisch. PP-19. Eine gute Waffe.«

»Aber nicht gut genug«, erwiderte Lamont. »Was wollen die Russen hier?«

»Dasselbe wie wir.«

»Der hier ist noch am Leben.« Ronnie hockte sich neben einen der niedergestreckten Umrisse. Die Augen des Mannes flatterten. Blut rann ihm aus dem Mund. Ronnie wusste, dass der Mann nicht wieder aufstehen würde. Und der Mann am Boden wusste es ebenso.

»Fick deine Mutter«, sagte er auf Russisch. Dann war er tot.

»Definitiv Russen«, schlussfolgerte Lamont.

Kapitel 30

Elizabeth saß in Stephanies Büro, trank Kaffee und grübelte über die Personen nach, die versucht hatten, sie umzubringen. Sie trug ausschließlich Schwarz – schwarze Seidenbluse, schwarzes Kostüm, schwarze Schuhe. Das entsprach ihrem aktuellen Gemütszustand. Der einzige Farbtupfer an ihr war eine diamantbesetzte silberne Brosche in Form eines Schwans auf ihrer linken Brust.

Neun Uhr morgens und sie war bereits bei ihrer vierten Tasse angekommen. Ihr Stresslevel befand sich bereits irgendwo in der Stratosphäre.

Stephanies Schreibtisch verfügte über drei große Monitore und eine eingebaute Tastatur, die mit den Cray-Rechnern eine Etage tiefer verbunden war. Eine Wackelkopffigur von Elvis Presley stand auf dem mittleren Monitor. An der Wand dahinter hing ein gerahmtes Poster von Venedig.

An einer großen Korkpinnwand hingen Notizzettel und Bilder von Freunden und Familie. Zwischen zwei der drei Monitoren stand eine dekorative Vase mit frischen Blumen. An der rechten Wand hing ein realistisch wirkendes Foto eines Fensters, dass sich zu einem Ozean an einem sonnigen Tag öffnete.

»Keine Idee?«, fragte Stephanie sie. »Nichts, was uns einen Hinweis auf die Drahtzieher geben könnte?«

»Nein. Aber ich schätze, es war AEON.«

Die Explosion hatte keine bleibenden Schäden bei ihr hinterlassen. Für einen Tag hatte sie teilweise ihr Gehör verloren. Ihr Gesicht trug Spuren von Schnittverletzungen, die von den Scherben der Windschutzscheibe herrührten. Sie hatte ein paar geprellte Rippen von dem Aufprall, als sie gegen die Tür schlug. Doch abgesehen davon ging es ihr gut.

Noch einmal lief der Überfall vor ihrem geistigen Auge ab. Wie der Wagen in die Luft gehoben wurde und auf der Seite aufschlug. Die Wucht des Aufpralls. Das quietschende Geräusch, als er über die Straße schrammte. Der Rückstoß der Pistole in ihrer Hand, als sie auf die gesichtslosen Motorradfahrer schoss, die Explosionen. Diese Bilder würden ihr auf ewig im Gedächtnis bleiben. Sie musste an ihre Leibwächter denken, von denen einer tot war und der andere auf der Intensivstation lag.

Sie hatte ein Flugzeug nach Portugal geschickt. Ihr Team war zusammen mit dem Codex bereits auf dem Rückflug.

»Gab es nichts, woran man die toten Männer in Mafra hätte identifizieren können?« Stephanie tippte Elvis mit dem Finger an. Sein Kopf wackelte hin und her.

»Nein, aber sie besaßen russische Waffen. Einer von ihnen sagte etwas auf Russisch, bevor er starb.«

»Was waren seine Worte?«

»Nichts Wichtiges. Sie waren hinter dem Codex her. Wir hatten nur Glück, vor ihnen dort aufzukreuzen.«

»Und Pech für sie.« Stephanie tippte noch einmal gegen Elvis. Er wackelte.

»Sie haben die Museumswächter umgebracht. Das war unnötig, von daher habe ich kein Mitleid mit ihnen. Die Portugiesen versuchen herauszufinden, was vor sich ging, aber ich glaube nicht, dass sie sehr weit kommen werden.«

»AEON würde zumindest die Verbindung zu den Russen erklären.«

Elizabeth nickte zustimmend. »Die Sache wird immer vertrackter. Ich frage mich, was wir in diesem Codex finden werden. Er muss sehr wichtig sein, wenn man extra ein Team nach ihm ausgesandt hat.«

»Was haben die Ihrer Meinung nach vor?«

»Foxworth plant etwas. Er hat ernsthafte Anstrengungen unternommen, uns umzubringen.«

»Aber wieso? Er hat damit nichts anderes erreicht, als uns auf seine Fährte zu führen.«

»Zuerst dachte ich, dass er sich wegen der Sache in Texas rächen will, aber darüber sind wir mittlerweile hinaus. Vielleicht aber auch nicht.«

»Sich mit uns anzulegen war ein Fehler.«

»Nein«, antwortete Elizabeth. »Dabei zu *scheitern* war ein Fehler.«

Elizabeths Stimme war ruhig und beherrscht. Ihre grünen Augen hatten einen ungewöhnlich dunklen Ton angenommen. Stephanie hegte keinen Zweifel daran, dass Foxworth gerade den größten Fehler seines Lebens begangen hatte.

Kapitel 31

Der Codex lag auf Elizabeths Schreibtisch. In der Mitte klaffte ein Einschussloch. Die Buchseiten aus Baumrinde waren vergilbt und spröde, die Ränder bereits von Insekten abgenagt. Überall waren winzig kleine Löcher zu sehen. Die Buchseiten selbst waren lang und schmal und mit Bildern und den seltsamen Symbolen der Maya-Schriftzeichen verziert. Für Nick sahen sie wie Illustrationen von Popcorn aus, ergänzt um ein paar Schnörkel, Bilder und punktierte Linien.

»Kannst du das lesen?«, fragte er Selena.

Sie fuhr sich mit dem Handrücken über die Stirn. Ihre violetten Augen funkelten vor Aufregung. Das war ihr Leben – alte Sprachen und Texte, die das Kreuzworträtsel in der *Times* geradezu lächerlich einfach wirken ließen.

»Einiges davon. Dieser Text ist einzigartig. Es scheint eine Mischung aus einem frühen Maya-Dialekt und Toltekisch zu sein. Ich schätze, es muss aus dem fünften oder sechsten Jahrhundert nach Christus stammen. Ich werde eine Weile brauchen, um alles zu verstehen, aber ich kann es schaffen.«

»Können Sie sich auf das, was Sie bisher gelesen haben, schon einen Reim machen?«, erkundigte sich Elizabeth.

»Ein wenig. Ich verstehe nicht, wieso AEON es haben will. Die erste Seite ist Teil einer Baubeschreibung. Eine Art Register vielleicht.«

Sie deutete auf eine vertikale Linie aus Zeichen und Punkten. »Das hier ist eine Liste von Baumaterialien. Die Punkte sind Zahlen und bezeichnen die Menge an Steinen und so weiter. Ich glaube, dass ein paar Seiten fehlen. Normalerweise wird auf der ersten Seite dem regierenden König gehuldigt und das Jahr seiner Regentschaft erwähnt, zusammen mit seinen Errungenschaften. So wie auf den ägyptischen Obelisken.«

»Wie lange wird es dauern, bis Sie es übersetzt haben?«, fragte Elizabeth.

»Ich bin nicht sicher. Die Sprache der Maya gehört zu den bestdokumentierten aller alten Sprachen, aber die älteren Dialekte geben uns teilweise noch Rätsel auf. Ich werde Stephs Hilfe brauchen. Mithilfe der Computer kann ich das Buch mit anderen bekannten Texten vergleichen lassen und nach Ähnlichkeiten suchen.«

»So wie Sie es mit dem minoischen Text getan haben.«

»Ganz genau.«

»Dann sollten Sie besser sofort beginnen.«

»Komm, Selena.« Stephanie stand auf. »Dann befragen wir mal Freddy.«

Nick sah den beiden nach. »Steph tut immer so, als wären diese Computer Menschen.«

»Reden Sie bloß nicht schlecht über sie, wenn Steph in der Nähe ist«, warnte ihn Elizabeth. »Sie sind wie eine Familie für sie.« Sie griff nach ihrem Kugelschreiber. »Irgendwelche Ideen bezüglich Portugal?«

»Nur eine Frage: Wieso ausgerechnet die Russen?«, antwortete Nick. »Ich glaube nicht, dass wir es mit regulären

Agenten oder Spetsnaz zu tun hatten. Ihre Körperpanzerung war minderwertig. Sie waren leichtsinnig. Spezialagenten hätten sich nicht so verhalten. Außerdem trugen ihre Uniformen einen roten Aufnäher, den ich noch nie zuvor gesehen habe.«

»Ich denke, dass Ogorov sie geschickt hat.«

»AEON?«

»Das ist die einzige logische Erklärung. Die Frage ist nur, ob der Einsatz von der amtierenden Regierung genehmigt wurde oder nicht.«

»Glauben Sie, dass der Kreml mit AEON oder Foxworth zusammenarbeiten würde?«

»Nein, aber wir müssen herausfinden, womit wir es genau zu tun haben. Es dürfte einen gewaltigen Unterschied machen, wenn wir es mit Russland selbst aufnehmen müssten.«

»Und wie wollen Sie das anstellen?«, fragte Ronnie.

»Auf die altmodische Art: Wir fragen. Ich denke, es ist an der Zeit, jemanden zu kontaktieren.«

TEIL 2

Kapitel 32

General Alexei Ivanovich Vysotsky leitete das Department S, eine von acht spezialisierten Abteilungen innerhalb des *Sluschba wneschnei raswedki,* des russischen Auslandsnachrichtendienstes. Zu dem Department S gehörte auch die spezielle Eingreiftruppe namens *Zaslon*, eine Gruppierung, die offiziell nicht existierte.

Außenminister Ogorov hatte den SVR und das FSB gegeneinander ausgespielt, und Alexei war entschlossen, den Grund dafür herauszufinden. *Der Federalnaja sluschba besopasnosti* kümmerte sich um die gesamte innere Sicherheit. Der Machtkampf zwischen innerer und äußerer Sicherheit ging noch auf eine Zeit zurück, als beide Geheimdienste dem damaligen KGB unterstanden. Nun waren sie eigenständige Organisationen, die Rivalitäten untereinander jedoch schlimmer denn je.

Nachdem Vysotsky einen Weg gefunden hatte, den Kriminellen Gelashvili auszuschalten, war man beim FSB beleidigt. Man schmollte. *In a snit*, wie es die Amerikaner ausdrückten. Vysotsky liebte amerikanische Ausdrucksweisen. Sie waren fast so gut wie die russischen, mit Ausnahme der Schimpfworte. Keine Sprache würde je an die Feinsinnigkeit russischer Beleidigungen heranreichen.

Alexei hatte Säuberungsaktionen, Intrigen und den Wechsel in die sogenannte Demokratie überlebt. Über seine ureigenen Ambitionen hielt er sich bedeckt, was der

Grund dafür war, dass er seine Machtposition so lange erhalten konnte. Es gab kaum etwas, das ihn noch überraschen konnte. Umso erstaunter war er, als sein verschlüsseltes Satellitentelefon einen Anruf von Elizabeth Harker anzeigte.

Das könnte interessant werden. Was konnte sie wohl von ihm wollen?

Vysotsky öffnete eine Schublade und aktivierte ein nicht genehmigtes und inoffizielles Sicherheitssystem, welches sein Büro von jeglicher elektronischer Überwachung abschnitt. Er ging davon aus, dass sein Büro auf alle erdenklichen Arten verwanzt sein würde. Das war nichts Persönliches, das wusste er, sondern lag in der Natur der Sache. Ganz besonders in Russland. Was immer Elizabeth Harker zu sagen hatte, ging niemand anderes etwas an.

Die Allianz mit ihr hatte in der jüngeren Vergangenheit zu einem Ende einer Bedrohung des Mutterlandes und zu einiger Verwirrung innerhalb der CIA geführt. Ein zufriedenstellender Ausgang, aber Alexei durfte sein Glück nicht überstrapazieren. Eine Kooperation mit den Amerikanern konnte schnell als Verrat angesehen werden. Er traute Harker nicht. Aber er musste zugeben, dass er ihre scharfe Entschlussfreudigkeit zu schätzen wusste.

»Vysotsky.«

»General. Hier spricht Direktorin Harker.« Ihre Stimme drang glasklar durch die Satellitenverbindung zu ihm. In Gedanken stellte er sie sich vor. Wahrscheinlich in Schwarz und Weiß gekleidet. Jedes Bild, das er von ihr gesehen hatte, zeigte sie in Schwarz und Weiß.

»Direktorin. Wie schön, von Ihnen zu hören.«

»General, es gibt da etwas, das ich sehr gern mit Ihnen besprechen würde.«

»Natürlich.«

»Es wäre vielleicht besser, wenn wir uns dafür persönlich treffen könnten.«

Alexeis Interesse war geweckt. Major Korov hatte ihn mit detaillierten Informationen über Harker versorgt. Vysotskys Akten über sie waren umfangreich. Doch Briefings und Akten waren immer nur ein schwacher Ersatz für einen direkten Eindruck.

Harker war eine ernsthafte Frau. Vysotsky respektierte Ernsthaftigkeit. Sie hielt ihr Wort. Sie scheute nicht davor zurück, zu tun, was getan werden musste. Sie waren einen Bund eingegangen, aber sie waren keine Verbündeten. Er lächelte in sich hinein. Diese Frau hatte in der Tat Eier. Was konnte so wichtig sein, dass man es nicht einmal über eine sichere Verbindung besprechen konnte?

»Welche Umstände könnten es nötig machen, dass wir uns treffen?«, erkundigte er sich.

»Es geht um Außenminister Ogorov.«

In diesem Moment wusste Alexei, dass er sich mit ihr treffen würde. *Ogorov. Wieso sollte sie mit ihm über Ogorov sprechen wollen?* Er wartete.

»Ich nehme an, dass ein Flug nach Washington nicht in Ihrem Interesse sein dürfte. Ich würde daher etwas näher an Moskau vorschlagen. Kopenhagen vielleicht?«

Im Westen, aber nicht zu weit weg. Ein kurzer Flug für ihn, eine lange Reise für sie. Neutraler Boden, aber er würde dort angreifbar sein. Sie jedoch noch mehr, so nahe an russischem Territorium.

An ihrer Stelle wäre er daran interessiert gewesen, den aktuellen Status ihrer Beziehung aufrechtzuerhalten. Angesichts der Positionen, die sie beide in der Welt der Geheimdienste begleiteten, würde jeder unglückliche Zwischenfall ernsthafte Konsequenzen nach sich ziehen. Sie würde nichts gewinnen, wenn sie ihn in eine Falle lockte.

»Kopenhagen ist akzeptabel. Wann soll das Treffen Ihrer Meinung nach stattfinden?«

»So schnell wie möglich.«

»Ich kann in zwei Tagen da sein.« Im Hintergrund hörte er etwas tippen.

»Dann würde ich den Tivoli-Freizeitpark vorschlagen. Wie wäre es gleich am Morgen? Neun Uhr?«

»Einverstanden. Die Veranda vor dem Hotel Himb.«

»Gut. Bis dann.« Sie legte auf.

Ogorov, dachte er bei sich. *Was haben Sie getan?*

Kapitel 33

Der große Monitor an der Wand hinter Harkers Schreibtisch war leer.

Ich würde einen Bildschirmschoner laufen lassen, überlegte Nick. *Einen mit diesen Aquarien und Delphinen darin. Oder Haien.*

Harker las Selenas Bericht über den Mafra-Codex zu Ende und schob ihn beiseite. Sie sah auf.

»Sind Sie da ganz sicher, Selena?«

»Ich bin sicher.«

»Das liest sich wie eine dieser Dokumentationen über Aliens. So ein ausgedachter Unsinn aus diesen UFO-Shows.«

Selena nickte. »Es widerspricht allem, was wir über diese Pyramiden zu wissen glauben. Außerirdische eignen sich als Erklärung so gut wie alles andere.«

»Wie wäre es, wenn Sie uns in das Geheimnis einweihen, Direktorin?«, fragte Ronnie.

»Nur, wenn Sie mir verraten, wo Sie dieses Hemd herhaben.«

Ronnie lächelte. »Gefällt es Ihnen?« Er blickte an sich hinunter.

Edle hawaiianische Häuptlinge standen in heldenhafter Pose in Auslegerkanus und sahen der halluzinogensten Küste entgegen, die Elizabeth je gesehen hatte. Die Szene wiederholte sich mehrere Male. Der Pazifik war von einem giftigen Blau und der Himmel mit Linien durchzogen, die wohl Sonnenstrahlen repräsentieren sollten. Für Harker sahen sie jedoch mehr nach Blutstriemen aus.

Elizabeth seufzte. »Das war ein Scherz, Ronnie. Selena, bitte weihen Sie die anderen ein.«

Selena trug eine einfache schwarze Hose und eine lavendelfarbene Seidenbluse, die die Farbe ihrer Augen zur Geltung brachte. In ihren goldenen Ohrringen mit saphirblauen Akzenten spiegelte sich das Licht der Deckenlampen. Für Nick sah sie wunderschön aus.

»Der Codex ist eine detaillierte Auflistung des Baus der Pyramide in Yucatán.«

»Was ist daran so ungewöhnlich?«, fragte Nick.

»Alles. Niemand weiß, wie die Pyramiden errichtet wurden. Die meisten Annahmen beruhen auf sachkundigen Spekulationen. Sklaven mussten die Steine heranschleppen und so weiter. Laut den Archäologen wurden sie für rituelle Opferungen benutzt. Das ist soweit richtig.«

»Wieso höre ich da ein *aber* heraus?«

»Der Codex besagt, dass es sich vielmehr um eine elektrische Energiequelle handelte.«

Nick sah sie ungläubig an.

»Energie? Die alten Mayas kannten elektrischen Strom? Ich bitte dich.«

Sie zuckte mit den Schultern. »Sie nannten es nicht Elektrizität, aber es gibt keine andere Erklärung. Der Codex beschreibt mehrere eigens angelegte Kanäle unter der Pyramide, die Wasser führten. Metallstangen wurden in die Erde geleitet und die innere Kammer war wie ein

Isolator ausgekleidet. Es war eine gigantische Batterie. Nikola Tesla entwarf im letzten Jahrhundert etwas ganz ähnliches.«

Elizabeth beschlich eine leise Vorahnung.

»Es ist ein Haufen Steine«, sagte Nick. »Wie kann so etwas eine Batterie sein?«

»Es funktioniert über tellurische Felder.«

»Was sind tellurische Felder?«, wollte Lamont wissen.

»Das ist ein geomagnetisches Phänomen.«

»Oh, ach so, na klar.« Er schlug sich mit der flachen Hand gegen die Stirn. »Wie konnte ich das nur vergessen. Tellurische Felder also.«

Selena lachte. »Tellurische Felder sind Wellen sehr geringer elektrischer Energie, die von den Magnetfeldern der Erde erzeugt werden. Wir können ihre Intensität messen, ihren Fluss vorhersagen und ihre Position bestimmen. Erinnert Ihr euch, dass ich Tesla erwähnte? Er begann Anfang des letzten Jahrhunderts damit, einen Turm zu bauen, der freie Elektrizität in alle Richtungen verschicken sollte. Dafür zapfte er die tellurischen Ströme an.«

»Schätze, es hat nicht funktioniert«, sagte Nick. »Habt ihr kürzlich mal einen Blick auf eure Stromrechnung geworfen?«

»Es hätte funktioniert, wäre da nicht J. P. Morgan gewesen. Er und seine Kumpane finanzierten das Projekt. Morgan zog dem Projekt den Stecker, als er merkte, dass er an freier Elektrizität nichts verdienen würde. Es wurde nie fertiggestellt. Der Plan geriet in Vergessenheit.«

»Kein Wunder«, sagte Nick. »Hat sich seither nicht viel geändert. Aber was hat das mit den Pyramiden zu tun?«

»Die tellurischen Felder bewegen sich in vorhersehbaren Mustern. Entlang der Erdoberfläche gibt es verschiedene Punkte, an denen sie besonders stark sind. Energie-Hotspots sozusagen. Yucatán ist einer dieser Orte.«

»Wozu hätten die Mayas denn Elektrizität benötigt?«

»Maya-TV«, scherzte Lamont. »Frühzeitliche Toaster.«

»Lamont …« In Harkers Stimme lag ein warnender Unterton.

»Sorry.« Er sah nicht so aus, als ob er seine Bemerkung sonderlich bereute.

Selena fuhr fort. »Der Codex beschreibt eine Art Leuchtturm. Etwas darin bündelte die gespeicherte Energie und sandte sie als Lichtstrahl aus. Besser konnte ich es nicht übersetzen. Vielleicht ist es nicht ganz korrekt. Aber es gab definitiv eine Art von Licht, ganz oben an dessen Spitze. Ich denke, die Mayas versuchten auf diese Weise, eine Nachricht an ihre Götter zu schicken.«

»Das ist alles?«, fragte Nick.

»Es existieren Warnungen vor dem Licht. Im Grunde besagen sie nichts anderes als *haltet euch fern, oder die Götter werden euch bestrafen*. Der Codex ist unvollständig. Er erklärt nicht, was es war, aber in der Spitze befand sich etwas, das dieses Licht erzeugte. Es gibt keine weiteren Details.«

»Du sagtest etwas von Yucatán. Wo genau?«

»Südöstlich von Mérida, ein paar Stunden von Chichén Itzá entfernt. Sie liegt im Dschungel, ist vollständig überwuchert. Kleiner als Chichén Itzá und wahrscheinlich älter.«

Nick war bereits in Chichén Itzá gewesen. Die Hauptattraktion dort waren gigantische, stufenförmige Pyramiden und ein beeindruckender steinerner Ballspielplatz, auf dem die Maya eine frühe und brutale Form von Fußball gespielt hatten.

»Wieso wurde sie noch nicht freigelegt?«

»Es gibt unzählige Ausgrabungsstätten in Mexiko. Die Regierung hat schon genug damit zu tun, die Bestehenden am Laufen zu halten. Diese ist im Moment unsichtbar und interessiert daher erst einmal nicht. Wir haben sie mithilfe von SBIRS aufspüren können. Die Infrarotstrahlen sind in der Lage, das Blätterdach des Dschungels zu durchdringen.«

Elizabeth musste an die Satellitenaufnahmen aus Russland denken. Sie musste an ein ausgewachsenes Feuergefecht im Palast von Mafra denken, um an ein eintausendfünfhundert Jahre altes Buch aus Baumrinde zu gelangen. Sie musste an AEON denken und einen toten Museumsangestellten, der im Besitz von Entwürfen Nikola Teslas war.

»Ich möchte euch etwas zeigen«, sagte sie.

Sie berührte eine Taste auf ihrer Tischkonsole. Der große Bildschirm hinter ihr an der Wand leuchtete auf. Sie drückte auf eine weitere Taste und das Satellitenbild einer Pyramide erschien auf dem Monitor.

»Das ist etwas, dass ich seit längerem in Russland beobachte. Seht ihr die quadratische Grundform, die unter Infrarot sichtbar wird?«

»Okay …«

»Nun seht euch die Aufnahme der Pyramide an, die in dem Codex erwähnt wird.« Sie blendete das Bild neben dem ersten Foto ein.

»Sie sehen gleich aus.« Nick rieb sich mit der Hand über die Bartstoppeln an seinem Kinn.

»Sie sind gleich. Jemand baut in Russland eine Pyramide. Das alles kann kein Zufall mehr sein – der Codex, die verschlüsselten Nachrichten. Es muss etwas mit AEON zu tun haben. Ogorov verfügt über genügend Einfluss, um so etwas auf die Beine zu stellen.«

»Wieso sollten sie das tun? AEON hat sicher nicht vor, Nachrichten an die Götter zu senden.«

»Ich habe keine Ahnung, aber sie benötigen den Codex für irgendetwas. Wir kamen ihnen nur zuvor.«

»Wie schade.«

»Wenn Sie Informationen über die Pyramide benötigen, aber nicht an den Codex gelangen können – was würden Sie dann tun?«

»Das ist leicht«, erwiderte Nick. »Ich würde mich direkt zur Quelle begeben und sehen, was ich herausfinden kann.« Er hatte so eine Ahnung, worauf das hinauslaufen würde.

Elizabeth nahm ihren Stift zur Hand und tippte damit auf ihren Tisch. »Selena, Sie sagten, dass diese Pyramide noch im Dschungel verborgen liegt, unentdeckt. Das bedeutet, dass sie noch niemand gesehen hat.«

»Das ist richtig.«

»Dann ist es an der Zeit, denke ich, dass sie jemand genauer unter die Lupe nimmt.«

Kapitel 34

Der Flughafen von Mérida glitzerte noch von dem morgendlichen Regenschauer. Durch die Gewitterwolken, die sich am Himmel auftürmten und noch mehr Regen ankündigten, fielen Strahlen grellen Sonnenlichts auf die nassen Straßen. Das *Project*-Team trat aus der angenehm klimatisierten Gulfstream in die sengende Luftfeuchte des Spätsommers auf Yucatán. Es war, als würde man ein Dampfbad betreten.

Ein schwarzer Suburban mit Allradantrieb wartete bereits auf sie. Der Mann, der neben dem Wagen stand, trug eine Fliegersonnenbrille, eine sandfarbene Cargohose, ein aufgeknöpftes Hemd und eine geöffnete hellbraune Sportjacke. Unter der Jacke war eine Ausbuchtung auszumachen. Er stellte sich selbst als John Madison vor. Nick schätzte ihn auf etwa Ende zwanzig.

»Sie müssen einige Beziehungen haben«, sagte er, schüttelte Nick die Hand und überreichte ihm eine Visitenkarte, die ihn als stellvertretenden Kulturattaché auswies.

»Das Konsulat hat mich geschickt. Ich soll Ihnen die Autoschlüssel übergeben. Danach sind Sie auf sich allein gestellt.«

Er sah Nick an. »Sagen Sie … Sie kenne ich doch. Sie sind Carter.« Sein Blick hellte sich auf, als er sein Gegenüber erkannte. Das ließ ihn jünger aussehen und brachte Nick dazu, sich älter zu fühlen. »Sie waren mit dem

Präsidenten in Jerusalem, Sir. Lassen Sie mich Ihnen die Hand schütteln.«

Selena wusste, dass solche Situationen Nick in Verlegenheit brachten. Auch jetzt noch, Monate nach dem Bombenattentat in Jerusalem, sprachen ihn Fremde deswegen an.

»Wir sollten los«, sagte sie.

»Sprechen Sie spanisch?«

»Ja.«

»Man spricht es hier zwar ein wenig anders, aber dann sollten Sie keine Schwierigkeiten bekommen. Sie werden eine Karte brauchen. Sie finden eine im Handschuhfach.«

»Sprit?«, erkundigte sich Nick.

»Der Tank ist voll. Im Kofferraum sind noch mal fünfundsiebzig Liter als Reserve. Wenn Sie meinen Rat hören wollen, dann sollten Sie immer tanken, wenn Sie eine Pemex-Tankstelle sehen. Bringen Sie den Wagen zum Flughafen zurück, wenn Sie fertig sind. Er ist brandneu, also versuchen Sie ihn nicht zu hart ranzunehmen. Der Konsul wartete ein Jahr darauf, ihn endlich zu bekommen. Ist sein ganzer Stolz.«

»Wir werden vorsichtig sein«, sagte Selena. »Danke.«

»Ich weiß ja nicht, weshalb Sie hier sind, aber viel Glück.« Madison schüttelte noch einmal Nicks Hand. Dann lief er zu einer weißen Limousine, die geduldig in der Nähe wartete, und fuhr davon. Sie sahen ihm nach.

»Stellvertretender Kulturattaché«, murmelte Nick. »Mit einer Neunmillimeter unter der Jacke.«

»Vielleicht gibt es Banditen in der Gegend«, mutmaßte Lamont.

»Es bedeutet, dass Langley weiß, dass wir hier sind.« Nick sah zu dem Suburban. »Wieso sind diese Regierungskisten eigentlich immer schwarz? Da kann man ja gleich noch eine Zielscheibe draufmalen.«

Sie luden mehrere Aluminiumkisten in den Kofferraum. In den Kisten befanden sich ihre Waffen und alles, was sie im Dschungel benötigen würden.

»Das fühlt sich seltsam an«, sagte Nick und hievte eine der Kisten in den Wagen.

»Jepp«, stimmte Ronnie ihm zu.

»Wovon redet Ihr beiden da?«, erkundigte sich Selena.

»Nick und ich sind schon früher im Dschungel gewesen.« Ronnie hob eine weitere Kiste an.

»Aber das war etwas ganz anderes. Sie haben uns irgendwo mit unseren Rucksäcken und Waffen abgeworfen. Dann waren wir einen Monat oder zwei auf uns allein gestellt. Sind durch den Morast gekrochen und haben gegessen, was wir finden oder jagen konnten. Das hier ist der reinste Luxus.«

Er deutete auf die Kisten und den Suburban. »Ein wenig wie auf einem Campingausflug.«

»Ja, wie im Urlaub«, sagte Nick. »Wobei ich jetzt lieber am Strand wäre.«

Der Dschungel löste in ihm miese Erinnerungen aus. Nick hasste Insekten. Jeder Urwald verfügte über seine eigene, gemeine Artenvielfalt. Giftige Tausendfüßler, die einem den Arm oder ein Bein wie einen Ballon anschwellen lassen konnten. Vipern, die sich im Blattwerk verbargen und deren Biss einen nach wenigen Schritten umbrachte.

Tödliche Spinnen, die nachts über einen hinweg krabbelten. Und Schwärme von riesigen Moskitos.

Hier auf Yucatán war es nicht ganz so schlimm wie in Südamerika. Es gab zwar Riesenspinnen, aber die waren wenigstens nicht giftig. Das größte Problem waren die *Moscas*, die Moskitos. Dann gab es da noch die schwarzen Skorpione, *Las Alacránes*. Boshaft aussehende Tiere mit einem schmerzhaften Stachel, aber nicht tödlich. Oder Feuerameisen. Diese krochen einem in die Hosen und demonstrierten dann eindrucksvoll, woher sie ihren Namen hatten, wenn man so unvorsichtig gewesen war, in eines ihrer Nester zu treten. Tropische Wanderameisen, die alles auf ihrem Weg vertilgten. Sie würden sogar die Stiefel oder einen selbst verspeisen, wenn man es zuließ.

Er hasste Insekten, aber zumindest machte er sich ihretwegen keine Sorgen. Die Schlangen bereiteten ihm größeres Kopfzerbrechen. Die Korallenotter, die Klapperschlange und die mexikanische Mokassinotter lebten hier auf Yucatán. Die Korallenotter war tödlich. Und alle drei Gattungen lebten genau dort, wohin sie auf dem Weg waren.

Sie stiegen in den Suburban. Selena vorn, neben Nick, der fuhr. Ronnie und Lamont saßen hinten. Selena holte die Karte hervor und faltete sie auseinander.

»Wir müssen zuerst in Richtung Pisté. Das ist im Prinzip immer geradeaus auf der 180. Sieht aus, als wäre die Straße in Ordnung«, erklärte sie. »Ich denke, das müsste so etwa zwei Stunden dauern.«

Sie schaltete das GPS-Gerät an. Es war darauf programmiert, ihren Standort relativ zu ihrem Ziel anzuzeigen. Sie konnte die Anzeige auf ein Satellitenbild der Region mit Infrarotoption wechsel

Harker hatte einen Satelliten im geostationären Orbit auf ihr Ziel angesetzt, der sie mit Echtzeitbildern versorgte. In diesem Moment verdeckten keinerlei Wolken die Sicht und es war nichts Ungewöhnliches zu sehen. Unter dem dichten Blätterdach waren die Ruinen auszumachen.

»Von Pisté geht dann eine Nebenstraße ab.« Sie fuhr die Route mit dem Finger ab und verglich sie mit der Anzeige auf dem GPS-Gerät. »Die holpern wir ein wenig entlang, dann geht es nach Süden. Die Straße führt direkt in den Dschungel. Laut Karte endet sie hinter einem kleinen Dorf.«

»Wie heißt es?«

»Du würdest dir nur einen Knoten in die Zunge machen, also mach dir darüber keine Gedanken. Ich würde den Namen wahrscheinlich auch nicht korrekt aussprechen. Er entstammt der Maya-Sprache.«

»Bekommen wir Chichén Itzá zu sehen?«, fragte Lamont.

»Nein, das liegt auf der anderen Seite von Pisté.«

»Ich war schon mal da«, sagte Nick. »Ist wirklich beeindruckend. Eine riesige Pyramide mit verdammt vielen Stufen. Außerdem gibt es da ein Spielfeld. Dort spielten sie früher so eine Art Fußball.«

»Fußball?«, wunderte sich Ronnie.

»Aber um einiges härter. Das Spielfeld ist mit Steinen gepflastert und von Steinmauern umgeben. Auf beiden

Seiten gibt es jeweils einen Steinring, ziemlich weit oben. Sinn des Spiels war es, den Ball durch den Ring zu befördern, ohne ihn dabei zu berühren. Alles war erlaubt.«

»Was passierte, wenn man gewann? Bekam man dann von dem König eine Trophäe oder so etwas in der Art?«

»Dann war man ein Held. Es wurden Festgelage abgehalten, man bekam Geschenke vom König. Die Spiele waren sehr religiös.«

»Und wenn man verlor?«

»Dann wurde man den Göttern geopfert. Am nötigen Ansporn fehlte es also nicht.«

»Ich möchte wetten, dass es aktuell in der NFL ein paar Trainer gibt, die sich wünschten, genauso verfahren zu können. Das nenne ich mal einen Motivationsschub.«

Sie rasten nach Pisté und bogen von dort nach Süden ab. Die Straße war in einem schlechten Zustand. Für zwanzig Minuten wandten sie sich nach Osten, nach einer kleinen Ansammlung von Hütten aber wieder nach Süden. Die Straße wurde zu einem ausgefahrenen, matschigen Feldweg, gerade breit genug für ein Fahrzeug. Auf beiden Seiten rückte der Dschungel näher. Es schien, als würden sie durch einen unheimlichen grünen Tunnel voller umherhuschender Schatten fahren.

Nick ließ den Allradantrieb zugeschaltet, während sie über den Weg holperten.

Selena sah auf ihr GPS-Gerät. »Wir sind fast da«, sagte sie.

Der Feldweg führte schließlich aus dem Dschungel heraus und zu einer breiten Lichtung, auf der etwa ein halbes Dutzend Hütten standen. Diese waren aus Lehm und Betonziegeln errichtet worden. Die Dächer waren mit Palmenwedeln aus dem Dschungel und Gras gedeckt, das von den Seiten herunterhing. Kinder in zerlumpten Kleidern starrten sie an und rannten davon. Aufgeschreckte Hühner stoben in alle Richtungen. Aus einem Beet vor einem der Häuser starrte sie eine einäugige Ziege an.

An einer kreisförmigen Steinmauer unterhielten sich zwei Frauen. Erstaunt blickten sie auf, als der Truck langsam an ihnen vorbeirollte. Hinter dem Dorf verschwand der Weg im dichten Grün.

»Ich glaube, hier lassen sich nur selten Besucher blicken«, sagte Ronnie.

»Ich frage mich, was samstagabends hier los sein wird.« Lamont beobachtete die Frauen, die ihnen nachstarrten. Dann waren sie an ihnen vorüber und wieder zurück im Dschungel.

»Nicht viel«, mutmaßte Nick. »Wie weit noch, Selena?«

»Nicht mehr lange. Die Straße endet in etwa einem Kilometer.«

Zehn Minuten später verlor sich die Straße in einer überwucherten Lichtung. Der Dschungel holte sie sich bereits zurück.

Nick hielt an und schaltete den Motor aus. Etwas Metallisches funkelte durch das dichte Laubwerk, von etwas, das dort versteckt worden war. Ein blauer Toyota SUV.

Sie stiegen aus. Nick zog seine Pistole und lauschte. Um sie herum war die unablässige Geräuschkulisse des Dschungels zu hören, Vögel und das Rascheln im Unterholz. Das klackernde Geräusch des abkühlenden Suburbans war das Einzige, was nicht hier hingehörte.

Er steckte die Pistole wieder ein, lief zu dem versteckten Truck und berührte die Motorhaube. Kalt. Ein schmaler Pfad war von dem Fahrzeug aus in den Dschungel geschlagen worden.

Ronnie tauchte neben ihm auf und hockte sich auf den Boden. Nick schwieg und ließ Ronnie das tun, was er am besten konnte. Als Späher war er für seine Fähigkeiten als Fährtenleser berühmt gewesen. Nach einer Minute stand er wieder auf.

»Fünf Männer. Einer davon sehr groß. Sie tragen alle Ausrüstung. Sieht aus, als wären sie in die gleiche Richtung wie wir unterwegs. Aber das war nicht heute. Eher gestern oder vorgestern.«

Nick spähte den notdürftigen Pfad entlang.

»Wir sollten die Ausrüstung anlegen.«

»Das könnte die Sache aber verkomplizieren.«

Nick deutete auf die schmale Gasse im Unterholz. »Nun, sie haben uns eine Menge Arbeit erspart.«

Sie öffneten die Aluminiumkisten. Darin befanden sich vier Rucksäcke mit Nahrungsmittelrationen, Reservemunition, einem Verbandskasten und Zeltplanen. Außerdem ein Wasserfilter, mit dem sich sauberes Wasser selbst aus einer Jauchegrube gewinnen ließ. Dafür musste man von Hand ziemlich pumpen, aber es funktionierte.

»Wo sind die Schusswesten?«, fragte Ronnie.

»Was meinst du?«

Nick blickte in die geöffneten Kisten.

Keine Westen.

Dann spürte er, wie sich Kopfschmerzen anbahnten. Er wusste, wo die Westen waren.

Zuhause, in Virginia.

Er hatte es vermasselt. Er hatte die Westen gerade aus dem Materialraum holen wollen, als ihn seine Schwester aus Kalifornien anrief.

»Nick, du musst nach Hause kommen.«

Shelley hielt Palo Alto immer noch für ihr Zuhause, der Ort, an dem sie aufgewachsen waren. Für ihn war es aber ganz sicher nicht mehr sein Zuhause.

»Ich kann nicht nach Kalifornien kommen. Was ist los?«

»Du bist nie da, wenn du gebraucht wirst. Es geht um Mom. Sie hatte einen Schlaganfall. Ich bin gerade im Krankenhaus. Wenn du auf mich gehört hättest und wir sie in ein Pflegeheim gebracht hätten, wäre das nicht passiert.«

Shelley lag ihm wegen ihrer Mutter immer in den Ohren, weil er sich angeblich nicht genug um sie kümmerte und sie mit der ganzen Arbeit allein ließ. Dabei musste Shelley in Wahrheit gar nichts tun. Seine Mutter hatte Alzheimer. Er hatte für eine Rundum-Betreuung für sie gesorgt, in ihrem Haus. Auf die Art konnte sie in ihrem gewohnten Umfeld bleiben. Solange es jemanden gab, der nach ihr sah, war sie zuhause besser dran, wo sie sich zumindest noch an ein paar Dinge erinnern konnte. Meistens wusste sie jedoch nicht, wer er war, wenn er sie anrief.

Shelley war sauer auf ihn, weil er sich geweigert hatte, Mutter in ein Heim zu stecken und das Haus zu verkaufen. Und sie war sauer auf ihn, weil er wütend auf seinen Vater war. Sie weigerte sich, es zu verstehen. Es waren immer nur Nick und seine Mutter gewesen, die unter den Wutausbrüchen seines betrunkenen Vaters zu leiden hatten, niemals Shelley. Shelley war Papas kleiner Liebling gewesen. Sie verteidigte diesen Mistkerl noch immer.

Und jetzt erklärte sie ihm, dass es seine Schuld sei, dass Mom einen Schlaganfall erlitten hatte. Er spürte, wie sein Blutdruck in die Höhe schoss und sich wie ein festes Band um seine Stirn zog.

»Shelley, hör auf, den Märtyrer zu spielen und mir Vorhaltungen zu machen und sag mir einfach, wie es ihr geht.«

»Das ist mal wieder typisch«, sagte seine Schwester. »Du willst für sie keine Verantwortung übernehmen und gönnst George und mir nicht, was uns zusteht. Und jetzt willst du noch nicht einmal zu uns kommen, wenn deine Mutter dich am dringendsten braucht.«

Das war der Punkt, an dem er die Beherrschung verlor. »Gottverdammt, Shelley!«, schrie er in sein Telefon. »Sag mir einfach, wie es ihr geht! Wäre das vielleicht möglich?«

Die Stimme seine Schwester drang kalt aus dem Handy. »Sie lebt. Ich schätze, mehr braucht dich nicht zu interessieren.« Dann legte sie auf.

Nick hätte das Telefon am liebsten gegen die Wand geworfen. Für eine kurze Zeit, nach den Ereignissen in Jerusalem, war Shelley ihm gegenüber ein wenig verständnisvoller gewesen, hatte ihn eher wie ihren Bruder und weniger wie ein Hindernis auf ihrem Weg behandelt. Aber das war nicht von langer Dauer gewesen.

Er hatte sein Handy wieder eingesteckt und war so wütend gewesen, dass er die Westen vergessen hatte.

»Die verdammten Westen sind noch in Virginia.«

Ronnie spähte in die Kisten. »Dann können wir wenig tun. Wahrscheinlich brauchen wir sie auch nicht. Wie so oft.«

»Ja.« Aber er fühlte sich nicht besser.

Sie trugen noch immer die leichte Zivilkleidung, die sie auch schon im Flugzeug am Leib hatten. Für den Dschungel wechselten sie diese nun in schwere Stiefel und Tarnkleidung, mit der sie mit dem Laubwerk verschmolzen. Selena zog sich zusammen mit den anderen um. Außer Nick nahm niemand davon Notiz. Sie trug rote Unterwäsche. Er erinnerte sich, dass Selena in seinem Traum einen roten Bikini getragen hatte.

»Jetzt noch die Farbe«, sagte Nick. Sie wechselten sich dabei ab, sich gegenseitig ihre Gesichter und Hände mit grüner, brauner und schwarzer Tarnfarbe zu bemalen.

Ronnie betrachtete Selena. »Jetzt siehst du gut aus.«

»Bereit für die Vogue«, antwortete sie.

Sie trugen keine Helme, nur leichte Dachmützen. Außer den Rucksäcken trug jeder von ihnen noch ein Messer, eine Heckler&Koch-Pistole und eine MP-5N bei sich. Beide Waffen waren mit Munition vom Kaliber .40 geladen.

»Checkt eure Waffen. Stellt sicher, dass sie geladen und schussbereit sind.«

Das Klappern der Schusswaffen ließ einen Schwarm Vögel in die Luft steigen.

Nick sah sich um. Sie waren sein Team, seine Familie.

»Wir folgen vorerst dem Pfad«, sagte Nick. »Unter Umständen haben sie Fallen gelegt, also seid vorsichtig. Ronnie, du gehst als Erster, danach ich, dann Selena. Lamont, du übernimmst die Rückendeckung.«

Dann betraten sie den Dschungel.

Kapitel 35

Das Nimb Hotel war die kunstvolle Fehlinterpretation eines Architekten eines maurischen Palastes, ein Fünf-Sterne-Monument, welches auf einer *In-Welle* historischer Architektur während des Jahrtausendwechsels in Europa entstanden war. Das Hotel besaß eine kunstvoll verzierte Fassade mit hohen maurischen Bögen und einer Veranda davor. Schmale Bogenfenster griffen das Thema im zweiten Stockwerk wieder auf. Über dem Eingang ragte ein Turm mit einer zwiebelförmigen Kuppel und dem islamischen Halbmond an deren Spitze auf. Sechs kleinere Türme sollten an Minarette erinnern.

Vor dem Hotel erstreckte sich eine breite Terrasse. Ein paar Stufen führten von dort aus in eine gartenähnliche Parkanlage, in deren Mitte ein runder Springbrunnen Wasserfontänen in die Luft wirbelte. Das Wasser sorgte für ein ununterbrochen beruhigendes Murmeln im Hintergrund.

Elizabeth trat aus dem Hotel und suchte das Gelände ab. Sie trug einen langen schwarzen Mantel und hielt zwei Akten in ihrer linken Hand. Vysotsky saß an einem Tisch am hinteren Ende der Veranda in der Sonne, las in einer Zeitung und nippte an einem Espresso. Er trug eine mittellange Jacke, die er aufgrund der abklingenden sommerlichen Wärme geöffnet hatte. Er sah wie ein Tourist aus.

Alexei Vysotsky war auf europäische Art gutaussehend zu nennen. Niemand hätte ihn je für einen Amerikaner gehalten. Er war kein sehr großer Mann, aber auch nicht klein. Seine Augen, mit denen er ihr entgegensah, waren schwarz und durchdringend. Er trug eine stahlumrandete Sonnenbrille, die sie an Filme über den Zweiten Weltkrieg erinnerte. Auf eine Kopfbedeckung hatte er verzichtet. Sein Haar war schwarz mit ersten grauen Strähnen. Hohe Wangenknochen und die Form seines Gesichts deuteten auf entfernte Vorfahren aus der mongolischen Steppe hin. Er stand auf, um sie zu begrüßen.

»Direktorin. In Wahrheit sehen Sie noch viel besser aus als auf den Fotos.«

Elizabeth musste schmunzeln. *Ein Charmeur.* »Sie ebenfalls, General.«

Vysotsky bot ihr einen Stuhl an. Sie setzte sich und legte die Akten auf den Tisch, außer Reichweite von Vysotsky. Er schien amüsiert. Ein Kellner kam zu ihnen und nahm Elizabeths Bestellung auf. Cappuccino und etwas Gebäck. Vysotsky bestellte sich einen weiteren Cappuccino.

Sie warteten in einem beinahe angenehmen Schweigen und betrachteten so lange den Springbrunnen, bis der Kellner mit ihrer Bestellung kam und wieder verschwand. Vysotsky nahm einen Schluck von seinem Getränk.

»Ich erinnere mich noch an die alten Zeiten in Berlin, wenn unsere beiden Seiten hin und wieder ein stilles Treffen abhielten, nur um zu vermeiden, dass es keine … äh … Missverständnisse gab. So etwas gibt es seither nicht mehr so oft.«

»Eine Tradition, die wir beide vielleicht wieder aufleben lassen werden«, sagte Elizabeth. »Die Zeiten sind gefährlicher denn je. Ein Gespräch ist der Alternative stets vorzuziehen. Es tut gut, die üblichen Klippen umschiffen zu können.«

»Wir wollen ehrlich zueinander sein, Direktorin. Sie hätten mich nicht angerufen, wenn Sie nicht meine Unterstützung benötigen würden. Ich muss zugeben, dass Sie meine Neugier geweckt haben. Sie erwähnten Ogorov. Was hat es mit ihm auf sich, das ein Treffen wie dieses rechtfertigt?«

»Sie wissen, dass Ogorov zur Führungsriege von AEON gehört.«

»Bislang habe ich dafür nur Ihr Wort.«

»Ich habe keinen Grund, Sie zu belügen. Wenn Sie mir nicht glauben wollen, war es wohl falsch, hierherzukommen.«

»Sie sprechen immerhin von einem ranghohen Politiker meiner Regierung.«

»Ich spreche von einem Mann, der Teil einer Organisation ist, die keine Regierung dieser Welt anerkennt. Nicht Ihre, und nicht meine. Ogorov hat bereits für Probleme zwischen Ihnen und dem FSB gesorgt. Wenn Sie ihn nicht für verdächtig hielten, wären auch Sie nicht gekommen.«

Damit habe ich ihn überrascht. Gut. Soll er sich nur fragen, woher ich das weiß.

»Sie sind gut informiert. Ist es das, worüber Sie mit mir sprechen wollen? Etwas in diesen Akten?«

»Ich glaube, dass AEON auf russischem Boden etwas vorbereitet, was unsere beiden Nationen gefährden könnte. Wenn ich recht habe, ist Ogorov darin verwickelt.«

Sie schob ihm die erste Akte zu. Er öffnete sie und betrachtete die Satellitenaufnahme, die obenauf lag. *Die Auflösung ihrer Satelliten ist besser als unsere.* Er speicherte den Gedanken für später ab.

»Ihre Infrarot-Spionagesatelliten waren fleißig.«

»Immer, General, genau wie Ihre.«

Vysotsky las den Vermerk unter dem Foto.

»Irtysch? Dort gibt es nichts außer einem alten Luftwaffenstützpunkt.«

»Jetzt gibt es dort etwas. Sehen Sie sich die nächste Sequenz an.«

Er blätterte weiter.

Nach ein paar Sekunden runzelte er die Stirn. Elizabeth betrachtete ihn. Wusste er bereits etwas von den Vorgängen in Irtysch? Vysotsky wandte sich dem nächsten Bild zu, dann einem weiteren. Seine Stirn wirkte wie versteinert. Er sah auf.

»Das ist offensichtlich ein offizielles Projekt. Was lässt Sie glauben, dass AEON etwas damit zu tun hat?«

»Weil dort jemand eine Pyramide baut.«

»Eine Pyramide?«

»Sehen Sie sich den Rand des Flusses an. Man kann deutlich einen Kanal erkennen, der zu einer quadratischen Form gezogen wurde, die per Infrarot aufgefangen wurde. Das ist das Fundament der Pyramide. Sie ist gut getarnt und auf den ersten Blick nicht zu erkennen.«

»Da ist ganz sicher etwas. Aber was lässt Sie glauben, dass es sich um eine Pyramide handelt?«

»Ich habe Bilder verschiedener Pyramiden beigefügt, die im Sand von Ägypten begraben liegen. Achten Sie auf die Form. Die Bilder aus Irtysch sind identisch, finden Sie nicht?«

Er blätterte durch die Aufnahmen. »Was hat das Ganze mit Ogorov zu tun?«

Sie reichte ihm die zweite Akte. »Es erspart uns beiden Zeit, wenn Sie das hier lesen. Es wird aber einige Minuten dauern.«

Die Akte enthielt eine Kopie der Nachforschungen, die Selena über den Codex angestrengt hatte, sowie einen detaillierten Einsatzbericht über Mafra. Harker ging ein großes Risiko ein. Sollte Vysotsky in der Sache mit drin stecken, hatte sie ihren Feinden soeben alles gegeben, was diese brauchen würden.

Sie war nicht imstande, etwas gegen ein so großes und geheimes Projekt im Herzen Russlands zu unternehmen. Vysotsky aber schon. Sie brauchte ihn, genauso wie er sie vor nicht allzu langer Zeit brauchte, um auf amerikanischem Boden operieren zu können. Dieses Mal lag der Ball in seiner Spielfeldhälfte.

Vysotsky las den Bericht. Als er wieder aufblickte, war sein Gesicht ohne jede Gefühlsregung.

»Direktorin, diese Einschätzungen der mexikanischen Pyramiden widersprechen gängigen Theorien.«

Sie nickte. »Ja. Die wissenschaftlichen Prinzipien dahinter aber gelten als nachgewiesen. Wenn es jemandem gelänge, die tellurischen Felder anzuzapfen und zu verstärken, würde das eine unerschöpfliche Energiequelle darstellen. Energie, die sich auf vielerlei Arten einsetzen ließe. Ich glaube, das ist es, was Ogorov dort plant.«

»Ihre Anschuldigungen, Ogorov betreffend, basieren auf seiner Identifikation als einem der leitenden Mitglieder von AEON. Diese Information wurde Ihnen von einer anonymen Quelle zugetragen.«

»Das ist richtig. Sollte ich noch anfügen, dass diese Quelle recht hatte in Bezug auf Demeter und der *Dunklen Ernte*, einem Plan, Russland anzugreifen?«

»Minister Ogorov ist eine starke Stimme unseres Landes in der Welt.«

»Minister Ogorov ist ein Mann, der anderes im Sinn hat als das Wohlergehen Russlands.«

»Das sagen Sie.« Vysotsky leerte seinen Kaffee. Dann winkte er den Kellner heran. »Wodka. Bringen Sie eine ganze Flasche, den besten, den Sie haben.«

Er sah zu Harker. »Und zwei Gläser.«

Kapitel 36

Selena hatte viel gelernt, seit sie sich dem *Project* angeschlossen hatte. Sie war längst keine Anfängerin mehr. Den Dschungel Yucatáns aber mit drei ehemaligen Special-Forces-Soldaten zu durchkämmen war eine völlig neue Erfahrung. Es zeigte ihr, wie wenig sie noch wusste. Sie fühlte sich, als würde sie wieder ganz von vorn anfangen.

So verursachten sie beispielsweise keinerlei Geräusche. Mehr als einmal war sie auf etwas getreten, das ein Knacken verursachte und ihr missbilligende Blicke von Lamont oder Nick einhandelte. Ronnie hatte die Führung übernommen und machte sich nicht die Mühe, sich nach ihr umzudrehen.

Sie versuchte die Gangart der anderen zu imitieren. Sie bewegten sich einer hinter dem anderen, langsam, hoben ihre Füße und setzten sie vorsichtig wieder ab. Sie waren sich jedes Astes, jedes Steins, jedes Blattes bewusst, einfach allem, was ein Geräusch verursachen konnte. Ihre Körper schienen locker aber gleichzeitig angespannt zu sein. Ihre Augen huschten ständig hin und her. Unentwegt suchten sie das Blätterdach über ihnen, den Dschungel neben dem Pfad und den Pfad selbst ab.

Nach einer Weile wurde Selena besser. Ihre Beine schmerzten von der ungewohnten Bewegung. Sie war schweißgebadet. Schwärme von Moskitos umringten sie. Nick sah zurück, lächelte sie an und reckte den Daumen nach oben.

Als wäre es für ihn ein Spaziergang, dachte sie. *Eine Wanderung, nur mit Waffen. Er genießt es.* Dieser Gedanke war wie eine kalte Dusche. *Er genießt es. Das ist sein Leben, die Gefahr, die Grenzerfahrung. Er wird sich niemals ändern.*

Niemand sprach. Ronnie an der Spitze hob seine Hand. Er deutete auf den Rand des Pfades, wechselte auf die andere Seite und lief weiter. Selena sah eine grellbunte Korallenotter zusammengerollt auf einem Flecken Erde liegen, wo die Sonnenstrahlen ungehindert durch die Baumwipfel fielen. Die Schlange ignorierte die Eindringlinge.

Nach etwa einer Stunde hob Ronnie wieder die Hand und wartete, bis die anderen zu ihm aufgeschlossen hatten. An dieser Stelle verbreiterte sich der Pfad ein wenig. Sie standen nun eng beieinander. Selena trank etwas Wasser.

»Wir sind fast da«, sagte Ronnie. »Wie es aussieht, kommt bis jetzt niemand auf diesem Weg zurück.«

Selena wurde sich der Geräusche um sie herum bewusst, dem konstanten Raunen des Lebens, das niemals verklang. Der Dschungel besaß eine eigene Stimme. Schnatternde Vögel. Geräusche, die sie nicht identifizieren konnte. Insekten. Das Summen der Moskitos wurde lauter. Sie wischte sich den Schweiß ab. Als sie ihre Hand zurückzog, war diese mit grüner Tarnfarbe verschmiert. Sie trank noch etwas Wasser.

»In Ordnung«, sagte Nick. »Wer auch immer hier ist, muss gefährlich sein.«

Er sah Selena an. *Wir müssen auf sie achtgeben.* »Wir schleichen uns näher heran, kundschaften das Gelände aus und entscheiden dann spontan, was wir tun werden«, erklärte er ihr. »Folge uns einfach. Und pass auf dich auf.«

Sie nickte.

»Dann los.«

Ronnie führte sie weiter den Pfad entlang. Nach weiteren zehn Minuten gab er ihnen ein Zeichen. Vor ihnen ragte der dunkle Umriss einer Pyramide aus dem Dschungel auf.

»Das ist sie«, sagte Nick. Seine Stimme war nur ein Flüstern. »Runter von dem Pfad. Selena, pass auf, wo du hintrittst.«

Sie verließen den Pfad und krochen durch das Blattwerk. Selena sah einen kleinen Frosch von einem breiten Blatt hüpfen. Eine braune Spinne, so groß wie ihre Faust, huschte durchs Unterholz. Sie schauderte. Dann erreichten sie den Rand eines großen Platzes vor der Maya-Ruine. Sie spähte durch die Blätter. Dort, wo sich Bäume durch die Steinplatten geschoben hatten, war das unebene Pflaster des Platzes aufgeworfen und rissig geworden.

Die Pyramide ragte weit in die Baumwipfel hinauf. Die Zeit war nicht besonders gnädig zu ihr gewesen. Die Steinblöcke waren vom Regen der Jahrhunderte dunkel angelaufen. Kräftige Bäume drückten dagegen. Kunstvoll gemeißelte Gesichter und Schlangen spähten durch die dichte Vegetation. Schlingpflanzen mit vereinzelten dicken Ästen und tiefgrünen Blättern überdeckten die Ränder der brüchig gewordenen Steinplatten. Eine große Anzahl von Stufen führte von dem Platz in der Mitte der Pyramide zu einem steinernen Altar und einem rechteckigen Tempel an der Spitze der Pyramide hinauf.

Am Fuße der Treppenstufen waren zwei Zelte zu sehen. Zwei Männer standen vor einem der Zelte, unterhielten sich und lachten. Sie trugen mattgrüne Kleidung. Keine offizielle Uniform, aber auch keine zivile Kleidung. Sie waren bewaffnet.

»Das sind AN-94er«, sagte Ronnie. »Wo zur Hölle haben sie die denn her?«

Die AN-94 war Russlands neuestes Sturmgewehr, eine hochentwickelte Waffe. Ihr radikales Design ermöglichte es, zwei Projektile gleichzeitig abzufeuern, mit deutlich reduziertem Rückstoß. Der Schütze konnte zwischen Feuergeschwindigkeiten zwischen 600 und 900 Schuss pro Minute wählen. Produktionsprobleme und Geldsorgen im Kreml hatten dazu geführt, dass nur Eliteeinheiten Zugang zu dieser Waffe hatten. Dass sie nun hier in Yucatán auftauchte, bedeutete, dass hochrangige Regierungsmitglieder in diese Operation involviert waren.

»Ich glaube nicht, dass die Jungs Archäologen sind«, sagte Lamont.

Selena lauschte. »Sie sprechen Russisch.«

»Was sagen sie?«

»Irgendetwas über eine Frau namens Nadja.« Sie hörte weiter zu. Dann verfinsterte sich ihr Blick. »Diese Schweine. Sie haben sie vergewaltigt. Und lachen darüber.«

Ein Funkgerät quäkte. Einer der Männer sprach etwas in sein Schultermikrofon.

»Sie haben etwas gefunden«, sagte Selena. »Wonach immer sie auch suchen.«

In dem Eingang an der Spitze der Pyramide erschienen drei Männer. Einer von ihnen hielt sich grinsend einen in Stoff gewickelten Gegenstand über den Kopf. Er rief etwas. Dann liefen die drei die Treppenstufen hinunter.

»Wie wollen wir es angehen?« Lamont schlug nach einem Moskito. Die drei Männer hatten bereits die Hälfte der Stufen hinter sich gebracht.

»Wir warten, bis sie fast unten angekommen sind«, sagte Nick. »Dann schlagen wir zu.«

Selena rieb sich die Nase.

»Versucht, wenigstens einen am Leben zu lassen«, riet Nick.

Dann musste Selena niesen.

Kapitel 37

Malcolm Foxworths Villa in der Toskana war auf Terrassen errichtet worden, die man in den steilen Hang einer zerklüfteten Landzunge geschnitten hatte, die sich weit in den Fluss Arno erstreckte. Eine schmale Straße wand sich einen kleinen Berg hinauf und endete an einem beeindruckenden schmiedeeisernen Tor. Dreieinhalb Meter hohe Mauern mit in den Putz eingearbeiteten Glassplittern auf deren Oberseite fassten das Anwesen zu drei Seiten ein.

Die Flussseite wurde von einer massiven steinernen Anlegestelle dominiert. Dahinter befand sich ein Kanal, der vom Fluss aus in einem Bootshaus unter der Villa mündete. Der Eingang in das Bootshaus wurde von Stahltoren versperrt. Zwei neoklassizistische Statuen römischer Gottheiten hielt zu beiden Seiten des Piers Wache. Ein elegantes steinernes Geländer folgte einer langen Reihe von Stufen und Absätzen, die bis hinauf zu dem Haupthaus führten.

Die Villa war alt und riesig, vier Stockwerke hoch. Zwei schmale, spitze Türme flankierten eine Seite des Bauwerks und boten einen beeindruckenden Ausblick über den Fluss. Oberhalb des Haupthauses führten weitere Stufen zu einem zweiten Gebäude und danach auf die Höhe der Zufahrt von der Landseite aus. Dort befand sich ein großer, gepflasterter Vorplatz und ein weiteres dreistöckiges

Gebäude, in dem die Sicherheitskräfte und das Personal der Villa untergebracht waren.

Die Mauern leuchteten gelb im einladenden toskanischen Sonnenlicht. Die Villa mit ihrem roten Schieferdach am Rande des Flusses sah wie ein italienischer Urlaubstraum aus. Niemand aber hätte die Art von Träumen erraten können, die innerhalb der perfekten Mauern erträumt wurden.

Doktor Morel legte die Spritze in seinen Koffer zurück und klappte ihn zu. Foxworth spürte, wie der Schmerz nachließ. In der letzten Zeit wurden die Kopfschmerzen immer schlimmer, häuften sich.

»Schicken Sie Healy herein«, sagte er.

Morel nahm seinen Koffer und verschwand. Einen Moment später betrat Foxworths Sicherheitschef den Raum. Er wirkte gelassen, aber Foxworth war ein Meister darin, andere Menschen durchschauen zu können. Er wusste, dass Healy nervös war. Er hatte auch allen Grund dazu.

»Sie haben es schon wieder vermasselt, Healy.«

»Das Team in Mafra war gut. Es hätte ausreichend sein sollen.«

Foxworth wartete. Er zog das Schweigen hinaus, ließ Healy schwitzen. Schließlich sagte er: »In Ordnung. Harkers Leute sind verdammt gut. Aber es sollte besser keine weiteren Probleme mehr geben. Wie ist der aktuelle Stand?«

»An der Spitze der Pyramide gibt es einen versiegelten Raum. Sie arbeiten daran, hineinzugelangen. Wenn sich irgendetwas dort befinden sollte, dann in dieser Kammer.

Denn abgesehen davon ist die Pyramide nur ein riesiger Haufen Steine.«

»Wie machen sich Ogorovs Männer?«

Healy zuckte mit den Schultern. »Sie befolgen ihre Befehle. Das waren Ogorovs Männer, die es in Portugal erwischt hat. Wenn Sie mir die Männer geben würden, die ich will, würden wir besser dastehen.«

»Nein. In diesen Söldnergruppen gibt es zu viele undichte Stellen. Zu viele Ohren. Außerdem haben wir es auf Ihre Weise bereits in Kalifornien und Washington versucht. Ogorovs Männer sind trainiert und nicht überall auf dem Radar.«

»Was immer Sie sagen, Sir.«

»Ganz genau, was immer ich sage. Halten Sie mich auf dem Laufenden.«

Healy wandte sich zum Gehen.

»Finden Sie Mandy und schicken Sie sie herein.«

»Ja, Sir.«

Er sah Healy hinterher, wie dieser die Tür schloss, und dachte über Mandy nach.

Dieses verdammte Weibsbild. Es war schon einige Zeit her gewesen, seit er eine Frau so nah an sich herangelassen hatte. Sie war wie eine Droge, wie eine von Morels Erfindungen. Es war nicht nur der Sex, obwohl Mandy dabei sehr einfallsreich und enthusiastisch sein konnte. Sie war klug. Sie machte ihren offiziellen Job als seine Assistentin sehr gut. Sie war brillant darin, zu spüren, wenn jemand log, eine überaus nützliche Eigenschaft. Vielleicht, weil sie selbst eine so gute Lügnerin war.

Denn sie hatte eine Affäre mit Healy. Foxworth war kurz davor, etwas dagegen zu unternehmen. Healy beging in letzter Zeit reichlich Fehler. Und Mandy war ein Fehler zu viel.

Foxworth liebte sie nicht. Er war sich nicht einmal sicher, was Liebe bedeutete. Aber er brauchte sie, dessen war er sich sicher. Solange er sie mit den Annehmlichkeiten seines Wohlstandes bei Laune hielt und ihr die Freiheit einer gelegentlichen Affäre gab, würde sie bei ihm bleiben. Aber Healy begann Probleme zu machen. Dabei durfte er nicht länger tatenlos zusehen.

Während Healy sich auf die Suche nach Mandy begab, dachte er über Foxworth nach. *Dieser arrogante Drecksack. In einer Schießerei würde er keine zwei Sekunden überleben.* Auf der Suche nach Mandy lief er durch die Villa und fand sie schließlich auf der Gartenterrasse. Sie saß an einem Tisch und nippte an einem roten Getränk mit Eiswürfeln darin.

»Er will dich sehen«, sagte Healy.

Mandy Atherton trug ein Designerkleid aus hellblauer Seide, welches ihre außergewöhnliche Schönheit noch unterstrich. Es war offensichtlich, weshalb sie die Titelseiten beinahe jedes wichtigen Modemagazins der Welt geziert hatte. Um ihren Hals hing eine goldene Halskette mit Diamanten und Saphiren. Die Saphire und das Kleid brachten ihre Augenfarbe besonders zur Geltung, während das harte weiße Funkeln der Diamanten etwas anderes, Unsichtbares in ihr repräsentierte.

Eine leichte Brise, die vom Fluss heranwehte, ließ ihre Haare leicht im Wind wehen. Es schimmerte im Licht der toskanischen Sonne. Healy spürte, wie er einen Ständer bekam.

Verdammt, er wollte sie.

Mandy sah die Beule in seiner Hose und lachte. »Du solltest aufpassen, dass Malcolm das nicht sieht.«

»Bei ihm passiert mir das auch nicht.«

Sie stand auf. »Wir müssen für eine Weile vorsichtig sein. Ich glaube, er wird misstrauisch.«

»Eines Tages werde ich diesen Bastard umlegen.«

»Die goldene Gans umbringen? Das glaube ich nicht.« Sie spielte an ihrer juwelenbesetzten Halskette herum. »Zumindest so lange nicht, bis du den gleichen Luxus bieten kannst. Und wir beide wissen, dass das nicht passieren wird, nicht wahr?«

»Du bist ein gieriges Miststück, Mandy.«

»Nein, Liebling. Nur praktisch veranlagt. Sei dankbar für das, was ich dir geben kann.« Sie gab ihm einen flüchtigen Kuss auf die Wange. Er hätte sie am liebsten erwürgt.

»Dann werde ich mal sehen, was der mächtige Mann wünscht.«

Healy betrachtete die Bewegungen ihres Körpers unter ihrem Kleid, als sie davonstolzierte. Noch nie zuvor hatte ihn eine Frau so des Verstandes beraubt wie Mandy. Eines Tages würde er etwas wegen Malcolm unternehmen müssen.

Kapitel 38

Selenas Niesen hallte über den Platz. Vögel flogen kreischend in die Luft. Die Umrisse auf den Stufen erstarrten. Einer der Männer neben den Zelten schrie etwas, riss seine Waffe nach oben und begann blindlings in ihre Richtung zu feuern. Mit einem Geräusch, als würde die Welt zerreißen, zerfetzte ein Kugelhagel das Laubdach über ihren Köpfen.

Für Selena geschah alles beinahe gleichzeitig. Ronnie, Lamont und Nick eröffneten das Feuer. Die Männer vor den Zelten schossen in den Dschungel. Die anderen hasteten die verbliebenen Treppenstufen hinab. Zwei von ihnen schlangen sich ihre Waffen von den Schultern und feuerten. Selena legte ihre MP-5 an, spürte, wie sie den Abzug betätigte und sah, wie einer der Umrisse vor den Zelten durch die Wucht ihrer Schüsse zurückgerissen wurde. Die Männer auf der Treppe erreichten den Fuß der Pyramide und verteilten sich nach allen Seiten. Der Mann, der das Bündel bei sich trug, stürmte um die Ecke der Pyramide. Gesteinssplitter stoben hinter ihm auf. Er verschwand zwischen den Bäumen.

Selena spürte den Rückstoß ihrer Waffe. Ein Teil von ihr registrierte die leeren Patronenhülsen, die durch die Luft flogen. Dann klickte der Schlagbolzen ihrer MP-5 in einer leergeschossenen Kammer. Sie griff nach einem frischen Magazin.

Etwas traf sie hart, weit unten an ihrer rechten Seite. Der Treffer riss sie herum und warf sie auf den feuchten Dschungelboden. Sie landete mit dem Gesicht voran im Schmutz. Für eine Sekunde spürte sie gar nichts, dann aber einen tiefsitzenden, beängstigenden Schmerz, der durch sie hindurchjagte. Sie rang nach Luft, unfähig, um Hilfe zu rufen. Etwas Nasses und Warmes breitete sich unter ihrer Kleidung aus.

Am Rande nur bemerkte sie, dass das Rattern der Waffen aufgehört hatte. Nick beugte sich über sie. Er sagte etwas zu ihr. Seine Stimme drang mal lauter, mal leiser zu ihr durch.

»Selena«, sagte er. »Selena, bleib bei mir.«

Sie versuchte zu antworten. Dann wurde es schwarz um sie herum.

Nick kämpfte gegen die Panik an, die in ihm aufstieg. Er presste seine Hand auf ihre Wunde und sah zu Ronnie hinauf. Blut quoll zwischen seinen Fingern hervor.

»Es hat sie schlimm erwischt. Hol einen Verbandskasten. Lamont, ruf Harker an. Sie soll einen Hubschrauber schicken.«

»Der könnte hier nicht landen. Wir müssen zu dem Truck zurück.«

»Keine Zeit. Sag ihnen, sie sollen unser Signal anpeilen und eine Trage und einen Sanitäter durch die Baumkronen abseilen. Wenn wir sie nicht schnell in ein Krankenhaus bringen, wird sie sterben.«

Ich habe die verdammten Westen vergessen. Es ist meine Schuld. Meine Schuld. Eine verdammte Kugel.

Selena war bewusstlos geworden. Nick tastete ihren Rücken ab und suchte nach der Austrittswunde. Das Hochgeschwindigkeitsgeschoss hatte sie durchbohrt und war auf der anderen Seite wieder ausgetreten. Er presste wieder seine Hand auf die Wunde. Das Blut rann nun als beständiges Rinnsal durch seine Finger.

»Verdammt nochmal, Ronnie, beeil dich!«

Ronnie riss ihr Shirt auf. Die 5.4mm-Kugel hatte ein kleines, rotes Loch in ihrem Bauch verursacht und am Rücken ein zweites Loch gerissen. Blut floss aus der Wunde.

Ronnie legte ihr einen Druckverband an. Niemand sprach ein Wort. Sie würde es nicht überleben, wenn die Kugel eine Arterie verletzt haben sollte. Aber sie hatte eine Chance, wenn sie sie rechtzeitig in ein Krankenhaus bringen konnten. Sie beide hatten Wunden wie diese schon öfter gesehen … aber deshalb wussten beide auch, dass sie es vielleicht nicht schaffen würde.

»Die Blutung ist schwächer geworden«, sagte Ronnie. »Jetzt können wir nur noch auf den Vogel warten.«

»Der Hubschrauber ist unterwegs«, meldete Lamont. »Zwanzig Minuten.«

»Wir haben nicht alle von ihnen erwischt«, sagte Ronnie. »Der Typ, der etwas bei sich trug, ist entwischt.«

Nick hielt Selenas Kopf in seinen blutigen Händen. Er versuchte sich zu konzentrieren.

»Er muss hier noch irgendwo sein. Haltet die Augen offen, falls er versuchen sollte, den Helden zu spielen. Sucht die Leichen ab. Seht nach, ob ihr irgendetwas findet, was uns helfen kann, sie zu identifizieren. Und schnappt euch eine von den AN-94. Wenn Selena in Sicherheit ist, werden wir herausfinden, was sie hier wollten.«

Er sah zu dem undurchdringlichen grünen Blätterdach über ihm hinauf.

»Ich hasse den Dschungel«, sagte er.

Selenas Gesicht war unnatürlich blass, ihre Augen halb geöffnet. Ihr Brustkorb hob und senkte sich unter schwerfälligen Atemzügen.

Herrgott, ich verliere sie.

»Nicht aufgeben«, flüsterte er. »Du schaffst das, Hilfe ist unterwegs. Du kommst wieder in Ordnung. Nicht aufgeben.«

Du hast die Westen vergessen. Er wartete auf das Rattern des Helikopters, während die Schuldgefühle langsam seinen Verstand verdunkelten.

Kapitel 39

Die Stimmung in Harkers Büro war deprimierend.

»Nachdem wir sie aus dem Dschungel gebracht hatten …« Nick unterbrach sich, setzte von Neuem an. »Nachdem der Hubschrauber davongeflogen war, sind wir die Stufen hinaufgelaufen. Ganz oben befand sich ein Tempel, der vor langer Zeit versiegelt worden war. Vielleicht schon zu der Zeit, als die Spanier kamen. Die bösen Jungs hatten ihn aufgebrochen. Hat wohl eine Weile gedauert. Die Wände waren beinahe einen Meter dick, aus festem Stein.«

Harker begann ungeduldig mit ihrem Stift aufzutippen.

»Im Inneren fanden wir einen Altar aus Jade und mit Intarsien aus Türkis und Gold. In dessen Mitte befand sich eine Art Rohr, das direkt in die Pyramide hinabführte. Ich ließ einen Stein hineinfallen und hörte ihn nicht am Boden aufschlagen. Im Dach über der Plattform gab es ein kreisrundes Loch in derselben Größe. Perfekt mit dem Rohr ausgerichtet.«

»Erzählen Sie weiter.«

»Alles war schwarz von Moder und fleckig von den Regenfällen, aber man konnte deutlich sehen, dass sich auf dem Altar etwas befunden hatte, direkt über diesem Schaft. Einer der bösen Jungs konnte entkommen und hat was immer dort war mitgehen lassen. Es gab dort jede Menge Gold, aber das haben sie nicht angerührt.«

»Ich frage mich, was wichtiger als Gold gewesen sein soll?«

»Wir kehrten zu unserem Wagen zurück, fanden ihn aber völlig zerschossen vor«, berichtete Ronnie weiter. »Sie werden davon noch hören. Der Konsul war alles andere als erfreut darüber.«

Harkers Kuli stach bereits ein nervöses Tattoo in ihren Tisch. Es war an der Zeit, das Offensichtliche zur Sprache zu bringen.

»Was Selena angeht …«, begann sie. »Ihr Zustand ist stabil, aber die Kugel hat einen Rückenwirbel gestreift. Ein Knochensplitter drückt gegen ihr Rückenmark. Er muss entfernt werden. Man hat sie ins Bethesda geflogen.«

»Sie ist hier?«, fragte Nick.

»Ja. Man wird sie heute noch operieren.«

Sie machte eine Pause. »Der Eingriff ist riskant. Die Ärzte sagen, dass sie von der Hüfte abwärts gelähmt sein könnte. Genaueres werden sie aber erst nach dem Eingriff wissen.«

Nick spürte, wie sich in seinem Magen etwas zusammenzog. »Es war mein Fehler.«

Ronnie schüttelte den Kopf. »Komm schon Nick. Sie musste niesen. Die Typen haben es gehört.« Er zuckte mit den Schultern. »Du weißt doch, so eine Scheiße passiert eben.«

»Das hilft mir nicht. Ich habe es verkackt. Ich habe vergessen, die Schutzwesten einzupacken. Hätte sie eine getragen, wäre ihr nichts passiert.«

Harkers Stift hörte auf, rastlos auf den Tisch zu tippen. »Nick, ich muss mir sicher sein können, dass Sie einen klaren Kopf behalten können.«

Er atmete tief durch. »Keine Sorge. Ich komme schon klar. Ich will den Bastard erwischen, der hinter all dem steckt. Foxworth. Und seinen russischen Kumpan, Ogorov. Wer sonst könnte sie mit solchen Waffen versorgt haben?«

»Deshalb wollte ich heute mit Ihnen sprechen. Vielleicht bekommen Sie Ihre Chance. Während Sie in Mexiko waren, traf ich mich mit General Vysotsky. Wir erwägen eine gemeinsame Operation.«

»In Russland?«

»Noch nicht. Er muss vorsichtig sein, wenn er etwas gegen Ogorov unternehmen will.«

»Wenn wir nicht nach Russland gehen, wozu brauchen wir dann Vysotsky?«

»Er braucht Beweise, dass Ogorov ein Verräter ist. Vysotsky ist noch nicht überzeugt, dass Ogorov zu AEON gehört.«

»Was schwebt ihm vor?«

»Foxworth ist in Italien. Um diese Jahreszeit verbringt er stets ein paar Wochen dort. Vysotsky will, dass wir in Foxworths Villa einbrechen, und er will, dass Major Korov Sie begleitet. Er sucht nach Beweisen. Wenn Korov bei Ihnen ist, vertraut er allem, was Sie dort finden werden.«

Nick lächelte, das erste Mal, seit Selena angeschossen wurde. »Korov? Das könnte funktionieren.«

Korov diente bei *Zaslon*, unter Vysotskys Befehl. Nick respektierte und mochte ihn sogar, obwohl er genaugenommen ihr Feind war. In Texas hatte er ihnen geholfen, Ronnie unter starkem Beschuss zu retten.

»Das wird nicht einfach nur ein weiterer Überfall sein«, erklärte Elizabeth. »Ich sollte den Präsidenten informieren. Foxworth ist zu wichtig, zu mächtig. Das könnte nach hinten losgehen.«

»Wenn Sie damit zu Rice gehen, wird er es untersagen.« Nick zupfte an seinem Ohr. Er musste an Selena denken. »Er braucht davon nichts zu wissen. Wir können Foxworth zum Reden bringen.«

Die Kälte in seiner Stimme brachte die anderen dazu, ihn anzusehen.

»Was starrt ihr mich so an? Ihr wisst, dass ich recht habe.«

Sie warteten auf Harkers Entscheidung. Nach kurzem Überlegen sagte sie: »In Ordnung, wir tun es. Ich bereite alles vor. Sie gehen nach Hause und ruhen sich aus.«

»Wie lauten die Einsatzregeln?«, wollte Nick wissen. »Bezüglich Foxworth?«

»Wir dürfen ihn nicht umbringen. Ich warne Sie, Nick. Es geht hier nicht um Vergeltung.«

»Was, wenn er Widerstand leistet? Mit tödlichen Mitteln?«

»Das ist etwas anderes.«

Nick lächelte, das zweite Mal an diesem Tag.

Kapitel 40

Zwar trug Major Arkady Korov zivile Kleidung, jedoch hätte man ihn überall auf der Welt als professionellen Soldaten erkannt. Korov hatte sein gesamtes Leben im Militär verbracht. Er war über einen Meter achtzig groß. Seine Augen waren so blau wie der Himmel über der Arktis und seine kurzrasierten Haare von blonder Farbe. Sein Gesicht war kantig, mit einer rötlichen Schattierung an seinem Kiefer. Eine kleine, halbmondförmige Narbe zierte sein Kinn.

Korov war in Vysotskys Büro zitiert worden. In strammer Haltung stand er vor dem ausladenden Schreibtisch des Generals.

»Sie werden nach Italien fliegen, Arkady.« Vysotsky öffnete eine Schublade und holte daraus eine Flasche Wodka und zwei Gläser hervor. »Setzen Sie sich.« Er deutete auf einen Stuhl.

Korov setzte sich. Vysotsky schenkte das Getränk ein und reichte ihm ein Glas. »Nastrovje!«

»Nastrovje!«

Sie leerten ihre Gläser. Vysotsky goss ihnen nach und lehnte sich zurück. »Sie werden wieder mit den Amerikanern zusammenarbeiten.«

»Dem *Project?*«

»Ja. Diese Mission unterliegt der höchsten Geheimhaltungsstufe. Über Ihre Beteiligung darf nichts nach draußen dringen.«

Die Wahl der Worte blieb für Arkady nicht unbemerkt. Ihre Beteiligung. Ihre, nicht unsere. Das bedeutete, dass er auf sich allein gestellt sein würde, wenn irgendetwas schiefgehen sollte.

»Ich verstehe. Wie lauten meine Befehle?«

»Sie werden sich mit Harkers Team in Florenz treffen. Die werden Sie mit Waffen und logistischer Unterstützung versorgen. Zielobjekt ist ein Mann namens Foxworth. Harker hält ihn für den Anführer von AEON, einer Organisation, die hinter der CIA-Verschwörung gegen uns steckte. Sie sagt, dass Ogorov auf Foxworths Befehle hin agiert.«

»Wieso hat sie Ihnen diese Dinge verraten?«

»Sie macht sich Sorgen. Sie hat mir Beweise gezeigt, dass in diesem Land geheime Dinge vor sich gehen, und sie glaubt, dass AEON dahintersteckt. Wie schon zuvor könnte es sich um eine Bedrohung für unser beider Nationen handeln. Oder zumindest glaubt Harker das. Ich habe diese Sache selbst überprüft. Es gibt da ein Projekt beträchtlichen Ausmaßes, aber ich finde keine offizielle Genehmigung dafür, keine Aufzeichnungen darüber. Harker sagt, dass Ogorov dafür verantwortlich ist. Ihre Befehle lauten, Beweise für seine Verbindungen zu Foxworth und AEON zu finden.«

Korov hob sein Glas und musterte den Wodka. »Ogorov ist unseren Einsätzen schon früher in die Quere gekommen.«

Vysotsky nickte. »Genau. Aber unser Präsident hat immer ein offenes Ohr für ihn. Wenn er wirklich etwas gegen unser Land im Schilde führt, brauchte ich Beweise für seinen Verrat, bevor ich etwas gegen ihn unternehmen kann.«

»Und dieser Mann … Foxworth … Sie wollen, dass ich ihn bezüglich Ogorov befrage?«

»Ganz genau, das ist zumindest Harkers Absicht. Ihre Entschlossenheit ist beeindruckend. Sie riskiert alles, indem sie mit uns zusammenarbeitet. Ich glaube nicht, dass ihr Präsident etwas davon weiß.«

»Das erscheint mir nur folgerichtig«, sagte Korov. »Sie kam mir nicht wie jemand vor, der sich an Regeln hält.«

»Das macht sie zu einem wertvollen Verbündeten, aber auch einem gefährlichen Gegner«, sagte Vysotsky. »Fliegen Sie nach Italien. Finden Sie heraus, was von beiden sie ist.«

Kapitel 41

Selena ging mit ihrem Hund am Strand nahe dem Haus ihrer Kindheit in Kalifornien spazieren. Ihr älterer Bruder war auch da, nur dass er viel jünger aussah als sie, drei oder vier Jahre alt, und mit einem roten Plastikeimer Sandburgen am Strand baute. Ihr Hund war schon lange tot. Dessen war sie sicher. Und doch war er hier.

Sie sah, wie sich am Horizont eine große schwarze Wolke formte. Sie blickte sich nach ihrem Bruder um, doch der war verschwunden. Sie suchte nach ihrem Hund, doch auch der war plötzlich wie vom Erdboden verschluckt. Der Strand war leer.

Sie war allein.

Eben noch war es warm und sonnig gewesen, aber nur war es kalt. Dunkel. Sie blickte wieder auf den Ozean hinaus. Die Wolke war riesig und nun sehr viel näher. Blitze flackerten in ihrem Inneren auf und bohrten sich als krachende elektrische Entladungen in die See.

Ein rauer, beißender Wind peitsche den Sand um sie herum auf. Ihr war kalt und sie fürchtete sich. Sie schlang ihre Arme um sich, versuchte sich warmzuhalten. Versuchte etwas zu rufen, brachte aber keinen Ton heraus.

Die Wolke war beinahe über ihr. Darunter hielt eine bedrohliche, dunkle Welle auf sie zu, sechs, neun, zwölf Meter hoch, gekrönt von schäumender Gischt. Sie bekam es mit der Angst zu tun. Sie versuchte wegzulaufen, aber ihre Füße versagten ihr den Dienst. Sie konnte ihre Beine nicht mehr spüren. Sie öffnete den Mund, um zu schreien. Die riesige Wand aus Wasser schlug über ihr zusammen. Sie konnte nicht mehr atmen …

Keuchend schlug Selena die Augen auf. Es dauerte einen Moment, bis sie verstand, wo sie war. Sie lag in einem Bett, einem Krankenhausbett. Die Zimmerdecke über ihr war cremefarben, die Laken unter ihr frisch. Sie drehte ihren Kopf zur Seite. Eine Reihe von Maschinen standen neben ihrem Bett. Grünleuchtende Impulse bewegten sich in horizontaler Linie über ein Display. Digitalanzeigen überwachten ihre Vitalfunktionen. Ein Plastikbeutel mit einer Flüssigkeit hing an einem Gestell, von dem ein Schlauch in ihren Arm führte.

Sie konnte ihre Beine nicht spüren. Und sie hatte Kopfschmerzen. Irgendetwas stimmte hier nicht, aber sie konnte nicht genau sagen, was es war.

Sie drehte ihren Kopf in die andere Richtung.

Nick schlief in einem Sessel neben ihrem Bett. Er war unrasiert und sein Jackett stand offen, sodass man die .45er in ihrem Schulterholster sehen konnte. Er sah zehn Jahre älter aus, ausgezehrt und müde.

Sie konnte sich nicht erinnern, wie sie hierhergekommen war, wo immer sie auch war. Das letzte, woran sie sich erinnerte, war der Dschungel. Sie waren in einem Feuergefecht gewesen und sie hatte jemanden erschossen.

Ich wurde getroffen. Ich trug keine Weste. Ich bin in einem Krankenhaus.

Sie konnte ihre Hüfte nicht spüren, ihre Beine nicht bewegen.

Sind wahrscheinlich die Medikamente. Schmerzmittel. Deshalb spüre ich kaum etwas. Aber wieso kann ich meine Beine nicht bewegen?

Ihre Kehle war ausgedörrt. »Nick«, krächzte sie.

Er schrak auf. Seine Augen waren blutunterlaufen und rot gerändert.

»Selena. Ich hab mir Sorgen gemacht.« Sein Lächeln wirkte gezwungen.

»Wasser«, sagte sie. »Bitte.«

Er nahm einen Becher mit einem Strohhalm darin von einem Tisch neben dem Bett und hielt ihn ihr an den Mund.

»Nicht zu viel.«

Das Wasser schmeckte wie Nektar. Sie schluckte und hustete.

»Wo bin ich?«

»Im Bethesda. Du musstest operiert werden.« Er sah sie an. »Du warst fünf Tage lang bewusstlos.«

»Fünf Tage?«

»Dich hat es schlimm erwischt. Du warst in einem Schockzustand. Die Ärzte haben dich ruhiggestellt.«

»Ich kann meine Beine nicht spüren.« Sie sah, wie er blass wurde.

Oh Scheiße, dachte sie. *Was ist los?*

»Das sind die Medikamente«, sagte er. Er sprach sehr schnell. »Die haben dich mit Schmerzmitteln vollgepumpt. In ein paar Tagen geht es dir wieder blendend.« Er lächelte.

»Wie schwer?«

»Wie schwer? Was meinst du?«

»Wie schwer hat es mich erwischt?«

»Eine Kugel hat dich am Bauch getroffen und ist am Rücken wieder ausgetreten. Hat die Leber gestreift, aber zum Glück die Leberarterie verfehlt, sonst würden wir uns jetzt nicht mehr unterhalten. Du wirst ein paar Narben davontragen, die sich mit meinen messen können.«

»Was noch? Da ist noch mehr, ich weiß es.«

Er sah auf den Boden, dann wieder zu ihr. »Die Kugel hat einen Rückenwirbel getroffen. Sie mussten dich operieren, um die Knochensplitter zu entfernen. Sie haben sie alle beseitigen können.«

»Nick, ich kann meine Beine nicht spüren. Sag mir, dass ich nicht gelähmt bin. Sag es mir.«

Sie spürte, wie sie in Panik geriet. Blanke Angst. Was sollte sie tun, wenn sie nicht mehr laufen konnte? Wie sollte sie weiter funktionieren? Ihre Lebenslust bestand aus Unternehmungen, Sport, Bewegung. Beweglichkeit, etwas, dass sie bislang immer für selbstverständlich angesehen und nie einen Gedanken daran verschwendet hatte.

»Dein Rückenmark wurde nicht verletzt, aber gequetscht. Das verursacht eine temporäre Lähmung.«

»Temporär? Das heißt, das geht wieder weg?«

»Ja. Sie sind sehr optimistisch, was das angeht.« Er machte eine kurze Pause. »Für eine kurze Zeit wirst du nicht laufen können. Aber das wird abheilen. Daran musst du glauben.«

»Wie lange? Wie lange, bis ich vielleicht herausfinde, dass es von Dauer ist?«

»Ein Monat, vielleicht weniger. Wenn es heilt, kehrt das Gefühl langsam wieder zurück. Dir steht sicher eine harte Reha bevor, aber es sollte alles wieder in Ordnung kommen.«

»*Wenn* es heilt.«

»Ja.«

»Du hast die Westen vergessen.« Kaum, dass sie die Worte ausgesprochen hatte, wünschte sie, sie hätte sie nicht gesagt.

Er sah wieder auf den Boden.

»Ja«, sagte er. »Ja, das habe ich.«

Kapitel 42

Ronnie, Nick und Lamont trafen sich mit Korov am Flughafenterminal in Florenz. Von dort aus würden sie in südwestlicher Richtung nach Pisa und schließlich zu Foxworths Villa an der Arno fahren. Ronnie beobachtete Korov, der durch das Terminal auf sie zukam. Der Russe trug ein braunes Jackett, dunkelbraune Hosen und Schuhe und ein weißes, am Kragen aufgeknöpftes Hemd mit langen Kragenspitzen. In einer Hand hielt er eine billige blaue Reisetasche.

»Erinnert mich stark an dich«, sagte Ronnie zu Nick. »Damals hätten wir jemanden wie ihn gebrauchen können.«

»Damals hätte er anderen sicher dabei geholfen, uns über den Haufen zu schießen.«

»Stimmt. Wie sich die Zeiten doch ändern.«

Dann war Korov bei ihnen angelangt. »Dann sind wir also wieder ein Team.« Er gab allen reihum die Hand. »Es ist schön, euch wiederzusehen. Selena ist nicht bei euch?«

Nick hielt sich bedeckt. »Hallo, Arkady. Nein, dieses Mal nicht. Lasst uns gehen.«

Korov sah Ronnie fragend an. Dieser schüttelte leicht den Kopf. *Frag lieber nicht.* Sie folgten Nick auf den Parkplatz hinaus und zu dem von ihnen gemieteten Alfa.

»Und ich bleibe dabei – wir hätten besser den Ferrari nehmen sollen«, sagte Lamont. »So einen wollte ich schon immer mal fahren.«

»Dann hätten wir aber drei von der Sorte benötigt.«

»Meine Güte, Nick. Entspann dich.«

Sie warfen ihre Taschen in den Kofferraum und stiegen in den Wagen. Lamont folgte den Schildern zur Ausfahrt des Flughafengeländes und fuhr dann auf die E76 in Richtung Pisa. Nick und Korov saßen hinten. Nick öffnete einen Ordner mit Satellitenfotos der Villa und einer Straßenkarte der Region. Draußen zog die friedliche Landschaft vorüber.

Die Toskana – eines der schönsten Reiseziele der Welt. Geburtsort der italienischen Renaissance und einiger der großartigsten Kunstwerke, Dichtungen, Architektur und Musik der Welt. Es war die Heimat der Medicis gewesen, von Herzögen, Päpsten und Königen. Es war das Land guter Weine, guten Essens, der Leidenschaft und der Schönheit. Aber es war auch ein Land, das von Verrat und Blut getränkt war.

»Wir folgen dieser Straße bis nach Pisa.« Nick deutete auf die Route auf seiner Karte. »In Pisa fahren wir nach Süden in Richtung Küste. Foxworths Villa liegt direkt an der Arno, hier, kurz bevor der Fluss ins Ligurische Meer mündet.« Er reichte Korov die Fotografien.

Korov studierte die Bilder. »Nur eine Straße hinein. Befestigt. Wie sehen die Sicherheitsvorkehrungen aus?«

»Foxworth hat dutzende Leibwächter. Die meisten konzentrieren sich im oberen Teil. Sie haben Uzis. Da die Villa terrassenförmig angelegt ist, bedeutet das, dass wir uns durch drei Etagen nach unten kämpfen müssten. Deshalb würde ich lieber von der Flussseite aus eindringen wollen.«

Nick zeigte ihm eine Reihe weiterer Fotografien, vom Fluss aus aufgenommen.

»Die große steinerne Anlegestelle ist der Zugang zum Fluss. Dahinter befindet sich ein Bootshaus.« Er legte seinen Finger auf das Foto. »Wir können entweder außen diese Stufen nehmen oder das Bootshaus durchqueren, um in das Hauptgebäude zu gelangen. Wenn wir leise genug sind, werden die Wachmänner im oberen Bereich nicht einmal wissen, dass wir da sind. Wir schnappen uns Foxworth, verschwinden und bringen ihn irgendwohin, wo wir ungestört sind.«

»Die Treppenstufen sind ungeschützt«, sagte Korov. »Sie könnten uns von oben beschießen. Das würden wir nicht überleben.«

»Deshalb denke ich, dass das Bootshaus die beste Idee ist. Von dort aus muss es einen Zugang zur Villa geben.«

»Was ist mit den Toren vor dem Bootshaus?«

»Lamont wird sich darum kümmern. Er wird abtauchen und sie für uns öffnen.«

Lamont schlängelte sich durch den Verkehr. Der Tacho zeigte konstante 130 km/h an. Der Verkehr war dicht und Regeln schienen nicht mehr zu gelten. Die Italiener fuhren, als wären sie Teilnehmer des Grand Prix. Lamont passierte einen Lastwagen und wich einem verbeulten roten Fiat aus. Der Fahrer reckte ihm daraufhin seinen Finger in einer universell verständlichen Geste entgegen.

»Es wird Alarmsysteme geben. Sensoren.« Korov blätterte durch die Aufnahmen.

»Das ist in der Tat ein Problem«, gab Nick zu.

»Darüber besitzen wir keine Informationen. Wir müssen aus dem Bauch heraus entscheiden.«

»Aus dem Bauch?« Der Ausdruck verwirrte Korov.

»Eine Redewendung, Arkady. Es bedeutet, wir werden improvisieren müssen.«

»Habt ihr ein Boot bereitstehen?«

»Es wartet an der Küste auf uns.«

Harker hatte alles arrangiert. Nach Einbruch der Dunkelheit würden sie sich mit jemandem treffen, der sie mit Waffen und Ausrüstung versorgte.

»Und wenn wir die Zielperson haben?«

»Dann machen wir es wie Napoleon.« Nick lächelte. »Wir fahren auf die Insel Elba. Ein einsames Häuschen. Dort wird niemand nach uns suchen, zumindest vorerst nicht. Es wird uns etwas Zeit verschaffen. Um zu reden.«

Nach etwa einer Stunde erreichten sie die Randbezirke von Pisa und wendeten sich nach Süden. Kurz danach bogen sie auf eine Straße ab, die am Ufer entlang führte. Ein Haus am Strand wartete auf sie. Es verfügte über zwei Schlafzimmer, eine Küche und einen Wohnbereich mit einem Sofa. Nick plante, die Villa gegen drei Uhr morgens anzugreifen, wenn die Wachleute gelangweilt und am wenigsten auf der Hut sein würden.

»Ihr solltet besser etwas schlafen«, sagte er. »Das wird eine lange Nacht werden.« Er lief in eines der Schlafzimmer und schloss die Tür.

Korov starrte die geschlossene Tür an, dann drehte er sich zu Ronnie und Lamont.

»Was ist los? Nick verhält sich seltsam. Gibt es Probleme?«

Ronnie erzählte ihm von Mexiko. »Er glaubt, die Sache mit Selena sei seine Schuld. Das Problem ist, dass er damit sogar irgendwie recht hat. Das frisst ihn innerlich auf.«

»Und er glaubt, dass dieser Mann … Foxworth … dafür verantwortlich ist?«

»Richtig.«

»Ich möchte nicht in der Haut dieses Mannes stecken«, sagte Korov.

Kapitel 43

Um drei Uhr morgens wach im Bett zu liegen, machte nicht besonders viel Spaß. Auf dem Flur vor Selenas Zimmer war es still. Sie hatte die diensthabende Krankenschwester gebeten, die Tür offenzulassen. Das genügte, um die Dämonen fernzuhalten. Es war still, so früh am Morgen. Manchmal lief draußen jemand vorbei. Manchmal hörte sie Stimmen aus der Schwesternstation etwas weiter den Gang hinunter oder wenn über Lautsprecher ein Arzt ausgerufen wurde.

Sie wollte sich nicht zu allem Überfluss noch isoliert und allein gelassen fühlen. Es war schon schlimm genug, dass ein Katheder ihre Ausscheidungen ableitete, schlimm genug, dass sie noch immer kein Gefühl in ihren Beinen hatte.

Die Schmerzmittel hielten sie wach. Im Halbschlaf wälzte sie Gedanken. Ohne Hilfe konnte sie ihr Bett nicht verlassen. Also blieb ihr nicht anderes übrig, als im Schein des Nachtlichts, das Schatten an die blassen Wände warf, die Monitore und die regelmäßigen Spitzen anzustarren, die ihr Herzschlag in digitalem Grün auf die Anzeige zauberte.

Sie hatte darauf bestanden, dass man die Betäubungsmittel reduzierte. Sie hasste das benommene Gefühl, welches von dem Morphium herrührte, oder was immer sie in sie hineinpumpten. Sie konnte einen Knopf drücken für eine erneute Dosis, falls die Schmerzen zu schlimm wurden, aber sie ließ ihre Finger davon. Es war zu leicht, auf einem monotonen, einfarbigem Meer aus verstörenden Gedanken und Bildern dahinzutreiben.

Der Schmerz erinnerte sie daran, dass sie noch lebte. Vor einer Stunde hatte sie geglaubt, ein Stechen in ihrem Fuß zu spüren. Aber vielleicht hatte sie sich das auch nur eingebildet.

Sie kämpfte gegen die Gedanken und die Angst an, vielleicht nie wieder laufen zu können. Niemals wieder rennen zu können. Oder zu schwimmen. Nie wieder aus einem Flugzeug zu springen oder ohne einen Rollstuhl einkaufen zu gehen, oder auch nur auf die verdammte Toilette wie jeder andere Mensch.

Niemals wieder den Adrenalinkick zu spüren, wenn ihr Finger den Abzug betätigte, und andere Menschen versuchten, sie umzubringen. Sie tötete nicht gern, aber sie brauchte sich auch nichts vormachen. Mittlerweile gierte sie nach dem Abenteuer, der Gefahr und dem Gefühl, sich am Abgrund zu bewegen.

Dieses Mal aber hatte sie sich zu weit hinausgewagt. Mehr noch, sie war in den Abgrund gefallen.

Sie versuchte an etwas anderes zu denken, als vielleicht ihr restliches Leben als Krüppel verbringen zu müssen. Sie erinnerte sich an die schönen Zeiten, die sie mit ihrem Bruder und ihren Eltern verbracht hatte, bevor der Unfall sie ihr entriss. Sie erinnerte sich an das Lachen ihres Onkels, als er sie in Paris herumgeführt und ihr die ganze Pracht des Louvres gezeigt hatte und sie das erste Mal von einem guten Wein und französischer Küche hatte kosten lassen.

Die Stadt der Lichter, hatte er gesagt, *ein Hoffnungsschimmer der Kultur in einer barbarischen Welt.*

Sie erinnerte sich an das erste Mal, als sie Nick in Harkers Büro begegnet war, und an seinen überraschten Blick, den er nicht verbergen konnte.

Sie lächelte. Er hatte jemand anderes erwartet, wahrscheinlich eine verhärmte Gelehrte. Sie erinnerte sich an das erste Mal, als sie sich liebten, in seiner Hütte. Das waren schöne Erinnerungen. In jeder einzelnen stand sie auf ihren eigenen zwei Beinen. Nun, außer in der, als sie miteinander schliefen. Wobei … manchmal selbst dann.

Unterhalb der Hüfte spürte sie nichts. Wenn sie gelähmt blieb, würde ihre Beziehung zu Nick vorbei sein. Sie würde ihm niemals erlauben, bei ihr zu bleiben, selbst wenn er schwor, dass er es wollte.

Sie kämpfte gegen die Tränen an.

Die Schmerzen, die von der Operation herrührten, brannten unentwegt wie Feuer in ihrem Bauch. Man ernährte sie intravenös, um ihren Eingeweiden die Chance zu geben, zu heilen. Sie verlor Gewicht. Wenn sie hier endlich rausspazieren würde, würde sie wahrscheinlich wie eines dieser magersüchtigen Models auf den Titelseiten der Supermarktmagazine aussehen.

Wenn sie hier rausspazieren würde.

Was sollte sie nur tun?

Sie spürte, wie eine Woge aus Selbstmitleid sie überkam, und schob sie so gut es ging beiseite. Sie würde es schaffen.

Sie dachte an Meister Kim, ihren Kampfsportlehrer und Freund. Was würde er tun? Er würde niemals aufgeben. Und sie ebenso wenig.

Sie schloss ihre Augen, atmete tief ein und begann nach Art des Kriegers zu meditieren.

Kapitel 44

»Cool«, sagte Lamont.

Ihr Boot lag in einem Privathafen in einer abgeschiedenen Bucht. Es war vierzehn Meter lang, wie eine Patronenkugel geformt und schwarz lackiert. Es wirkte windschnittig, schnell und auf gewisse Weise bedrohlich.

»Schönes Boot«, sagte Korov.

»Schön? Das ist mehr als schön. Es ist der Ferrari und den Booten, das Beste vom Besten. Das Boot eines reichen Mannes. Ich kenne mich damit aus. Es ist ein Rough Rider XP, ein Spitzenprodukt. Zwei Mercury-Motoren, Turbolader. Und ich wette, es hat eine irre Stereoanlage.«

»Welche Leistung?«, fragte Ronnie.

»Jede Menge. Zweitausendsiebenhundert Pferdestärken, wenn nicht sogar mehr. Das Ding ist rasend schnell. Ich frage mich, wen Harker kennen muss, um daran zu kommen? Wir sollten besser gut darauf aufpassen.«

»Zweitausendsiebenhundert Pferdestärken für ein Sportboot aus Fiberglas?«, fragte Nick. »Du machst Witze.«

»Ich sagte doch, das ist ein Boot für reiche Leute. Es wurde für Rennen gebaut. So etwas kostet gut eine Dreiviertelmillion Dollar. Ich hätte nie gedacht, so ein Teil mal fahren zu können.«

»Wer sagt denn, dass *du* es fährst?«

»Ich bin hier derjenige, der sich mit Wasser auskennt, schon vergessen? Wir hatten Zigarettenboote bei den

Seals. Die sind gern ein wenig empfindlich. Damit will man besser keinen Fehler machen.«

»Zigarettenboot?« Korov hatte wieder diesen verwirrten Gesichtsausdruck. »Es sieht gar nicht wie eine Zigarette aus.«

Lamont und Ronnie lachten. »Man nennt sie so, weil Schmuggler Boote wie diese dazu benutzten, Zigaretten an der Küstenwache vorbeizuschmuggeln. Macht heute keiner mehr, heute schmuggeln sie Drogen. Sie sind zu schnell, als dass man sie fassen könnte. Davor nannte man sie *Rum Runner.*«

»Genug der Geschichtsstunde«, rief Nick. »Wir satteln auf.«

Sie verstauten ihre Ausrüstung in einer kleinen Kabine vor dem Cockpit. Das Boot verfügte über sechs Sitzplätze. Es gab also noch genügend Platz, um Foxworth später irgendwo festzubinden. Korov fuhr mit seinen Fingern über das glatte, hellbraune Leder der Sitze.

Lamont startete den Motor. Das Geräusch im Leerlauf klang verhalten, ein sanftes Brummen in der Nacht.

»Leinen los!«, rief Lamont.

Das Boot trieb von dem Dock weg. Er schob den Gashebel nach vorn und sie bewegten sich auf das offene Wasser zu. Das anhaltende dumpfe Dröhnen der beiden Mercurys war beinahe beruhigend.

Die Anordnung der Instrumente auf dem Armaturenbrett warf ein sanftes, grünes Leuchten in das Cockpit.

»Das Boot ist mit allem ausgestattet«, sagte Lamont. »GPS. Livorsi-Instrumente, Touch-Screen-Navigation,

Funkgerät, sollten wir eines brauchen. Wahrscheinlich spielt es sogar Jimi Hendrix mit stimmungsvoller LED-Beleuchtung ab, wenn wir das wollen.« Er warf einen Blick auf die Stereoanlage.

»Denk nicht mal dran«, warnte ihn Nick.

Die Nacht war stockfinster, mit Ausnahme des Leuchtens der Sterne. Lamont hielt sich eine Weile am Rand der Küste und bog dann in Richtung des Arno ab. Dann gab er etwas mehr Gas. Der Bug stieg empor und das Boot schoss voran. Mit seiner windschnittigen Form und dem schwarzen Lack glich es einem pfeilartigen Phantom im Wasser. Die Luft roch nach Salz und Seegras. Zu ihrer Linken zog die Küste vorüber. Ein anhaltender, kühler Wind wehte ihnen entgegen.

Nach zwanzig Minuten erreichten sie die Mündung des Arno. Lamont steuerte das Boot in den Fluss und folgte ihm flussaufwärts. Er sah auf sein GPS-Gerät.

»Wir nähern uns.«

»Überprüft eure Ausrüstung«, befahl Nick.

Schutzwesten. MP-5-Gewehre. Blendgranaten. Pistolen. Wenn die Sache schiefging, würde jeder Polizist in Europa nach ihnen suchen. Dann würden sie sich mitten in einem internationalen Shitstorm befinden. Die Welt kannte Foxworth nur als reichen und erfolgreichen Geschäftsmann, als Wohltäter. Ein Mann, dem man nacheiferte und den man bewunderte. Die Welt hatte keine Ahnung, wer sich hinter seiner Maske verbarg.

Zu ihrer Linken tauchte Foxworths Villa auf. Lamont drosselte die Geschwindigkeit und blieb in der Mitte des

Flusses. Die Motoren verursachten ein leises, gurgelndes Geräusch. Während sie langsam vorbeitrieben, beobachtete Nick das Haus durch sein Nachtsichtgerät.

»Ein Mann auf der Gartenterrasse, raucht eine Zigarette. Einer am oberen Ende der Treppe, die von dem Pier hinaufführt. Er hat seine Waffe über die Schulter geschlungen und sieht immer wieder auf die Uhr. Er wirkt gelangweilt.«

Dann hatten sie die Villa passiert und folgten einer langen Biegung des Flusses. Nach einer Weile drosselte Lamont die Motoren und wendete. Die Motoren tuckerten im Leerlauf. Das Boot trieb mit der trägen Strömung auf die Villa zu.

»Okay. Wir fahren um das Ende des Piers herum und zu dem Bootshaus hinauf. Ronnie, falls uns jemand bemerken sollte, dann schalte ihn aus.«

Ronnie nickte.

»Dann los.«

Lamont gab Gas. Sie kamen die Biegung zurückgefahren, die Landzunge und ihr Ziel direkt voraus. Der größte Teil der Villa lag im Dunkeln. Im Erdgeschoss war ein schwacher Lichtschein hinter ein paar Terrassentüren auszumachen. Der Vorplatz am Haupttor war beleuchtet, das Bootshaus hingegen lag in völliger Dunkelheit.

»Jemand kommt die Stufen hinunter«, meldete Korov mit leiser Stimme.

Ein einzelner Wachmann begann die lange Treppe von der Villa zum Pier hinabzulaufen. Ronnie hielt die MP-5 bereits an seiner Wange und verfolgte den nichtsahnenden Mann durch sein Zielfernrohr mit Nachtsichtfunktion.

Das Gewehr war mit einem Schalldämpfer ausgerüstet, aber das bedeutete nicht, dass die Waffe absolut lautlos sein würde. Wenn er schoss, konnte der Knall durchaus ausreichen, um die anderen Wachleute zu warnen. Daher war es besser, nicht schießen zu müssen. Lamont gab gerade genug Gas, um sie vorwärts zu bewegen, und steuerte das Boot an die Anlegestelle.

Nick beobachtete den Wachmann. *Wenn wir das Ende erreicht haben, sind wir außer Sicht. Es sei denn, er kommt bis an den Rand und sieht hinab.*

Lamont schaltete die Motoren ab. Das Boot glitt lautlos durch den dunklen Kanal, der zu den geschlossenen Toren des Bootshauses führte. Der Schwung genügte, sie voranzubringen. Lamont riss das Ruder herum. Sie drehten sich zur Seite und stießen mit einem leisen, scharrenden Geräusch gegen die Tore. Korov griff nach den Stahlbügeln und hielt das Boot ruhig. Sie warteten.

Oben auf der Anlegestelle hörten sie die Schritte des Wachmanns, dann blieb er stehen. Ein Schwall Flüssigkeit ergoss sich plötzlich ins Wasser, etwa zehn Meter von der Stelle entfernt, an der sie warteten. Sie hörten den Mann seufzen, dann das Geräusch eines Reißverschlusses. Wieder ertönten Schritte, die sich jedoch entfernten.

Nick spürte, wie er Kopfschmerzen bekam. Er löste seine verkrampften Finger von der MP-5.

Die Tore waren aus rostfreiem Stahl gefertigt und öffneten sich mittig. Sie bewegten sich nicht, als Nick sich dagegen stemmte. Sie waren mit einer Kette gesichert oder anderweitig verschlossen. Irgendwo auf der Innenseite musste es einen Kontrollmechanismus dafür geben. Wie bei einer Garagentür wurden sie mit einer Fernbedienung aktiviert, wenn sich jemand über den Fluss näherte.

Lamont zog sich bis auf die Unterhosen aus, spülte eine Taucherbrille ab und setzte sie sich auf. Er ließ sich über den Rand des Bootes gleiten, holte tief Luft, dann noch einmal. Dann tauchte er in das schwarzgrüne Wasser ab.

Kapitel 45

Lamont tauchte mit kräftigen Stößen immer tiefer hinab, bis er schließlich die Unterseite des Tores fand. Er schlüpfte darunter hindurch und tauchte auf der anderen Seite wieder auf.

»Du siehst aus wie eine ersoffene Ratte«, bemerkte Nick.

»Man nennt das Tarnung.«

Nick reichte ihm eine Taschenlampe durch die Gitterstäbe.

»Finde die Kontrollen.«

»Aye aye, Käpt'n.«

Das Bootshaus war lang und hoch, ein höhlenartiges Bauwerk aus zerfallenden Ziegeln und moosbedeckten Steinen. Auf der einen Seite führte eine breite gemauerte Anlegestelle entlang. Weiße Bootsfender hingen in regelmäßigen Abständen herab. Treppenstufen, die in den Absatz eingelassen waren, führten zum Wasser hinab und verschwanden unter dessen Oberfläche. Am hinteren Ende war ein Kabinenkreuzer vertäut. Poliertes Messing schimmerte im Licht der Taschenlampe.

Lamont schwamm zu den Stufen und kletterte auf die Plattform hinauf. An der Wand war ein Schaltkasten montiert. Neben dem Kasten führte eine schmale Treppe zur Villa hinauf. Seine Füße hinterließen nasse Abdrücke auf dem rauen Stein, während er sich dem Schaltkasten näherte. Dieser besaß zwei auf Italienisch beschriftete

Schalter, von denen der eine die Aufschrift LAMPADAS trug, der andere mit PORTA markiert war. Lichter und Tor.

Lamont ließ den PORTA-Schalter nach unten schnappen und die beiden Flügel des Tores schwangen auf. Er lief die Plattform zu dem offenen Tor entlang, fing ein Seil, das Nick ihm zuwarf, und zog das Boot mit dem Heck voran in die Grotte und gegen die Fender. Die anderen kletterten auf die Plattform. Lamont zog sich wieder an und nahm seine MP-5 zur Hand. Dann streiften sie sich schwarze Skimasken über ihre Köpfe.

»Korov, du bleibst dicht bei mir«, sagte Nick.

»Was, wenn Foxworth nicht hier ist?«

»Er ist hier. Das kann ich spüren.«

Nicks Ohr kribbelte, sein sechster Sinn, der ihn in Mexiko im Stich gelassen hatte, als Selena angeschossen wurde. Er verdrängte den Gedanken.

Nacheinander stiegen sie die Treppe hinauf. Die Stufen endeten an einer geschlossenen Holztür.

»Das ist zu einfach«, sagte Ronnie.

»Mhm-mhm«, stimmte Lamont ihm zu. »Das dachte ich auch gerade.«

»Die Tür könnte einen Alarm auslösen«, gab Korov zu bedenken.

Nick leuchtete mit seiner Taschenlampe an der Tür entlang und suchte nach Hinweisen, dass die Tür verdrahtet war.

»Ich kann nichts erkennen. Aber irgendetwas stimmt hier nicht.«

»Wenn mir so ein Anwesen gehören würde, hätte ich bereits einen Alarm an dem Tor angebracht«, sagte Lamont leise.

»Und jemanden hinter dieser Tür platziert«, ergänzte Korov.

Nick stellte den Feuerhebel seiner MP-5 auf Dreischusssalven. Er dachte an Selena, die nun wegen des Mannes, der sich irgendwo in diesem Haus aufhielt, gelähmt in einem Krankenhausbett lag. Soweit es ihn betraf, hatte jeder, der sich auf diesem Anwesen aufhielt, seine Unschuldsvermutung verspielt. Und so früh am Morgen würden sie sicher nicht der Putzfrau in die Arme laufen.

Nick legte seine Hand auf die Türklinke und spürte, wie sich das Adrenalin in seinem Körper aufbaute. Lautlos bewegte er die Lippen.

Eins. Zwei. Drei.

Er öffnete die Tür. Nichts geschah.

Sie betraten einen Gang, der von einer einzelnen Glühbirne beleuchtet wurde. Zur Rechten endete der Gang an einer Ziegelwand. Am anderen Ende der linken Seite befanden sich ein Fenster und eine weitere Treppe.

Die weichen Gummisohlen ihrer Schuhe verursachten keine Geräusche. Der Boden des Korridors bestand aus schwarzen und weißen Marmorfliesen. Sie huschten den Gang entlang, vorbei an einem Seitengang, der zu einer weiteren Treppe führte. Als Nick hinaufsah, erkannte er eine schwach beleuchtete verputzte Zimmerdecke. Er stieg hinauf, leise und vorsichtig. Die anderen folgten ihm.

Die Stufen führten in einen Raum, der so groß wie die Empfangshalle einer Botschaft war. Eine Empore säumte an drei Seiten den Raum, zu deren Enden weitere Treppen hinaufführten.

In Brokat gefasste Sofas und Sessel sowie antike Beistelltische standen in mehreren Gruppen zusammen. Vier kunstvolle Kristallleuchter hingen von der zwölf Meter hohen Decke. Der Boden war auch hier mit weißem Marmor gefliest. Museumslampen beleuchteten Ölgemälde in vergoldeten Rahmen, die an den Wänden hingen – idyllische Landschaftsszenen und Porträts mittelalterlicher Adliger mit boshaften Augen, spitzen Nasen und Schlapphüten. Keines der Gemälde zeigte religiöse Szenen.

Ein riesiger weißer Marmorkamin dominierte das eine Ende des Raumes. Über dessen Sims strahlte eine einzelne Lampe ein überlebensgroßes Porträt eines Mannes mit kaltem Blick in einem blauen Nadelstreifenanzug und einer lavendelfarbenen Krawatte an. Der Mann saß in einem aus Holz geschnitzten Sessel, der wie ein Thron anmutete. Auf der Armlehne, wo die Hand des Mannes ruhte, hatte der Künstler einen Lichtschein eingefangen, der es jedoch so aussehen ließ, als würde der Mann ein Schlachtermesser umklammern.

Foxworth.

Nick zeigte mit dem Finger auf Ronnie und Lamont und gab ihnen Zeichen, die Räumlichkeiten zu ihrer Linken abzusuchen. Dann deutete er auf sich selbst und Korov und nach rechts. Der erste Raum, den Nick betrat, war ein spärlich beleuchteter Wintergarten mit hohen Decken und großen Balkontüren, angefüllt mit allen Arten von Pflanzen. Er kehrte um. Auf der anderen Seite des Raumes traten Ronnie und Lamont aus einem Durchgang und schüttelten die Köpfe.

Zusammen erreichten sie den letzten Raum. Es handelte sich um ein Studierzimmer mit Bibliothek voller Leder, Holz und weichen Teppichen. Die Fenster blickten zu dem Fluss hinaus. Der Raum befand sich auf der anderen Seite des Hauses, jenseits ihres Bootes.

Nick lief zu dem Schreibtisch. Ein modernes Möbelstück, das in der Atmosphäre dieser Bibliothek mit ihrer klassischen europäischen Eleganz seltsam deplatziert wirkte. Er begann die Schubladen zu durchsuchen.

Papiere. Ein Bündel violetter Euro-Scheine. Eine Walther-Pistole. Zwei britische Pässe. Nick warf einen Blick hinein. Einer war auf Foxworth ausgestellt, der andere auf eine Frau namens Mandy Atherton. Die untere Schublade war verschlossen. Nick benutzte sein Messer, um sie aufzuhebeln. Darin befand sich ein brauner, hauchdünner Umschlag mit blauer Aufschrift. Nick nahm ihn heraus und öffnete ihn. Es war eine Liste von Namen. Ogorov war einer davon. Er zeigte Korov das Schriftstück.

»Sieh dir das an«, sagte er leise.

Der Russe las die Liste. »Ogorov. Also ist er an der Sache beteiligt. Ein Verräter.« Grimmig verzog er das Gesicht. »Und dieser, Maupassant … das ist der Name des französischen Finanzministers.«

»Ja. Ich denke, wir haben, was wir brauchen.«

Von irgendwo außerhalb der Bibliothek hörte Nick das Scharren eines Stiefels. Sein Ohr begann zu pulsieren. Er steckte sich den Umschlag unter sein Shirt und gab den anderen ein Zeichen. Die vier Männer bewegten sich lautlos zur Tür.

Von dort, wo er stand, konnte Nick weder im Hauptraum noch auf der Empore jemanden erkennen. Allerdings bestand die Möglichkeit, dass sich jemand auf dem Balkon direkt über der Bibliothek befand.

»Da draußen ist jemand«, raunte er.

»Wachmänner?«, fragte Ronnie.

»Vielleicht. Zeit, zu verschwinden.«

»Was ist mit Foxworth?«

Nick klopfte mit der Hand auf das Dokument unter seinem Hemd. »Wir haben Beweise, dass er mit Ogorov unter einer Decke steckt. Also vergessen wir Foxworth. Wir müssen zum Boot zurück.«

»Ist ein langer Weg durch diesen Raum.« Ronnie deutete mit seiner MP-5 an die Decke. »Wenn jemand auf dem Balkon ist, sitzen wir auf dem Präsentierteller.«

»Teller?«, fragte Korov.

Nick schüttelte den Kopf. »Das erkläre ich später.«

»Es gibt noch eine andere Treppe hinunter. Gleich rechts, als wir den Raum betraten. Nicht weit, vielleicht fünf oder sechs Meter.«

»Die habe ich gesehen. Sie muss zurück in die untere Etage führen. Ich will den Raum ungern noch einmal durchqueren.« Er sah die anderen an. »Also gut, dann nehmen wir diese Treppe.«

Sie traten aus der Bibliothek. Die Kronleuchter flammten in einem grellen Lichtblitz auf. Das Adrenalin durchschoss Nick. Lebendigkeit, Angst. Ein Rausch.

»Lassen Sie die Waffen fallen!«

Die Stimme kam von oben.

»Los!«, schrie Nick. Sie rannten zur Treppe. Nick hob seine MP-5 und feuerte im Laufen blindlings auf die Empore. Der Raum hallte vom Rattern der Schusswaffen wider. Kugeln prallten heulend von dem Steinboden ab, wo sie weiße Staubwölkchen hinterließen.

Einer der Männer auf der Empore fiel über die Brüstung und schlug auf dem Boden darunter auf. Es klang, als hätte jemand eine große Wassermelone auf den Marmor fallen lassen. Korov wurde getroffen, fluchte etwas auf Russisch. Ronnie und Nick gaben Feuerschutz, während Lamont ihm wieder auf die Beine half. Sie erreichten die Treppe und hasteten hinab.

Die Stufen endeten in einer kleinen Halle. Sie rannten bis an deren Ende und fanden sich in dem langen Gang wieder, der zu dem Bootshaus führte. Lamont feuerte eine Salve auf jemanden, der hinter ihnen die Treppe herunterkam. Sie erreichten die Tür zu dem Bootshaus, schlugen sie hinter sich zu und stürmten die Stufen zu der Anlegestelle hinab. Das Boot war noch da. Die Motoren sprangen auf Knopfdruck sofort an. Vor ihnen begann sich das Tor zu schließen. Jemand in der Villa musste den Mechanismus ausgelöst haben.

Lamont packte den Gashebel und das Boot schoss vorwärts. Die Tore schrammten an der Fiberglasverkleidung, als sie aus dem Bootshaus rasten. Eine Uzi bellte ganz in ihrer Nähe und die Rückbank des Bootes löste sich in Fetzen aus Schaumstoff und Leder auf. Nick hob sein Gewehr und schoss auf den Mann, der von den Stufen aus auf sie feuerte. Er stürzte die Stufen auf das steinerne Podest hinunter und blieb dort regungslos und zusammengerollt liegen.

Sie erreichten das Ende der Anlegestelle. Lamont riss das Ruder herum und gab Vollgas. Das Schnellboot stieg aus dem Wasser und schoss über den Fluss, in Richtung Meer. Hinter ihnen verschwand die Villa.

Sie fuhren zu schnell. Lamont drosselte ein wenig das Tempo.

»Wie geht's dem Boot?«, erkundigte sich Nick.

»Ich denke, es ist alles in Ordnung. Er hat die Sitze zerfetzt, aber zum Glück die Motoren verfehlt. Ich glaube nicht, dass wir volllaufen werden.«

»Foxworth wird alle seine Männer hinter uns her schicken. Halte dich südlich, entlang der Küste. Ich versuche Harker zu erreichen und sie zu bitten, uns rauszuholen.«

Sie erreichten das offene Meer. Lamont gab wieder Gas und steuerte nach Süden. Das Schnellboot schien wie ein schwarzer Pfeil, der über die Wellen fegte. Hinter ihnen blieb eine breite, schäumende Heckwelle zurück, die in der toskanischen Nacht schimmerte.

Nick wandte sich an Korov. »Du wurdest getroffen?«

»Ja, aber eure Westen sind gut. Das wird ein blauer Fleck, mehr nicht.«

Nick nickte. Korov hatte recht, die Westen waren gut, die neuesten Modelle. Dreißig Lagen Kevlar, das beste

Stück Ausrüstung, das Amerika herstellte. Sie würden selbst ein Kaliber .308 aufhalten. Schwer, aber effektiv. Das erinnerte ihn wieder an Selena.

Was, wenn sie nie wieder laufen wird? Es war dein Fehler. Dein Fehler. Wie konntest du so etwas nur vergessen?

In den alten Tagen hatte er unzählige Missionen ohne Schutzwesten oder mit Westen absolviert, die ein schlechter Witz waren und nicht einmal eine .22er Kugel aufgehalten hätten. Aber die neuen Panzerungen hätten die Kugel abgefangen, die sie getroffen hatte. Die, die er vergessen hatte, einzupacken.

Er wusste, dass er es sich niemals vergeben konnte, wenn sie gelähmt bleiben würde.

Ich habe es vermasselt. Seine Stimmung verschlechterte sich schlagartig.

»Nick.« Ronnies Stimme holte ihn zurück. »Sollten wir nicht besser Harker benachrichtigen?«

»Natürlich.« Nick holte das Satellitentelefon hervor und tippte den Code ein. Zweimal klingelte es.

»Ja?«

»Wir haben ein Problem«, informierte er sie.

»In Ordnung, ich habe Sie auf dem Schirm.«

In Virginia betrachtete Elizabeth Nicks GPS-Markierung, die sich südlich entlang der Küste bewegte.

»Sie fahren gerade an Livorno vorbei«, sagte sie. »Sie sollten die Stadt auf der linken Seite sehen können.«

»Ich sehe sie.«

Die Lichter von Livorno fielen bereits hinter ihnen zurück, während sie weiter über das Wasser preschten.

»Die nächste Stadt entlang der Küste ist Rosignano, etwa zwanzig Kilometer von Ihrer Position. Dort gibt es eine große Burg auf einem Berg, von der aus man die Küste überblicken kann. Sie müssten sie gleich sehen können. Gehen Sie dort an Land – ich werde dafür sorgen, dass sich jemand mit Ihnen trifft. Halten Sie sich so lange versteckt, bis ich Sie rausholen kann.«

»Verstanden.« Er hielt inne. »Wie geht es Selena?«

»Sie ist außer Gefahr. Melden Sie sich, wenn Sie an Land sind.« Elizabeth unterbrach die Verbindung. Sie brachte es nicht über sich, Nick zu sagen, dass es derzeit so aussah, als ob Selena für den Rest ihres Lebens gelähmt bleiben würde.

Nick steckte das Telefon zurück. Dann berichtete er den anderen, was Harker vorgeschlagen hatte.

»Es wird bald hell werden«, gab Ronnie zu bedenken.

»Bis dahin werden wir an der Küste sein.«

Nick lehnte sich in einem der komfortablen Sitze zurück. Der Adrenalinschub war verflogen. Sein Rücken brannte und verspannte sich. Er spürte jede alte Wunde, jedes einzelne seiner Lebensjahre. Nicht zum ersten Mal dachte er daran, den Job an den Nagel zu hängen. Aber was sollte er dann tun? Wie immer, wenn er darüber nachdachte, wusste er keine Antwort.

Er gab sich der Müdigkeit geschlagen und döste ein wenig vor sich hin, während die großen Mercury-Motoren in ein kehliges Brüllen verfielen und das Schiff einen Satz nach vorn machte. Mit einer ständigen Auf- und Abwärtsbewegung, bei der sich ihm der Magen umdrehte, begannen sie über die Spitzen der niedrigen Wellen zu hüpfen.

Dann sagte Lamont: »Wir haben Gesellschaft.« Er reichte Nick das Fernglas mit Nachtsichtfunktion und deutete auf die See hinaus. Ein italienisches Patrouillenboot kam ihnen entgegen. Wasser schäumte vor dessen Bug auf. Es kam mit Höchstgeschwindigkeit auf sie zu.

»Kannst du nicht schneller fahren?«, fragte Nick.

»Ich hol schon das Maximum aus dem Mädchen heraus, Käpt'n«, antwortete Lamont mit einem zornigen schottischen Akzent. »Noch mehr, und sie bricht auseinander.«

Nick lächelte in sich hinein. Das Boot flog über die Wasseroberfläche. Er hob das Fernglas an seine Augen und das Lächeln verflog. Er reichte das Fernglas an Korov weiter.

»Sie sind immer noch weit entfernt«, sagte Korov und gab ihm das Fernglas zurück.

Nick holte das Patrouillenboot näher heran. »Sieht nach Dicotti-Klasse aus«, sagte er. »Dann wird es mit einer ferngesteuerten 76mm-Kanone ausgerüstet sein. Ganz sicher haben sie uns auf ihrem Radar. Noch etwas näher und sie sind in Schussweite.«

»Sie werden mit uns reden wollen, bevor sie schießen«, sagte Lamont. »Sie werden an Bord kommen wollen.«

Nick suchte die Küste ab. Die schattenhafte Silhouette der großen Burg, das Wahrzeichen der mittelalterlichen Stadt Rosignano, ragte auf einem Berg vor ihnen auf. Aus der Dunkelheit hinter ihnen war ein entferntes Donnern zu hören. Eine weiße Wasserfontäne schoss mehrere hundert Meter hinter ihnen in die Höhe.

»Wahrscheinlich wollen sie doch nicht erst mit uns reden«, korrigierte sich Lamont.

»Sie sind immer noch außer Reichweite, aber nicht mehr lange. Halte auf die Küste zu. Suche nach einem Ort, wo wir die Kiste loswerden können.«

»Da ist überall flacher Strand. Wir können direkt darauf zufahren.« Er drehte das Boot in Richtung Ufer.

Kurz vor der Morgendämmerung zeichnete sich der Strand als gerades weißes Band vor dem dunklen Festland ab. Ein weiteres gedämpftes Grollen erklang von dem italienischen Patrouillenboot. Dieses Mal explodierte die Granate keine zweihundert Meter von ihrem Boot entfernt.

»Bring uns so nah wie möglich heran. Wir lassen die Waffen und den Rest der Ausrüstung zurück, bis auf die Pistolen.« Sie warfen alles über Bord. Nick behielt das GPS. Sie waren noch immer etwa hundert Meter vom Ufer entfernt.

»Bei den Lichtverhältnissen können sie uns nicht sehen«, sagte Nick, »aber sie haben uns auf ihrem Radar.« Wieder war ein Schuss der Kanone zu hören. Die Granate landete zwanzig Meter hinter ihnen. Wasser spritzte über das Boot.

»Wir haben keine Zeit mehr. Lamont, wir drehen bei und schwimmen den Rest. Gib Gas, und dann schwing deinen Hintern hinter uns her.«

»Verstanden.«

Lamont bremste das Boot etwas ab, riss das Steuerrad herum und band es fest. Die anderen sprangen von Bord. Lamont balancierte sich mit einem Fuß auf dem Rand des

Cockpits ab, schob die Gashebel nach vorn und sprang ins Wasser. Die starken Mercury-Motoren und zweitausendsiebenhundert Pferdestärken gaben volle Leistung und der spitze Bug stieg hoch in die Luft. Das leere Boot schoss kreischend davon.

In der Ferne hallte der Schuss der Bordkanone. Sie hörten, wie die Granate durch die Luft pfiff. Das Boot verschwand in einem orangefarbenen Feuerball. Trümmerteile und Wasser regneten auf sie herab. Mit aller Kraft schwammen sie ans Ufer. Sie erreichten den Strand und hasteten über den makellosen Sand auf einen Kiefernwald zu.

Nick spürte das kalte Wasser, mit dem sich seine Hosen vollgesogen hatten. Er zog den Umschlag hervor, den er in der Villa an sich genommen hatte. Das Papier darin war nur noch feuchte Pampe, nutzlos, der blaue Text nichts weiter als ein verschwommener Fleck. Wütend knüllte er ihn zusammen, warf ihn in den Sand, dann holte er sein Telefon hervor und rief Harker an.

Kapitel 46

Am Morgen nach dem Überfall rief Foxworth Mandy, Morel und Healy in die Bibliothek. Morel hatte Foxworth noch nie so wütend erlebt. Speichel flog ihm aus dem Mund. Geschockt und schweigend standen sie regungslos da, während er sich ereiferte.

Es muss ein Tumor sein, keine Frage, dachte Morel. *Und es wird schlimmer. Er verliert die Kontrolle über sich.*

Das Gesicht des Sicherheitschefs war zu Stein erstarrt. Aus seiner Zeit beim SAS kannte er Situationen, in denen wutentbrannte Offiziere Untergebene herunterputzten. Er hatte erlebt, wie Männer im Eifer des Gefechts durchdrehten. Er hatte schon alles gesehen.

Aber noch nie so etwas.

Er ist verrückt geworden. Ein tobsüchtiger Irrer.

Plötzlich herrschte Stille im Raum. Foxworth marschierte auf sie zu und baute sich vor Healy auf. Seine Augen zogen sich zu Schlitzen zusammen. Sein Gesicht war kalkweiß.

»Sie haben es schon wieder versaut.« Nach dem Gebrüll war seine Stimme nun heiser und leise. Die Ruhe nach dem Wutausbruch wirkte seltsam. »Haben Sie irgendetwas dazu zu sagen?«

»Wir haben sie vor Ihnen ferngehalten, Sir. Genau dafür haben Sie mich eingestellt.«

»Nein, Healy, nicht dafür.«

Foxworths Augen funkelten. Seine Pupillen waren stark geweitet.

Diese Drogen, die Morel dir verabreicht … dachte Healy. *Sie wirken nicht, Kumpel.*

»Ich habe Sie angeheuert, damit Sie dafür sorgen, dass mir niemand zu nahe kommt. Ich habe Sie angeheuert, sich um die Dinge zu kümmern. Das ist Ihnen bislang nicht sonderlich gut gelungen, oder? Ich denke, Sie sollten kündigen.«

Healy war bedient. Es reichte ihm, er hatte genug davon, für dieses arrogante Arschloch zu arbeiten.

»Sir, dann kündige ich hiermit.«

»Gut. Ich bin froh, dass Sie das auch so sehen.«

Foxworth zog eine Walther PPK und schoss Healy ins Gesicht. Sein Körper flog nach hinten und fiel auf den Boden. Blut spritzte über Mandys elegantes Kleid. Foxworth machte einen Schritt auf ihn zu und schoss drei weitere Kugeln in Healys zuckenden Körper. Dann steckte er die Waffe unter sein Jackett zurück und richtete seine Krawatte. Er drehte sich zu Mandy. Ihr Mund stand halb offen, aus ihrem Gesicht war jegliche Farbe gewichen. Morel wagte nicht, sich zu bewegen.

»Mandy, meine Teuerste, das mit deinem Kleid tut mir leid. Wir fahren morgen nach Florenz und kaufen dir ein neues. Wieso ziehst du dich nicht um und dann frühstücken wir auf der Terrasse?«

Sie schluckte. »Natürlich, Malcolm, sofort.« Sie warf einen letzten Blick auf Healys Leiche und verließ den Raum.

Drei Leibwächter stürmten mit gezogenen Waffen in den Raum. Sie sahen zu Healy hinunter, dann zu Foxworth. Einer der Männer war breitschultrig, mit einem finster aussehenden Gesicht. Foxworth kannte ihn, so wie er alle Lebensdetails von jedem kannte, der für ihn arbeitete.

»Sir, wir haben Schüsse gehört. Ist alles in Ordnung?«

»Mir geht es gut. Dragonov, Sie sind jetzt der Chef der Sicherheit.« Er deutete auf Healys Leiche. »Bringen Sie das weg und werden Sie es irgendwo los.«

»Jawohl, Sir.« Dragonov und die beiden anderen hoben den Toten vom Boden auf und eilten aus dem Raum.

»Morel, ich habe Kopfschmerzen. Kümmern Sie sich darum.«

Wenig später war Foxworth wieder entspannt und die Schmerzen verflogen. Er entließ Morel. Dann öffnete er die Verandatüren der Bibliothek, trat auf den Balkon und sah auf den Fluss hinaus. Es war ein wunderschöner Tag, ein Tag, wie ihn die Reisebüros bewarben und von dem Urlauber träumten. Vögel sangen in den Bäumen unter einem strahlendblauen Himmel, der die größten Maler der Renaissance inspiriert hatte.

Foxworth sog tief die warme italienische Luft ein. Nach dem Essen würde er sich mit Mandy vergnügen. Nach den Ereignissen an diesem Morgen würde sie unersättlich sein. Er war sich sicher, dass Frauen von Gewalt erregt wurden.

Die Drogen breiteten sich in seinem Körper aus. Ja, das Leben war etwas Wunderbares.

Kapitel 47

Yuri Malenkov und Anatoly Ogorov musterten das Objekt, das aus den Ruinen auf Yucatán geborgen werden konnte. Ein eisiger Wind rüttelte an den Fenstern von Malenkovs Laboratorium in Irtysch, eine Einstimmung auf den nahenden Winter.

Yuris Stimme verriet seine Begeisterung. »So etwas konnte unmöglich von einer vortechnischen Zivilisation geschaffen worden sein.«

»Es ist ein Kristall«, sagte Ogorov. »Was ist so besonders daran?« Der Kristall war etwa einen halben Meter groß, poliert und durchsichtig. Er besaß eine flache Grundfläche und eine perfekte, konisch zulaufende Spitze.

Yuri verbarg seine Frustration über Ogorovs Frage. »Ich habe ihn unter dem Elektronenmikroskop untersucht und einer Kristallstrukturanalyse unterzogen. Er wurde durch einen Prozess geschaffen, der mir unbekannt ist. Es gibt keinerlei Bearbeitungsspuren. Das allein macht ihn einzigartig.«

Er nahm den Kristall in beide Hände und legte ihn auf ein Podest in der Mitte des Raumes.

»Dieser Kristall ist auf eine unmögliche Art makellos«, erklärte er weiter. »Er bündelt und leitet Energie. Ich habe eine Versuchsanordnung für Sie vorbereitet. Wenn Sie nach oben blicken, sehen Sie an der Decke eine Platte aus feuerfestem Material.«

Ogorov hob den Kopf.

»Jetzt passen Sie auf, aber halten Sie sich von dem Kristall fern.«

Ogorov trat zurück.

Yuri zog einen Laserpointer aus seiner Hemdtasche, wie ihn Redner überall auf der Welt benutzten. Er zielte und schaltete ihn ein. Der Kristall begann sich dunkelrot zu verfärben. Ein intensiver Lichtstrahl schoss direkt nach oben und traf dort auf die Asbestschicht. Diese fing aufgrund der Hitze zu glühen an. Ogorov hörte ein leises Brummen und spürte die schwache Resonanz davon unter seinen Schuhsohlen.

Yuri schaltete den Laser ab. Das Brummen verstummte. Der Asbest schwelte.

»Das war nur ein ganz gewöhnlicher Pointer, ein harmloser Laser. Stellen Sie sich vor, was er mit Teslas Strahlen tun wird. Dies ist das Objekt, das uns noch fehlte. Ein Verstärker, ein Weg, die Leistung dieses Apparats zu steigern. Das löst unser Problem. Damit können wir den Mond ereichen.« Er sah auf, als könne er das Universum durch das Dach des Gebäudes hindurch erkennen. »Wir werden das All beherrschen.«

»Wieso haben Sie nicht schon früher an einen Kristall gedacht?«, fragte Ogorov.

»Das habe ich. Aber das ist kein gewöhnlicher Kristall. Ich bin noch nicht einmal sicher, ob er überhaupt von diesem Planeten stammt.«

Ogorov hob eine Augenbraue. »Das meinen Sie doch nicht ernst?«

»Es gibt auf der Erde keinen Kristall, der diesem auch nur annähernd ähnelt. Die Anordnung der Atome ist einzigartig.«

»Können Sie ihn replizieren?«

»Nein, nicht mit den technischen Möglichkeiten, wie sie uns derzeit zur Verfügung stehen. Es wird nur diese eine Waffe geben und wir müssen sie beschützen.«

»Dafür wurde bereits gesorgt. Was muss für die Bereitstellung noch erfolgen?«

»Die Pyramide ist fertiggestellt. Ich werde alles dorthin bringen lassen. Die Tesla-Maschine ist so gut wie vollendet. Ich werde die Leistung noch einmal testen und ein paar Feineinstellungen vornehmen. Für die Zieleinrichtung adaptiere ich unser bereits existierendes Raketensteuerungssystem. Wenn alles wie gewünscht funktioniert und der Kristall installiert wurde, sind wir bereit.«

»Wie lange noch?«

»Drei Monate, schätze ich. Vielleicht zwei.«

»Sorgen Sie dafür, dass es in zwei Monaten fertig ist«, befahl Ogorov. »Ich habe eine perfekte Idee für einen Test im Kopf.«

Kapitel 48

An ihrem ersten Tag in der Reha war Selena furchtbar mies gelaunt. Sie spürte wieder etwas in ihren Beinen, eine quälende Tortur von Nadelstichen. Ohne Hilfe konnte sie noch nicht aufrecht stehen, denn sie spürte den Boden unter den Füßen nicht. Ihr Rücken schmerzte wie die Hölle. Sie fühlte sich wie eine alte Frau, eine sehr alte Frau. Dass man sie in einem Rollstuhl durch die Gegend fahren musste, trug noch zusätzlich dazu bei.

Wenigstens würde sie nicht gelähmt bleiben. Sie würde es schaffen. Die Ärzte waren vorsichtig optimistisch. Würde sie wieder ganz genesen? Möglicherweise, lautete deren Antwort. Würden ihre Beine wieder so stark sein wie zuvor? Sehr wahrscheinlich, sagten sie, aber genau wussten sie es nicht. Sie konnten es nicht garantieren. In ein paar Monaten würden sie mehr wissen. Es hänge von vielen Faktoren ab.

Die Meinungen der Ärzte waren ungefähr so nützlich wie eine Kabine der ersten Klasse auf der Titanic.

Eine Pflegerin brachte sie in das Reha-Zentrum und verschwand. Eine Frau in Schwesternkleidung kam auf sie zu. Sie hatte samtigweiche Haut in der Farbe von Honig. Sie war attraktiv und jung, fröhlich und selbstbewusst. Selena hasste sie sofort.

»Hi, ich bin Arlene. Ich werde heute Ihre Übungen begleiten.«

»Können Sie mir nicht einfach sagen, was auf der Tageskarte steht?«

Arlene warf ihr einen unterkühlten Blick zu.

»Vergessen Sie's«, sagte Selena. »War ein blöder Witz.«

»Darf ich Ihnen eine Frage stellen? Wollen Sie jemals wieder laufen können?«

»Wieso fragen Sie? Natürlich will ich das.«

»Dann sollten Sie Ihre Einstellung ändern. Es wird kein Wunder geschehen. Das wird verdammt wehtun. Stellen Sie sich darauf ein, okay?«

»Ja. Tut mir leid.«

»Gut. Dann fangen wir an.«

Eine Stunde lang trieb Arlene Selena zu ihren Übungen an. Selena biss die Zähne zusammen und kämpfte. Am Ende war sie erschöpft, aber Muskelkater war immer noch besser als gar kein Gefühl. Schmerzen waren besser als gar nichts. Danach fuhr Arlene sie wieder in ihr Zimmer zurück.

Als sie dort ankamen, wartete Nick bereits auf sie. Er hatte ihr Blumen mitgebracht, Paradiesvogelblumen, irgendwelches Grünzeug und Schleierkraut.

Er sah furchtbar aus, als hätte er seit einer Woche nicht mehr geschlafen.

»Hey.«

»Selber hey.« Sie hasste es, ihn so sehen zu müssen.

Arlene half ihr ins Bett. »Wir sehen uns morgen.«

»Tut mir leid, dass ich so hart zu Ihnen war«, sagte Selena.

»Das ist schon in Ordnung. Ich bin das gewohnt. Jeder hasst die Reha. Sie haben das gut gemacht.« Sie arrangierte die Blumen auf dem Nachttischchen. »Sie müssen es einfach langsam angehen.«

Beim Hinausgehen lächelte sie Nick zu.

»Wie geht es dir?«, fragte er.

»Gut. Mir geht es gut.« Sie machte eine Pause. »Nein, geht es nicht. Aber bald. Bald geht es mir wieder gut, meine ich.«

Sie hatte genug Zeit zum Nachdenken gehabt, während sie in ihrem Bett gelegen hatte. Zeit, zu überlegen, wie sie an diesen Punkt gelangt war. Zeit, um das Gefecht im Dschungel wieder und wieder in Gedanken abzuspulen, den Schock, als die Kugel sie traf und sich durch ihren Körper bohrte, weil sie keine Weste trug. Sie wollte ihm nicht die Schuld dafür geben, tat es aber doch, ganz egal, was sie sich einzureden versuchte.

»Selena, es tut mir leid.«

Plötzlich wurde sie wütend. »Verdammt, sag nicht, dass es dir leidtut. Mitleid hilft mir nicht. Du hast die Westen vergessen, ich habe uns mit meinem Niesen verraten und bin aufgesprungen. Niemand trägt die Schuld. Aber sag nicht, dass es dir leidtut.«

Er öffnete den Mund, dann schloss er ihn wieder.

Sie betrachtete die Blumen und atmete tief ein. »Das ist alles ein Teil dessen, was wir tun. Wenn du sagst, dass es dir leidtut, gibst du dir die Schuld. Also sag nicht, dass es dir leidtut. Ich wusste, worauf ich mich einlasse. Es ist mein Leben. Du bist nicht verantwortlich für das, was mit mir geschieht.«

»Ich hatte das Sagen.«

»Aber nicht über die Männer, die auf uns schossen. Und du bist nicht für mich verantwortlich, weder im Einsatz noch sonst irgendwann. Also hör auf. Damit bemitleidest du nur dich selbst.«

Er lief rot an. »Das ist nicht fair.«

»Ach ja? Wer sagt denn, dass es im Leben fair zugeht?«

»Vielleicht sollte ich gehen.«

»Ja, vielleicht solltest du das.«

Nick sah sie an. Er legte die Blumen auf ihren Nachttisch. Dann drehte er sich um und ging.

»Danke für die Blumen«, sagte sie in das leere Zimmer hinein.

Dann weinte sie.

Kapitel 49

Die Nächte begannen langsam kühler zu werden. Bis zu den Wahlen waren es nur noch wenige Wochen. Nick war in Kalifornien gewesen und hatte seine Mutter nach ihrem Schlaganfall in ein privates Pflegeheim gebracht. Sie hatte ihn nicht erkannt. Seine Schwester lag ihm in den Ohren, das Haus zu verkaufen.

Sein Vater war tot, was Nick nicht weiter störte. Seine Schwester brachte ihn zur Weißglut und seine Mutter wusste nicht mehr, wer er war. Er betrachtete das *Project*-Team mehr und mehr als seine richtige Familie, die einzigen Menschen, auf die er sich verlassen konnte. Die einzigen, die ihm etwas bedeuteten.

Er und Selena sprachen nicht viel miteinander. Er trank mehr als gewöhnlich. Das Laufen half ihm, nicht völlig durchzudrehen.

Nick trat auf die Straße, bereit für seinen üblichen Abendlauf. Ein schwarzer gepanzerter Cadillac wartete im Leerlauf am Straßenrand. Der Fahrer trug einen schwarzen Anzug, eine schwarze Sonnenbrille, ein weißes Funkgerät im Ohr und eine Pistole unter seinem Jackett. Er öffnete die Hecktür und wartete darauf, dass Nick einstieg.

Scheiße, dachte Nick, *auch das noch. Was jetzt?*

Der Mann, der im hinteren Bereich des Wagens saß, nannte sich Adam. Nick wusste nicht, wer er war, wie er aussah oder ob Adam sein wirklicher Name war. Er hatte nicht herausbekommen können, woher er kam oder wohin er fuhr. Alles, was er wusste, war, dass Adam ein ernstzunehmender Akteur auf dem internationalen Spielfeld war. Adam hatte ihm von der Existenz von AEON berichtet und vor der Demeter-Bedrohung gewarnt. Was immer ihm der Mann gleich erzählen würde, würde sein Leben verkomplizieren, dessen war sich Nick sicher. Er stieg ein. Der Fahrer schloss die Tür. Die Türen wurden verriegelt.

Das Innere des Wagens glich einem luxuriösen Kokon aus feinstem Leder und gedämpftem Licht. Die Fenster waren vollständig geschwärzt. Eine blickdichte, schwarze Trennwand aus Glas teilte die Rückbank in der Mitte. Im Glas war ein Lautsprecher eingelassen. Eine Klappe in der Trennwand erlaubte es, Dinge hindurchzureichen. Der Fahrer war hinter einer weiteren Barriere aus schwarzem Glas ebenfalls unsichtbar.

Der Cadillac fädelte sich langsam in den unsichtbaren Verkehr. In dem Wagen war es sehr ruhig und gemütlich.

»Guten Abend, Nick.«

Obwohl er darauf vorbereitet war, schreckten ihn die Worte auf. Die Stimme war elektronisch verzerrt. Es gab keine Möglichkeit, den Sprechenden zu identifizieren.

»Adam.«

»Sie müssen sich nach Russland begeben.«

Adam hielt sich nicht mit langen Vorreden auf.

»Ich nehme an, dass Sie mir gleich erklären werden, weshalb.«

Die elektronisch klingende Stimme gluckste. Es hörte sich an, als befände sie sich unter Wasser. »Vor etwas mehr als drei Jahren entdeckte ein Angestellter des Nikola-Tesla-Museums in Belgrad beim Sortieren einiger Dokumente geheime Pläne, die Tesla versteckt hielt. Er verkaufte sie auf dem Schwarzmarkt und wurde wenig später umgebracht. Dem Mörder sind Sie bereits begegnet.«

»Ich erinnere mich. Der Mann, der in Prag hinter uns her war. Er sagte, der erste Job, für den ihn sein unbekannter Auftraggeber anheuerte, wäre ein Museumsangestellter gewesen.«

»Es war Foxworth, der ihn anheuerte«, fuhr die elektronische Stimme fort. »Die Pläne betrafen eine Partikelstrahlwaffe. Tesla sprach seinerzeit darüber und führte sogar ein kleineres Gerät vor, das im Vakuum betrieben wurde. Die Gazetten nannten es den *Todesstrahl*. Tesla behauptete, dass er die Probleme überwunden hätte, die verhinderten, dass die Waffe auch in der Atmosphäre funktionierte. Außerdem behauptete er, er hätte die Pläne nicht aufgezeichnet. Er log. Und nun befinden sie sich im Besitz von AEON.«

»Adam, was zur Hölle ist eine Partikelstrahlwaffe?«

»Sie feuert einen hochintensiven konzentrierten Strahl aus Protonen ab. Der Energiestrahl destabilisiert die atomare Struktur eines Zielobjekts. Stellen Sie sich vor, dass ein Gebäude, ein Panzer oder ein Flugzeug plötzlich des atomaren Klebstoffs beraubt wird, der alles zusammenhält. Es löst sich buchstäblich auf.«

»Das klingt wie Science Fiction.«

Nick konnte beinahe spüren, wie Adam hinter seiner Trennwand zustimmend nickte.

»Ja. Aber es ist möglich. Die theoretische Physik dahinter ist unstrittig. Die Vereinigten Staaten, Russland und China versuchen seit Jahren, etwas Derartiges zu bauen. Es existieren experimentelle Prototypen, aber niemandem ist es bisher gelungen, eine funktionierende Anordnung zu konstruieren. Noch nicht. Der Strahl benötigt zu viel Energie, um effektiv zu sein.«

»Ich nehme also an, dass Tesla nicht einfach nur verrückt war.«

»AEON baut so etwas gerade in Russland.«

Nick dachte darüber nach. »Wieso? Vor ein paar Monaten haben sie noch versucht, das Land in die Knie zu zwingen.«

»AEON ist opportunistisch und agiert immer auf verschiedenen Ebenen. Ein Projekt wie dieses bedarf einiger Ausrüstung, beträchtlicher finanzieller Mittel, Nachforschungen und Geheimhaltung. Nur eine Regierung kann das bereitstellen. Diese Waffe wird einen einzigartigen strategischen Vorteil bedeuten, ähnlich der Atombombe.«

»Und sie beabsichtigen, diese Waffe den Russen zu übergeben?«

»Nein. Dem Kreml sind die wahren Motive von AEON nicht bekannt.«

»Welche Motive sind das?«

»Vorherrschaft und Kontrolle. Teslas Waffe wird gegen uns, die Russen und jeden anderen eingesetzt werden, der ihnen im Weg steht. Sie bereiten das seit Jahren vor, seit sie Teslas Geheimnis in die Finger bekamen. Sie haben sogar ein Satelliten-Relais-System im All errichtet. Wenn der Strahl erst einmal einsatzbereit ist, kann er auf diese Weise auf jeden Punkt der Welt ausgerichtet werden. In Mexiko haben sie gefunden, was sie noch benötigten, um den Energieausstoß zu maximieren. Die Waffe befindet sich in der letzten Konstruktionsphase.«

Schon wieder Mexiko. Die Wellen, die sein Versagen ausgelöst hatten, breiteten sich immer weiter aus.

»Meine Geheimdienstinformationen besagen, dass sie bald fertiggestellt sein wird«, fuhr Adam fort.

»Wir sind in Russland nicht gerade willkommen.«

»General Vysotsky wird Ihnen den Weg ebnen.«

»Vysotsky? Aber er ist beim SVR. Er wird uns einsperren oder erschießen lassen, sobald wir unseren Fuß auf russisches Territorium setzen.«

»Vysotsky ist Nationalist. Direktorin Harker hat ihn eingeweiht. Er weiß, dass Ogorov nicht im Interesse der Russischen Föderation handelt. Er hat schon einmal mit Ihnen zusammengearbeitet und er respektiert Harker. Er wird Ihnen helfen.«

»Sie scheinen sich da sehr sicher zu sein.«

»Das bin ich. Ogorov hat über General Kaminsky die Kontrolle über den FSB erlangt. Er will den alten KGB wiederaufbauen, mit Kaminsky als Direktor. Der Einfluss des SVR würde dadurch schwinden. Wenn Vysotsky Ogorov und Kaminsky als Verräter überführen kann, könnte ihm das den Direktorenposten des SVR sichern.«

»Sie wollen uns also mitten in einen Machtkampf zwischen zwei russischen Geheimdiensten werfen? Gütiger Gott, Adam!«

»Vysotsky kontrolliert nur das Department S. Der SVR ist mit Informanten und politischen Feinden durchsetzt. Er kann nicht auf seine eigenen Leute setzen, mit Ausnahme einiger weniger wie Major Korov. Er braucht Sie und Ihr Team dafür.«

»Auch wenn wir diese Waffe finden und AEON aufhalten können – was hindert Vysotsky daran, selbst die Kontrolle über sie zu übernehmen?«

»Nun, Nick, ich vertraue darauf, dass Sie dieses Problem lösen. Sie müssen die Installation zerstören.«

»Was ist mit Foxworth?«

Von der anderen Seite der Trennwand war verzerrtes Gelächter zu hören.

»Sie haben seinen Urlaub ruiniert, Nick. Er war deswegen ziemlich verärgert. Foxworth wird bald kein Problem mehr darstellen. Es ist Ogorov, den wir im Auge behalten müssen.«

»Weshalb müssen wir uns um Foxworth keine Sorgen mehr machen?«

»Foxworth leidet an einem inoperablen Gehirntumor, weiß es aber nicht. Er weigerte sich, sich den nötigen Tests zu unterziehen, die sein Leben hätten retten können, und nun ist es zu spät. Er wird zunehmend launisch, trifft irrationale Entscheidungen und begeht Fehler. In einem Jahr wird er tot sein. Vielleicht schon früher, wenn der Rest von AEON die Wahrheit erfährt.«

Nick fragte sich, woher Adam diese Dinge wissen konnte. Doch solange er damit recht behielt, spielte das *Woher* keine Rolle. Und das letzte Mal *lag* er richtig.

»Sein labiler Zustand macht ihn extrem gefährlich«, fuhr Adam fort. »Foxworth ist nicht mehr in der Lage, mögliche Konsequenzen zu sehen. Sein Ego steht ihm im Weg. Wenn er diese Waffe gegen uns einsetzt, bedeutet das Krieg mit Russland. Einige andere in der Führungsriege von AEON werden langsam nervös. Möglicherweise werden sie ihn eliminieren, aber vielleicht ist es dann schon zu spät.«

Der Cadillac kam lautlos zum Stehen. Eine silberne Ablage mit einem dünnen Umschlag glitt durch die Öffnung in der Trennwand.

»Darin finden Sie alles Nötige«, sagte Adam.

Nick nahm den Umschlag an sich. Die Ablage glitt in die Klappe zurück.

Die Türverriegelungen öffneten sich.

»Auf Wiedersehen, Nick.«

Nick stieg aus und schloss die Wagentür. Er befand sich wieder vor seinem Apartmenthaus. Er sah zu, wie der Wagen davonfuhr und im Washingtoner Verkehr verschwand.

Er fragte sich, wer Adam sein mochte. Sein Blick fiel auf den Umschlag in seiner Hand und er öffnete ihn und begann zu lesen.

Dann ging er hinein und rief Harker an.

Kapitel 50

Die ersten beiden Wochen der Reha waren schwierig gewesen, die beiden darauffolgenden die Hölle. Arlene wusste, dass Selena angetrieben werden musste. Das tat sie auch, ohne jedoch über die Grenzen dessen hinauszugehen, was ihr Körper leisten konnte, um heilen zu können. Die beiden Frauen waren Freunde geworden.

Selenas Rückgrat heilte. Die Quetschung war weniger ernst als befürchtet, aber ihre Füße fühlten sich noch immer nicht richtig an. Ihre Beine waren schwach. Es würde noch Monate dauern, bis die Schäden vollständig behoben sein würden. *Wenn* sie vollständig verheilen würden. Noch war es zu früh, um das mit Sicherheit sagen zu können.

Einmal hatte Arlene sie gefragt, wie sie sich die Schussverletzung zugezogen hatte. Selena hatte eine Geschichte erfunden, dass sie einfach zur falschen Zeit am falschen Ort gewesen sei. Sie wusste, dass Arlene es ihr nicht abkaufte, aber sie brachte es auch nicht wieder zur Sprache. Nick hingegen war ein anderes Thema.

»Er sieht gut aus, auf eine unheimliche Art«, sagte Arlene. Selena lief über einen schmalen Laufweg und hielt sich dabei an zwei parallel verlaufenden Stangen fest.

»Ich schätze schon«, antwortete Selena. Sie wollte sich mit ihr nicht über Nick unterhalten.

Der Laufweg endete und sie hielt an. Schweiß perlte von ihrer Stirn. Ihre Beine zitterten. Sie taumelte, als sie von dem Laufweg herunterstieg. Arlene streckte die Arme aus und stützte sie.

»Verdammt nochmal.« Tränen der Frustration stiegen Selena in die Augen.

»Sie machen das toll. Sie sind bereits viel weiter als wir dachten. Die Ärzte reden schon überall darüber. Lassen Sie sich nicht entmutigen.«

Sie führte Selena zu einer heißen Wanne hinüber und half ihr hinein. Das warme, blubbernde Wasser war entspannend. Die Düsen an ihrem schmerzenden Rücken fühlten sich gut an.

Arlene beugte sich über sie und begann Selenas Schultern zu massieren. Ihre Griffe waren fest, aber fürsorglich. Plötzlich begann Selena zu weinen. Arlene fuhr damit fort, ihren Rücken durchzukneten und die Verspannungen unter ihrer Haut zu lösen.

»Das ist okay. Lassen Sie es einfach heraus«, beruhigte Arlene sie mit sanfter Stimme. Selena schlug sich die Hände vors Gesicht und weinte. Ihr quälendes Schluchzen ließ ihren gesamten Körper erzittern. Nach einer Weile aber gelang es ihr, sich zu beruhigen.

»Es ist seinetwegen, nicht wahr?«, fragte Arlene.

Selena nickte. Sie hatte noch immer ihr Gesicht in den Händen begraben. Arlene hörte auf, ihre Schultern zu bearbeiten, und griff nach einem Handtuch.

»Hier, nehmen Sie das.« Selena nahm das Handtuch und schnäuzte sich zweimal damit die Nase. Dann faltete sie es zusammen und wischte ihr Gesicht ab. Arlene nahm ihr das Handtuch wieder ab und legte es beiseite.

»Wollen Sie darüber reden?«

»Ich kann nicht. Ich meine, ich darf Ihnen nicht erzählen, was wirklich passiert ist.«

»Ich kann ja raten. Es hat etwas damit zu tun, wie Sie angeschossen wurden.«

Selena nickte. »Aber es ist nicht nur das. Was wir tun …« Sie unterbrach sich. »Ich weiß nicht, ob ich damit weitermachen kann. Nick aber wird sich niemals ändern. Er wird damit weitermachen, bis es ihn eines Tages umbringt.«

Arlene half ihr aus der Wanne und reichte ihr ein sauberes Handtuch.

»Er liebt Sie. Das ist offensichtlich, so wie er Sie ansieht. Wenn Sie mit Ihrem Job aufhören, glauben Sie, dass Sie ihn dann verlieren?«

»Es ist mehr als das. Er verlässt sich auf mich. Sie alle tun das.« Sie gab bereits zu viel preis, aber es kümmerte sie nicht. »Wenn ich hinschmeiße, dann lasse ich sie im Stich. Bringe alle in Gefahr.«

Gemeinsam kehrten sie langsam zu Selenas Zimmer zurück.

»Sie glauben, Sie wären für Nick verantwortlich? Für seine Sicherheit, und … äh, die der anderen, wer immer sie auch sind?«

»Ja. Nein, eigentlich weiß ich es besser. Aber ich komme nicht darüber hinweg, was passiert ist. Es war Nicks Fehler.«

Als sie das sagte, begann sie wieder zu weinen. Arlene wirkte verzweifelt.

»Oje. Sie haben ein echtes Problem, Mädchen. Was werden Sie jetzt tun?«

»Ich weiß es nicht.«

»Haben Sie schon mit ihm darüber geredet?«

»Nein. Ich habe ihn abblitzen lassen. Er ist seit einer Woche nicht wiedergekommen.« Selena gewann wieder die Kontrolle über sich. »Seitdem läuft es zwischen uns nicht gut. Als wären wir Fremde.«

»Dann sollten Sie langsam anfangen, miteinander zu reden. Und wie es aussieht, kriegen Sie dafür gerade eine Chance.«

Selena sah Nick aus der anderen Richtung auf sie zukommen. Er hielt ein Dutzend roter Rosen in der Hand. Sie wischte sich mit dem Handrücken die Tränen aus dem Gesicht.

»Wer Ihnen solche rote Rosen mitbringt, kann nicht ganz schlecht sein«, erklärte Arlene.

Kapitel 51

Elizabeth telefonierte mit Alexei Vysotsky in Moskau.

»Direktorin! Es scheint uns vom Schicksal bestimmt zu sein, zusammenzuarbeiten.«

»Ich nehme also an, dass Adam auch Sie kontaktiert hat.«

»Ja. Ein Paket über UPS, man stelle sich das vor. Er scheint entschlossen, zwischen unseren Organisationen für Entspannung zu sorgen. Er schlägt eine gemeinsame Operation vor, ganz ähnlich der letzten.«

»Wie viel hat er Ihnen erzählt?«

»Genug.«

Elizabeth griff nach ihrem Stift. »Wir müssen handeln, Alexei.«

Selbst tausende Meilen entfernt spürte sie, wie er zögerte.

»Wie gut verstehen Sie, was hier gerade vor sich geht?«

Wie viel sollte sie ihm verraten? Vysotsky bezog sich auf den internen Machtkampf, den er gegen Ogorov und den FSB führte. Und den er verlor. Sie würde keinen taktischen Vorteil daraus ziehen, ihr Wissen für sich zu behalten.

»Ich bin mir bewusst, dass Sie sich in einer schwierigen Lage befinden und nicht vielen Ihrer Leute trauen können. Ogorov scheint versessen darauf zu sein, die Kontrolle über Ihren Geheimdienst zu erlangen. Doch natürlich handelt er nur auf Anweisung von AEON.«

»Ich lasse ihn seit unserem Treffen in Dänemark gründlich überwachen. Er hat staatliche Gelder und Material abgezweigt und Truppen entsendet. Das alles, ohne das jemand im Kreml davon Notiz genommen zu haben scheint.«

»Wie ist so etwas möglich?«, fragte Elizabeth.

»Es ist nicht möglich. Und genau das macht mir Sorgen. Wären da nicht seine Versuche, meine Organisation zu unterwandern oder seine Mitgliedschaft bei AEON, würde ich ihm zu dem Bau dieser Waffe beglückwünschen. Denn diese ist …«

Vysotsky ließ den Satz unvollendet.

Das Ganze war ein Schachspiel, mit weitaus weitreichenderen Folgen als dem Sturz eines hölzernen Königs. Vysotsky wollte Ogorov vom Spielfeld entfernen. In diesem Plan war sie seine Alliierte. Doch danach würde er die Waffe für Russland behalten wollen. Und in dieser Sache waren sie Gegner.

Elizabeth machte sich keine Illusionen. Vysotsky war ein Nationalist, ein rechtsgerichteter Patriot. Er war ambitioniert. Er würde versuchen, die Kontrolle über die Waffe zu erlangen. Das würde ihm ein schlagkräftiges Argument in die Hand geben, sehr wahrscheinlich überzeugend genug, um ihn in den Kreml zu bringen, ohne den lästigen Umweg einer Scheinwahl. Die Russen sehnten sich nach starken Anführern. Sie musste ihm deutlich machen, dass es Krieg bedeuten würde, wenn die Russische Föderation über Teslas Geheimwaffe verfügte. Die Vereinigten Staaten würden das nicht zulassen. Sie musste ihn zur Vernunft bringen. Und egal, ob er sich überreden ließ oder nicht – die Waffe musste in jedem Fall zerstört werden.

Das Zielobjekt befand sich gut bewacht tief in russischem Gebiet. Ihr Team würde es ohne seine Hilfe niemals bis in dessen Nähe schaffen. Vielleicht konnte sie ja mit seinem männlichen Ego spielen.

»Was schlagen Sie vor, Alexei?«

Sie legte nur eine Spur Unsicherheit in ihre Stimme. Eine Frau, die sich nach dem überlegenen Urteil eines mächtigen Mannes erkundigte.

Vysotsky brach in dröhnendes Lachen aus. »Sehr gut, Elizabeth. Aber ich kenne Sie besser. Sie brauchen Ihren fraglosen Charme nicht an mich zu verschwenden.«

In Moskau konnte Vysotsky ihr Lächeln nicht sehen. »Den Versuch war es wert.«

»Es hätte mich auch gewundert, wenn Sie es nicht versucht hätten.«

Wähle deine Worte mit Bedacht. »Alexei, ich will ganz ehrlich sein. An Ihrer Stelle würde ich Ogorov ausschalten und die Waffe behalten wollen. Aber sie muss zerstört werden.«

»Oh, wirklich?«

»Wenn Russland in den Besitz dieser Waffe gelangt, wird das böse enden.«

»Wenn wir vor Jahren dasselbe zu Ihnen gesagt hätten, hätte es Sie davon abgehalten, die Atombombe zu bauen?« Sie konnte die Verärgerung in seiner Stimme hören.

»Natürlich nicht, aber das waren andere Zeiten. Es gibt keine Möglichkeit, sich gegen diese Art von Waffe zu verteidigen. Sie wird alles destabilisieren. Es gibt Personen hier, die das als inakzeptable Bedrohung ansehen werden.

Ich bin sicher, dass es in einen Krieg münden wird, wenn wir nicht zusammenarbeiten – einen Krieg, den keiner von uns gewinnen wird. Unsere beiden Nationen könnten zerstört werden.«

Sie wartete. Als er ihr antwortete, war ihm eine gewisse Resignation anzumerken.

»Und hier gibt es bestimmte Personen, die nicht zögern würden, eine solche Waffe einzusetzen.«

»Bislang weiß noch niemand, dass Ogorov dieses Ding hat bauen lassen. Ich glaube, dass Adam uns deshalb zusammenarbeiten lassen will, weil nur auf diese Weise meine Regierung sicher sein kann, dass die Gefahr eliminiert wird.«

»Sie meinen Ihren Präsidenten.«

»Ich muss Rice darüber unterrichten, was Ogorov plant. Ich kenne den Präsidenten. Er will keinen weiteren Krieg, erst recht nicht mit Russland. Er wird nichts gegen Ihr Land unternehmen, wenn es einen anderen Weg gibt, unsere Sicherheit zu garantieren. Aber dafür brauche ich Ihre Zusicherung. Wenn ich ihm sage, dass sich unser Team nach Russland begeben und die Zerstörung der Waffe bezeugen kann, wird er warten und keine Gegenmaßnahmen ergreifen. Er wird die nötigen Vorkehrungen treffen, aber sie nicht einsetzen.«

»Sie bringen mich da in eine schwierige Lage, Direktorin.«

»Wenn die Waffe erst einmal einsatzbereit ist, werden sie damit die ganze Welt erpressen können. Adam verriet uns, dass AEON im letzten Jahr zwölf Satelliten ins All geschickt hat, die den Partikelstrahl zurück zur Erde leiten könnten. Zusammen bilden sie ein Netz, welches den gesamten Globus umspannt. Weder das Weiße Haus noch der Kreml sind davor sicher.«

»Wenn Adam, wer immer das auch sein mag, damit recht hat. Aber was, wenn es sich um eine Fehlinformation handelt?«

»Die Satelliten existieren, das habe ich überprüft. Das können Sie ebenfalls. Und ich erinnere Sie daran, dass Adam die Föderation vor einem Unglück bewahrte. Wieso sollte er uns in die Irre leiten?«

»Es gibt immer irgendwelche Hintergedanken.«

»Das stimmt. Keiner von uns beiden hat ein besonders gutes Gefühl bei ihm. Aber mein Bauchgefühl sagt mir, dass wir ihm bei dieser Sache vertrauen sollten. Wir wissen, dass Ogorov ein Teil von AEON ist. Die Pyramide existiert. Es passt alles zusammen. Und da ist noch mehr.«

»Mehr?«

Elizabeth berichtete ihm von der Bibliothek in Mafra. Sie erzählte ihm von Mexiko und von Teslas Experimenten mit tellurischen Feldern.

»Das alles bestätigt Adams Informationen. Ogorov lässt etwas konstruieren, das sich die unendlichen Energien des Magnetfelds der Erde zunutze macht. Wir glauben, dass er in Mexiko etwas gefunden hat, was ihm hilft, diese Energien zu verstärken und Teslas Erfindung real werden zu lassen.«

»Was war es?«

»Was sie in Mexiko gefunden haben? Ich weiß es nicht.«

»Ogorov hat mächtige Verbündete. Ich kann nicht offen gegen ihn vorgehen.«

»Dann müssen wir es im Verborgenen tun. Ein kleines, erfahrenes Sturmkommando. Meine Leute und Ihre. Nick und Korov arbeiten gut zusammen. Was sagen Sie?«

Präsident Rice wartete bereits auf das Ergebnis dieser Unterhaltung. Wenn Vysotsky nicht einwilligte, würde das die Dinge sehr rasch verkomplizieren.

»In Ordnung«, sagte Vysotsky. »Aber Korov wird die Operation leiten.«

»Einverstanden.«

Sie unterhielten sich weiter, bis sie einen groben Einsatzplan umrissen hatten. Das Team würde sich auf den Weg nach Russland begeben, sobald Vysotsky die nötigen Vorbereitungen getroffen hatte. Sie einigten sich auf die Kommunikationsprotokolle zwischen ihnen und beendeten danach ihre Unterhaltung.

Das Team. Sie musste an Selena denken. Kein anderer in ihrem Team sprach Russisch. *Gottverdammt, wieso musste sie sich auch eine Kugel einfangen?*

Der Gedanke ließ Elizabeth sich schuldig fühlen. So wie es aussah, würde Selena wieder vollkommen genesen. Ihr Körper würde heilen, aber was war mit ihrem Geist? Sie wäre beinahe gestorben. Wie sollte sie sich davon erholen? Und dann war da noch Nick. Seit Mexiko verhielt er sich noch einsilbiger als sonst. Mürrisch. Ein gespanntes Verhältnis zwischen ihm und Selena konnte sein Urteilsvermögen beeinträchtigen, Auswirkungen auf das Team haben. Wie würde er damit umgehen? Und wie Selena?

Elizabeth wusste es nicht. Wenn sie in diesem Moment Selenas Gedanken hätte lesen können, wäre ihr klargeworden, dass Selena es ebenfalls nicht wusste.

TEIL 3

Kapitel 52

Korov öffnete die kleine Schatulle, die Vysotsky ihm überreicht hatte. Sie enthielt Schulterstücke mit den zwei Sternen eines Oberstleutnants – eine bemerkenswerte Beförderung und nur schwer zu erlangen.

»Ich danke Ihnen.«

»Sie haben es sich verdient, Arkady. Sie haben gute Arbeit bei den Amerikanern geleistet. Sie werden Teil einer neuen Mission sein und sie als Kommandant befehligen.«

Vysotsky schob mehrere Fotografien über seinen Schreibtisch. Sie waren aus einiger Entfernung mit einem Teleobjektiv aufgenommen worden. Die Fotos zeigten eine große, unverwechselbare Form, getarnt, um eine Aufklärung aus der Luft zu täuschen.

»Das ist es, was der Verräter Ogorov errichten lässt. Es befindet sich in der sibirischen Steppe, in der Nähe von Irtysch.«

»Eine Pyramide? Zu welchem Zweck?«

»Es ist eine Erfindung Nikola Teslas. Sie wissen, wer Tesla war?«

Korov nickte. »Natürlich.«

»Die Pyramide soll eine von Teslas Erfindungen mit Energie versorgen, eine Waffe, die einen unaufhaltsamen, zerstörerischen Energiestrahl aussenden kann.«

»Aber wieso ausgerechnet dort? Außer einem Dorf und einem alten Luftwaffenstützpunkt gibt es dort nichts weiter.«

»Teslas Design macht sich die Energiefelder der Erde zunutze. Die Pyramide befindet sich an der Mündung der beiden Flüsse Ob und Irtysch. Man erklärte mir, dass die Erdströmung an diesem Punkt besonders stark sei. Das Gebiet liegt isoliert und lässt sich nur schwer angreifen, selbst mit Raketen. Sie verfügen über Flugabwehrsysteme. Bomber würden abgefangen werden, lange bevor sie ihr Ziel erreichten.«

»Man könnte es über den Landweg versuchen.«

»Ganz genau. Aber dafür würde es einer Invasion bedürfen oder eigener Einheiten.«

Korov ahnte, worauf das hinauslief. »Sie wollen, dass ich die Installation infiltriere. Zusammen mit den Amerikanern.«

Vysotsky öffnete seine Schreibtischschublade und nahm den Wodka und Gläser heraus, die er dort immer bereithielt.

»Ja.«

»Man könnte uns wegen Hochverrats erschießen lassen.«

»Das könnte man.« Vysotsky schenkte ihnen ein. »Es wird Sie aber niemand erschießen. Solange Sie nur erfolgreich sein werden.«

Er betrachtete Korov aufmerksam. Es war eine Sache, ihn zusammen mit den Amerikanern auf eine Mission in Texas oder Italien zu schicken, aber etwas ganz anderes, ein Zielobjekt im eigenen Land zu attackieren.

»Nastrovje«, rief er. Gemeinsam tranken sie ihre Gläser aus. Vysotsky goss nach.

»Sie erinnern sich sicherlich, dass AEON hinter der Demeter-Operation steckte.«

Korov wusste alles über AEON.

»Ogorov arbeitet nicht für unser Land. Er arbeitet für AEON und seine eigene Karriere. Er steht kurz davor, diese Waffe einzusetzen. Wenn ihm das gelingt, wird uns das in einen Krieg mit den Vereinigten Staaten führen.«

»Er kann unmöglich glauben, dass wir gegen sie gewinnen würden!« Korov war geschockt.

»Was ist ihr Ziel?«

»Die Amerikaner stehen kurz davor, einen neuen Spionagesatelliten ins All zu starten, sehr viel fortschrittlicher als ihre bisherigen. Er stellt eine wesentliche Verbesserung ihres Systems dar. Ich denke, das ist ihr Ziel.«

»Und diese Waffe könnte ihn erreichen? Obwohl sie keine Raketen benutzt?«

»Sie könnte ihn erreichen.« Vysotsky zuckte mit den Achseln. »Vielleicht geht Ogorov davon aus, dass die Vereinigten Staaten nicht erfahren werden, was ihren Satelliten zerstörte. Aber darauf dürfen wir nicht hoffen. Wir müssen Ogorov aufhalten und diese Waffe für unser Land sicherstellen. Dann besitzt Russland ein mächtiges Verhandlungsinstrument gegenüber dem Westen. Es wird wie gegen Ende des Großen Vaterländischen Krieges sein, als die Atomwaffen sie überlegen machten. Dieses Mal aber werden wir die Oberhand haben.«

Korov leerte seinen Wodka. »Sie möchten nicht, dass die Waffe zerstört wird?«

»Natürlich nicht. Ich will sie kontrollieren.«

»Das amerikanische *Project*-Team dürfte da etwas dagegen haben.«

»Das ist ein Problem, das Sie lösen werden, wenn es eintreten sollte.«

Er goss ihnen eine weitere Runde ein. Sie hoben die Gläser.

»Auf Mütterchen Russland«, sagte Vysotsky.

Kapitel 53

Im Bethesda-Krankenhaus saß Nick neben Selenas Bett. Die Ärzte waren dabei, sie für eine ambulante Behandlung zu entlassen. Die Taubheit war fast vollständig verflogen, aber sie würde für eine lange Zeit noch nicht trainieren können. Der chirurgische Eingriff verheilte. Die Ärzte sagten, dass noch immer ein Risiko auf bleibende Schäden bestand, aber die Prognosen waren gut. In einem Jahr würde sie beinahe wieder wie vorher sein, hieß es. Und sie war fest entschlossen, es schon eher zu schaffen.

»Wir müssen uns unterhalten«, sagte er.

»Ja, das müssen wir.«

»Harker schickt ein Team nach Russland. Wir sollen uns ansehen, was AEON dort bauen lässt.«

»Darüber wolltest du mit mir reden?«

»Nein, aber es hat damit zu tun.« Er sah aus dem Fenster. Der Himmel war schmutziggrau. Bald würde es regnen. »Ich habe ein schlechtes Gefühl, was die Sache angeht.«

Sie spürte, wie sich ihr der Magen umdrehte. Sein sechster Sinn. Es sah ihm nicht ähnlich, sich wegen einer Mission Sorgen zu machen. Dann verstand sie.

»Du fürchtest, vielleicht nicht mehr zurückzukehren.«

Sein Schweigen verriet ihr, was sie wissen wollte. Noch nie zuvor hatte er etwas Derartiges geäußert.

»Wieso hörst du nicht damit auf, Nick? Wir könnten verschwinden, ein gemeinsames Leben führen, irgendwo, wo wir uns nicht die ganze Zeit über die Schulter blicken müssen. Wo niemand auf uns schießt.«

»Ich weiß nicht, ob ich es dir erklären kann«, sagte er.

»Versuch es.«

»Du bist Zivilistin.«

Sie wollte etwas entgegen, doch er hob die Hand. »Ich weiß, das ist nicht mehr ganz korrekt. Du hast dich bewiesen. Aber du warst nie beim Militär. Du verstehst nicht, wieso ich so ticke.«

Sie konnte spüren, dass sie wütend wurde. »Wage es nicht, mich von oben herab zu behandeln. Was hat denn das Militär damit zu tun?«

»Ich behandle dich nicht von oben herab. Aber wenn ich sage, dass Zivilisten so etwas nicht verstehen können, dann ist es die Wahrheit. Es ist unmöglich, wenn man nicht gedient hat. Denk doch nur an deine Zeit zurück, bevor du zu *Project* gekommen bist. Willst du behaupten, du hättest gewusst, wie es sich anfühlt, wenn fremde Menschen nichts anderes im Sinn haben, als dich umzubringen, oder wie es sich anfühlt, selbst jemanden zu töten? Hattest du irgendeine Idee, was alles nötig sein kann, um am Leben zu bleiben?«

Selena erinnerte sich an den chinesischen Soldaten, den sie erschossen hatte. Der erste Mann, den sie getötet hatte. Sie würde sein Gesicht niemals vergessen können, oder das säuberliche Muster der blutigen Einschusslöcher in seiner Brust. Wunden, die sie ihm zugefügt hatte. Sein Tod hatte sie verändert.

»Nein.«

»Ich wurde vom ersten Tag an darauf trainiert, es zu verstehen. Du hattest kein solches Training. Zivilisten bekommen dieses Training nicht. Zivilisten nennen Menschen wie mich Mörder, gehen nach Hause und schlafen friedlich in ihren warmen Betten, während Leute wie ich die Wölfe von ihrer Tür fernhalten.«

Er schwieg für einen Moment. »Du fragtest, wieso ich damit weitermache. Da draußen gibt es eine Menge Wölfe. Unsere Feinde werden nicht einfach so verschwinden. Darum.«

Sie sah ihn lange an. Wo eben noch Wut in ihr aufkeimte, spürte sie nun nur noch Traurigkeit.

»Ich muss wissen, wo du stehst«, sagte er. »Ich weiß, dass es hart für dich ist. Ich nehme es dir nicht übel, wenn du mir die Schuld gibst, aber wir müssen es hinter uns lassen.«

»Ich gebe dir nicht die Schuld.« Sie zupfte an ihrer Bettdecke, drehte sich von ihm weg und sah aus dem Fenster. »Zuerst schon. Aber es war nicht dein Fehler. Ich hätte mich nicht so dumm anstellen dürfen.«

»Du hast mich abgewiesen.« Er schwieg. »Selena, ich weiß nicht, wie ich damit umgehen soll. Es macht mich verrückt. Ich muss wissen, ob mit uns alles in Ordnung ist oder nicht.«

Er wirkte resigniert. So hatte sie ihn noch nie zuvor erlebt.

»Etwas hatte sich verändert, als ich getroffen wurde«, begann sie.

Er wartete.

»Es hat mir eine Heidenangst eingejagt. Ich dachte, dass ich nie wieder würde laufen können. Ich weiß nicht, ob ich so weitermachen kann. Oder ob ich es will.«

Er nickte. »Das verstehe ich. Als ich das erste Mal getroffen wurde, hätte ich beinahe meine Tour beendet. Hätte beinahe alles hingeworfen. Ich bin froh, es nicht getan zu haben. Ich meine, verdammt, dann hätte ich dich nicht kennengelernt.«

»Du würdest niemals aufhören, oder?«

»Das ist mein Job. Zumindest, solange ich fit genug dafür bin.«

»Und wenn ich dich nicht mehr begleiten kann?«

»Solange du für mich da bist, wenn zurückkomme, spielt es für mich keine Rolle. Du könntest immer noch für Harker arbeiten. Aber du wärst in Sicherheit. Du musst nicht mit in den Einsatz.«

Und darf brav darauf warten, ob du lebendig oder in einer Kiste nach Hause kommst.

»Sie werden mich morgen entlassen«, sagte sie.

»Das ist toll.«

»Elizabeth wird mir einen Schreibtischposten versorgen, bis ich körperlich wieder fit bin.«

»Siehst du? Genau, wie ich es sagte.«

Er lächelte.

Sie sah das Lächeln und wollte ihn am liebsten umarmen. Aber etwas hielt sie zurück. Sie konnte nicht vergessen, dass sein Fehler sie beinahe getötet hätte. Sie glaubte, dass Nick immer alles richtig machen würde, ihr allein durch seine Anwesenheit und seine Erfahrung eine

Außenseiterchance bieten würde. Aber dieser Glaube war nun erschüttert worden.

»Gib mir etwas Zeit.«

»Selena …«

Sie unterbrach ihn. »Das ist alles, was ich im Moment sagen kann. Kannst du damit leben?«

Er nickte. »Schätze, das werde ich wohl müssen.«

Kapitel 54

Ronnie, Nick und Lamont betrachteten die neuesten Satellitenaufnahmen des Zielobjekts. Mehrere Raketenabschussanlagen und Luftabwehrgeschütze waren über das gesamte Gelände verteilt. Sie hoben sich gut sichtbar von dem schneebedeckten Boden ab.

»Ogorov war fleißig«, stellte Nick fest.

Elizabeth hielt sich bedeckt. »Vysotsky sagt, dass die Installation beinahe fertiggestellt ist. Er glaubt, dass Ogorov sie gegen ODIN einsetzen will. Ich denke, dass er damit recht hat.«

»Was ist ODIN?«, erkundigte sich Lamont.

»Unser neuester geheimer Spionagesatellit, der morgen ins All geschossen werden soll. Die derzeit hochentwickeltste Überwachungstechnologie auf diesem Planeten.«

»Wie konnte Vysotsky davon wissen?«

»Das weiß ich nicht, Nick. Aber er ist immerhin noch ein Spion. Es ist schwer, ein Projekt dieser Größenordnung unter Verschluss zu halten. Sobald ODIN aktiviert wird, wird das ECHELON hinfällig.«

ECHELON war das umfangreiche System der NSA, mit dem digitale und drahtlose Verbindungen auf der ganzen Welt abgefangen wurden. Es stellte einen der technologischen Eckpfeiler der Sicherheit Amerikas dar, unerlässlich in einer Welt, in der Terrorismus längst von Menschen mit

Handys und Faxgeräten betrieben wurde. Wenn ODIN tatsächlich gut genug war, um ECHELON obsolet zu machen, würde es alles verändern.

»Ein Auge, das alles sieht«, überlegte Nick. »Genau wie der Gott aus der altnordischen Mythologie.«

»Das ist richtig.« Elizabeth griff nach ihrem Kugelschreiber. »Wenn sie diesen Satelliten abschießen, wird es Krieg geben.«

»Sind sich Ogorov und die anderen dessen denn nicht bewusst?«, fragte Ronnie. »Sind sie wirklich so dumm?«

»Es hat ganz den Anschein. Eine Waffe wie diese baut man nicht einfach nur so und bleibt dann darauf sitzen. Wir dürfen nicht vergessen, dass AEON dahintersteckt. Wenn Sie ODIN ausschalten, haben sie damit demonstriert, dass sie über eine Waffe verfügen, der niemand etwas entgegensetzen kann. So wie die Atombombe damals, nach Hiroshima. Sie werden glauben, dass sie genug Druck aufbauen können, bevor ein Krieg ausbricht.«

»Wieso unterschätzen uns unsere Feinde immer?«, fragte Ronnie.

»Weil unsere Politiker ihnen dafür allen Grund geben«, antwortete Nick.

»Rice wird nicht warten«, erklärte Elizabeth, »und er wird nicht verhandeln. Das kann ich garantieren. Ich habe ihn unterrichtet. Wenn wir diese Waffe nicht zerstören, wird er es tun. Das bedeutet einen Erstschlag gegen Russland, und das wird unweigerlich zu einem Atomkrieg führen. Niemand wird gewinnen.«

Nicht schon wieder, schoss es Nick durch den Kopf.

Harker tippte auf eine Taste. Die Bilder auf dem Monitor veränderten sich.

»Vysotsky war in der Lage, Aufnahmen der Installation zu beschaffen.«

Die Pyramide war riesig, aus Stein errichtet und wie die Pyramiden in Gizeh geformt. Ein metallisches Schimmern hüllte die Spitze ein.

»Es gibt nur einen direkten Weg hinein.« Sie wechselte das Bild und deutete auf eine Straße, die zu der Pyramide führte. »Über diese Straße, die durch das Haupttor und an drei bewaffneten Kontrollpunkten vorbeiführt.«

»Was sollen wir also tun? Dort vorfahren und um eine Führung bitten?«

»Sehr witzig, Ronnie. Selbst Vysotsky kann uns auf diesem Weg nicht hineinbringen.«

»Sie sagten, es gäbe einen direkten Weg.« Nick zog an seinem vernarbten Ohr. »Heißt das, dass es auch noch einen indirekten gibt?«

»Ja.« Sie rief ein neues Foto auf den Bildschirm. »Sie holen sich Wasser aus dem Fluss und haben dafür Kanäle und einen Schacht gebaut. Vysotsky sagt, dass sich dieser mit einem Netzwerk anderer unterirdischer Kanäle unter der Pyramide vereinigt.«

»Wozu werden sie benötigt?«, fragte sich Lamont.

»Es hat irgendetwas mit der Art zu tun, wie diese Apparatur betrieben wird.«

»Und Sie wollen, dass wir dort eindringen?«

»Es ist der einzige Weg.«

»Besitzen wir Pläne des Inneren der Pyramide?«

»Nein. Aber Vysotsky ist sich sicher, dass es einen Zugang gibt. Das System muss von ihnen gewartet werden können. Hier, sehen Sie.«

Sie vergrößerte die Ansicht des Schachts. An dessen Seite waren Leitersprossen zu erkennen. Wasser aus dem Fluss ergoss sich über den Rand. Dort hinunterzuklettern wäre, als würde an einem Wasserfall hinabsteigen, aber es war machbar.

»Vysotsky wird sich um alle Einzelheiten kümmern, sobald Sie sich in seinem Zuständigkeitsbereich befinden. Korov wird sich in der Türkei mit Ihnen treffen und Sie in einem Flugzeug mit den richtigen Transpondercodes für die russische Flugabwehr über die Grenze bringen. Von der Türkei aus werden Sie nach Tscheljabinsk fliegen. Von dort werden Sie von Vysotsky und Korov an den Einsatzort gebracht.«

»Wie sieht der Plan für unseren Abzug aus?«

»Wir können Sie nicht über den Luftweg ausfliegen. Vysotsky wird ein Schnellboot am Fluss bereitstellen. Er will Korov nicht opfern, und das ist die beste Garantie für Ihre Sicherheit, die ich mir vorstellen kann. Sollten Sie fliegen müssen, dann halten Sie sich südlich, in Richtung Kasachstan.«

»Das ist ein weiter Weg.«

»Ja.«

»Und keine Unterstützung von hier.«

»Nein.«

»Abstreitbar?« Damit meinte er, dass die Vereinigten Staaten offiziell keine Kenntnis von dem Einsatz haben würden und daher auch nichts unternehmen würden, um ihnen zu helfen, sollte ihnen etwas zustoßen.

»Ja.«

Ronnie und Lamont wirkten nicht besonders glücklich. Nick schüttelte nur den Kopf.

»Korov wird Sie mit russischen Uniformen und Waffen versorgen.«

»Aber keiner von uns spricht Russisch, um zu verstehen, was vor sich geht.«

»Dafür habe ich eine Lösung. Selena wird hier bei mir sein. Sie werden mit einem Zweiwege-Satellitenfunkgerät ausgerüstet sein. Damit können wir alles mithören und Sie mit uns kommunizieren. Selena und ich werden in Echtzeit Ihren Einsatz verfolgen und für Sie übersetzen. Korov spricht Englisch. Da müssen wir Vysotsky einfach vertrauen.«

»Das ist eine Menge Vertrauen.«

»Dabei bin ich noch nicht einmal bei dem schwierigen Teil angekommen.«

Lamont ächzte.

»Ziel Ihrer Mission ist es, die Installation zu zerstören. Wenn Vysotsky aber erst einmal die Kontrolle darüber hat, ändert er womöglich seine Meinung. Sie müssen dafür sorgen, dass das nicht eintreten wird.«

»Was bedeuten würde, sich gegen Korov und seine Spetsnaz-Kumpels zu stellen«, sagte Nick. Er musste an die Nacht zurückdenken, als sie sich zusammen in Washington betrunken hatten. Nick mochte Korov, so wie sie alle. »Sie bringen uns da in eine schwierige Situation.«

»Wir dürfen nicht zulassen, dass Russland in den Besitz dieser Waffe gelangt.« Harkers Stimme klang fest entschlossen. Sie begann wieder mit ihrem Stift ein unsichtbares Tattoo in ihren Tisch zu stechen. »Unter gar keinen Umständen. Wenn Sie sich dafür gegen Korov wenden müssen, dann werden Sie das tun. Haben wir uns verstanden?«

»Ja«, antwortete Nick. »Verstanden.«

Kapitel 55

Der Flug nach Ankara verlief ereignislos.

Das Terminal des Ankara-Esenboğa-Flughafens war ein langgezogenes, rippenförmig gebogenes weißes Gebilde in der türkischen Steppe. Das Dach stieg in sanft geschwungenen Bögen über einem auf Hochglanz polierten Steinboden an. Er erinnerte Nick ein wenig an den Flughafen in Denver. In der Ferne konnte man sogar Berge erkennen. Von Colorado aber waren sie gerade weit entfernt.

Korov trat zu ihnen, als sie aus dem Flugzeug gestiegen waren. Sie schüttelten einander die Hände.

»Wir brauchen mit euch nicht erst durch die Zollabfertigung«, sagte er. »Wir werden den Flughafen gar nicht verlassen, außer mit unserem Flugzeug.«

Sie folgten Korov ans hintere Ende des Terminals. Das Wachpersonal warf einen Blick auf Korovs Papiere und führte sie in einen kontrollierten Bereich des Flughafens hinaus. Ein Wagen wartete dort, um sie zum General-Aviation-Gebäude zu bringen.

Ihr Flugzeug war ein Dassault Falcon 20, ein französischer Jet mit einer Reichweite von etwa dreitausend Kilometern. Der Dassault war das bevorzugte Flugzeug der europäischen Machtelite. Ähnlich der amerikanischen Gulfstream war es ein effizientes, luxuriöses Geschäftsflugzeug, das in vielen Ausstattungsvarianten existierte.

Zwanzig Minuten, nachdem sie die Maschine bestiegen hatten, befanden sie sich bereits in der Luft.

Sie zogen sich ihre russischen Uniformen an.

»Bis nach Tscheljabinsk sind es ungefähr vier Stunden«, sagte Korov.

Ronnie hielt einen kleinen ledernen Beutel in der Hand.

»Was haben Sie da?«, fragte ihn Korov.

»Das? Das ist ein *Jish*. Ich trage ihn immer bei mir.«

Der *Jish* war Ronnies persönlicher Medizinbeutel. Er nahm ihn nur dann heraus, wenn er vor einer Mission nervös wurde. Ronnie hatte Nick erzählt, dass der *Jish* so etwas wie eine lebende Person repräsentierte. Man musste sich um ihn kümmern, mit ihm interagieren, ihn respektieren. Sonst wäre es nichts weiter als Aberglaube, ein Glücksbringer.

»Was ist darin?«

»Oh, verschiedenes. Maispollen. Etwas Erde von den vier heiligen Bergen. Und noch andere Dinge.«

Noch nie hatte Ronnie Nick oder jemand anderem genau erklärt, was sich in dem Beutel befand. Es brachte Unglück, wenn man zu viel darüber verriet. Er steckte den *Jish* wieder in seine Tasche zurück.

Nick wechselte das Thema. »Wie kommen wir von Tscheljabinsk zu unserem Einsatzort?«

»Wir fliegen und springen ab«, sagte Korov. »Ihr seid alle dafür qualifiziert. Es wird ein Nachtsprung aus geringer Höhe. Die Luftabwehrbatterien werden über eine Trainingsübung informiert werden. Wir werden die entsprechenden Codes besitzen. Sie werden nicht sehen, wie wir das Flugzeug verlassen.«

Sie machten es sich für die Dauer des Flugs bequem. Nick fiel in einen Halbschlaf, den Kopf voller vager Bilder. Er wachte zu dem monotonen Dröhnen der Motoren auf und sah auf die Uhr. Er hatte eineinhalb Stunden geschlafen. Müde rieb er sich die Augen. Korov kam zu ihm herüber und setzte sich neben ihn.

»Du bist im Schlaf sehr unruhig gewesen«, sagte er. »Alles in Ordnung mit dir?«

»Ja, alles prima. Was passiert, wenn wir in Tscheljabinsk angekommen sind?«

»Mein Team wird dort auf uns treffen. Sie werden Waffen für euch haben.«

»Was halten deine Männer davon, mit Amerikanern zusammenarbeiten zu müssen?«

»Sie werden ihre Befehle befolgen.« Er machte eine Pause. »Nick, ich werde hier das Kommando haben. Sind wir uns da einig?«

»Das sind wir. Es ist dein Einsatz.«

»Gut.« Korov sah auf die Uhr. »Wir sind weniger als zwei Stunden von Tscheljabinsk entfernt. Etwas später werden wir uns bereits wieder in der Luft befinden. Wir sollten den Plan durchgehen.«

Während der nächsten Stunde prüften sie die Satellitenaufnahmen. Sie besprachen die Verteidigungsanlagen und mögliche Komplikationen. Beide Männer wussten, dass es Dinge an dieser Mission gab, die sie das Leben kosten konnten. Beide besaßen Jahre der Erfahrung. Abgesehen von der bizarren Natur ihres Zielobjekts und ihrem ungewöhnlichen Bündnis war es ein Einsatz wie jeder andere.

Die Unwägbarkeiten waren Teil ihres Berufes. Keiner von beiden rechnete damit, dass alles nach Plan verlaufen würde. Das Beste, was sie tun konnten, war, auf Probleme vorbereitet zu sein und sich mental auf alle nur erdenklichen Gefahren vorzubereiten. Training war unerlässlich, aber es war die Vorbereitung, die einen am Leben hielt.

Sie waren Profis, die sich auf einen weiteren ganz normalen Arbeitstag in der Welt der Spezialeinsätze vorbereiteten.

Kapitel 56

Selena kam mit einer Krücke in Harkers Büro gehumpelt. Stephanie sprang auf und umarmte sie. Selena zuckte dabei zusammen.

»Ich bin so froh, dich zu sehen. Wir haben uns solche Sorgen um dich gemacht.«

»Mir geht es gut. Noch sechs Monate und ich bin wieder ganz die alte.«

Selena sah blass aus. Sie sank in einen Sessel und atmete geräuschvoll aus.

»Oder auch länger.«

»Nur keine Eile.« Elizabeth reichte ihr ein Headset und eine Kontrolleinheit. »Das Team wird in Kürze in Tscheljabinsk landen. Sie werden alles mithören können. Ich möchte, dass Sie die Russen überwachen. Nur für den Fall …«

»Ich verstehe. Kann Nick uns hören?«

»Ja, die anderen aber nicht. Für die Übertragung müssen Sie einfach nur diesen Knopf hier drücken. Wenn Sie ihn zweimal hintereinander drücken, wird er gewarnt werden und nicht überrascht sein. Dann können Sie sprechen.«

Selena setzte sich den Kopfhörer auf und regelte die Lautstärke. Sie konnte die Motoren hören und das Gemurmel von Männern, die sich in der Kabine auf Russisch unterhielten. Der Motorenlärm machte es schwer, etwas zu verstehen.

»Wissen die Russen, dass wir zuhören?«

»Nein.«

»Ich werde es einmal testen.« Sie drückte zweimal auf den Knopf. »Nick, das ist ein Test. Wenn du mich hören kannst, dann huste einfach, als würdest du dich räuspern.«

Sie hörte ihn einmal husten.

»Okay, ich höre dich laut und deutlich.« Sie machte eine Pause. »Nur damit wir uns verstehen … ich habe über das nachgedacht, was du gesagt hast. Zwischen uns ist alles gut.«

Hust, hust.

»Wir unterhalten uns, wenn du zurück bist.«

Hust.

Sie spürte, wie ihr eine Last von den Schultern fiel. Die Sache hatte ihr keine Ruhe gelassen, weder am Tag noch in der Nacht. Der Job. Nick. Sie hatte kaum über etwas anderes nachgedacht. Was immer die Zukunft auch für sie beide bereithalten mochte, wollte sie jedoch nicht, dass er dort draußen unterwegs war, wo er getötet werden konnte, und fürchtete, dass sie nicht hinter ihm stand.

»Was war das?«, fragte Elizabeth.

»Sagte ich doch, nur ein Test.«

Elizabeth und Stephanie sahen einander an.

»Gut«, sagte Elizabeth.

Kapitel 57

Die Russen gehörten alle den Special Forces an, harte Männer. Kapitän Ilya Zhukov war der zweite kommandierende Befehlshaber nach Korov. Ein Mann namens Bukharin trug den Rang eines Oberfeldwebels. Der dritte Mann war der Feldwebel Ivanesky. Korov stellte sie einander vor. Ivanesky musterte Nick finster an und ließ sie nach ein paar Worten an Korov einfach stehen. Selenas Stimme meldete sich in seinem Ohr.

»Da mag uns jemand nicht. Er sagt, dass er den Job erledigen wird, aber deswegen keinen von euch mögen muss. Er will nach den Fallschirmen sehen.«

Nick räusperte sich.

»Du musst Sergeant Ivanesky entschuldigen«, sagte Korov. »Sein Vater war Hubschrauberpilot in Afghanistan. Eine eurer Stingerraketen hat ihn umgebracht.«

»Er kann uns nicht leiden. Können wir ihm trauen?«

Korov reagierte darauf leicht gereizt. »Er ist Spetsnaz. Er wird seine Befehle ohne Widerspruch ausführen. Ivanesky ist einer meiner besten Männer.«

Die Amerikaner waren so wie die anderen bekleidet, in grauen, schwarzen und weißen Tarnuniformen, schwarzen Springerstiefeln und Baretts. Nick trug die Rangabzeichen eines Majors. Wer einen flüchtigen Blick auf sie warf, hätte nichts Ungewöhnliches feststellen können. Eine kleine Gruppe von Soldaten, die sich irgendwohin auf den Weg machte. Ronnie hätte direkt aus der sibirischen Steppe stammen können. Der einzige, der mit seiner Hautfarbe herausstach, war Lamont. Aber wahrscheinlich würde man annehmen, dass er aus einer der früheren Sowjetrepubliken im Süden stammte. Ungewöhnlich, aber auch nicht gänzlich unbekannt.

Korov hatte sie mit AK-47 als Hauptwaffe ausstatten lassen.

»Ich dachte erst an die neue AN-94«, sagte er, während er Nick das Gewehr reichte. »Sie sind sehr treffsicher, machen im Einsatz aber hin und wieder Probleme.«

»Wieso das? Ich dachte, dass die 94 die AKs ablösen sollten.«

»Das sollten sie auch. Aber dafür sie sind viel zu kompliziert. Teuer. Sehr gut, was Zielsicherheit und Kadenz anbelangt, aber schwierig zu pflegen. Sie verklemmen oder verfangen sich in der Kleidung. Ich werde mit ihnen nicht warm. Wir bleiben bei diesen. Außerdem kennt ihr euch damit aus.«

»Die halbe Welt kennt sich damit aus«, sagte Nick, wobei er damit hauptsächlich jene Hälfte meinte, die Amerika hasste.

Ihr Flugzeug war eine Antonov AN-72, die auch den Spitznamen *Tscheburaschka* trug, benannt nach einer beliebten Kinderfilmfigur. Den Spitznamen verdankte sie der ungewöhnlichen Anordnung ihrer Motoren, zwei Turbinen, die wie riesige Ohren vorwärts gerichtet oben auf den Tragflächen montiert waren. Das Flugzeug wurde seit den Achtzigerjahren produziert. Mit der großen

Frachtluke am Heck war es für ihr Vorhaben wie geschaffen. Der Gedanke daran, bei Nacht in niedriger Höhe abspringen zu müssen, verursachte bei Nick schon jetzt Rückenschmerzen.

Die Besatzung des Flugzeugs ignorierte die Amerikaner, da sie annahmen, dass es sich bei ihnen um Russen handelte. Nur Lamont warfen sie ein paar komische Blicke zu. Aber solange jeder von ihnen den Mund hielt, würde es keine Probleme geben. Sie alle kannten ein paar russische Ausdrücke und Worte. Einer der Piloten brachte Nick eine Tasse dampfenden schwarzen Tees, und er bedankte sich bei ihm auf Russisch. Der Mann nickte und kehrte wieder in den vorderen Teil der Maschine zurück.

Jeder der Männer trug noch einen kleinen Rucksack nebst einem Fallschirm bei sich. Die russischen Fallschirme waren die neuesten Stealth-Modelle, vom Boden aus kaum zu sehen, ähnlich der amerikanischen Ausgabe. Korov war kurz mit ihnen die Unterschiede durchgegangen. Am Ende aber war es dieselbe Prozedur. Springen. Reißleine ziehen. Landen. Vorausgesetzt, der Fallschirm öffnete sich. Was er aber fast immer tat.

Ronnie, Nick und Lamont saßen auf der einen Seite des Flugzeugs. Sitzbänke waren entlang des Rumpfes aufgereiht, genau wie in den Staaten. Wenn man es recht betrachtete, waren sich die Militäreinheiten auf der ganzen Welt ziemlich ähnlich. Der einzige nennenswerte Unterschied bestand im Grad ihrer Professionalität.

Die russischen Eliteeinheiten besaßen davon mehr als genug.

Korov und seine Männer saßen ihnen gegenüber. Nick war zu aufgeregt, um einzudösen. Ronnie drehte seinen *Jish* zwischen seinen Fingern und sagte in Gedanken ein Gebet der Navajo auf. Seine Lippen bewegten sich lautlos dabei. Lamont saß mit halb geschlossenen Augen da. Sergeant Ivanesky starrte sie an. Als er bemerkte, dass Nick ihn dabei musterte, drehte er sich weg.

»Den sollten wir besser im Auge behalten«, sagte Nick zu Lamont.

»Ja, ist mir auch schon aufgefallen. Er scheint uns nicht sonderlich zu mögen.«

»Selena sagte, dass sein Vater von einer unserer Raketen getötet wurde. In Afghanistan.«

»Das erklärt einiges. Dann könnte ich uns auch nicht leiden.«

Korov sprach etwas in sein Funkgerät und lauschte. Dann stand er auf und kam zu Nick herüber.

»Wir sind noch zehn Minuten entfernt. Macht euch bereit. Wir springen zusammen. Ich übernehme die Führung, du springst als letzter.«

»Verstanden.«

»Draußen weht ein leichter Wind. Am Boden liegt Schnee, also wird man unsere Spuren sehen. Wir kommen in einer Höhe von sechshundert Metern herein.«

Die Frachtluke öffnete sich und die Motoren drosselten ihr Tempo. Das Flugzeug verlor an Höhe und Geschwindigkeit. Im Inneren der Kabine wurde es schlagartig eiskalt, nachdem der Wind die gesamte warme Luft in die russische Nacht hinausgesaugt hatte. Sie formierten sich.

Die Maschinen dröhnten in einem gleichmäßigen Rhythmus. Das Licht über der Luke sprang von Rot auf Grün.

»Los«, schrie Korov auf Russisch. Er sprang in die Dunkelheit. Die anderen folgten dicht hinter ihm.

Nick mochte diese Sprünge aus geringer Höhe nicht. So nah über dem Boden gab es keinen Spielraum für Fehler. Er presste seine angewinkelten Knie fest aneinander und spannte den Bauch an. Der Fallschirm öffnete sich mit einem vertrauten Ruck, der in der Leistengegend zog. Die Nacht war wolkenverhangen. Kein Licht war zu sehen. Die Luft roch nach Schnee.

Die Landezone war eben, frei von Felsbrocken oder Bäumen. Der Boden kam innerhalb weniger Sekunden in Sicht, ein weißer Fleck, der sich aus der Dunkelheit schälte. Die Schneedecke war nicht dick genug, um den Aufprall abzufedern. Nick war der Letzte, der hart landete. Er rollte sich ab. Warnende Schmerzensstiche schossen durch sein Rückgrat.

Er raffte seinen Fallschirm zusammen und ignorierte den Schmerz. Die anderen hatten sich um etwas versammelt. Nick lief zu ihnen und blickte dann auf den Körper von Kapitän Zhukov hinunter. Er lag zerschmettert und in seinem Fallschirm verheddert am Boden. Die Knochen seiner Beine ragten aus seiner blutigen Uniform. Das war ein denkbar schlechter Start, um mit ihrer Mission zu beginnen.

Korovs Gesicht schien wie versteinert. »Wickelt ihn in seinem Fallschirm ein.«

Gemeinsam bedeckten sie den Leichnam.

»Der Kanal liegt in dieser Richtung«, sagte Korov. »Wenn wir ihn erreicht haben, folgen wir ihm hinein.«

Er lief in schnellem Trab voran. Der Schnee knirschte unter ihren Füßen. Jemandes Ausrüstung knarzte. Rechts von ihnen ragte die Pyramide auf. Sie rannten, bis sie den Kanal erreichten und folgten ihm bis zu dem Schacht. Flusswasser aus dem Irtysch stürzte über den Rand hinab und verlor sich in der Tiefe. Gefrorener Sprühnebel trieb aus der Öffnung. Mit einer dünnen Eisschicht bedeckte stählerne Sprossen führten in präzisen Abständen an der Seite des Schachts hinab.

Korov deutete hinunter. »Nick, du gehst voran. Ich gehe als Letzter.«

Nick schlang sich seine AK mit der Mündung nach unten auf den Rücken und begann den langen Abstieg ins Ungewisse.

Kapitel 58

Wenn es in Elizabeths Büro Fenster gegeben hätte, hätten sie jetzt auf einen warmen Nachmittag im Spätsommer hinausblicken können. Aber es gab keine Fenster. Stattdessen betrachteten sie eine Satellitenübertragung auf dem großen Wandmonitor.

Das Zielobjekt war als Infrarotbild dargestellt. Selena, Stephanie und Elizabeth hatten den Fortgang der Mission akustisch mitverfolgt. Den Sprung. Den Tod des russischen Kapitäns. Sie sahen die leuchtenden Wärmesignaturen der Männer, die auf den Flusskanal zueilten, hineinliefen und schließlich das schwarze Loch des Wasserschachts erreichten. Sie hörten, wie Korov Nick befahl, als Erster hinabzusteigen.

Der Schacht war nur als schwach glimmende Wärmesignatur zu sehen. Selena sah zu, wie sich einer der grünlichen Umrisse von den anderen entfernte. »Ich bin bei dir. Wir haben euch im Blick.«

Hust.

Dann war er verschwunden. Die anderen folgten ihm die Leiter hinab. Die drei Frauen verfolgten alles auf dem Monitor, bis dieser nur noch völlige Schwärze anzeigte.

»Das ist der Teil, den ich hasse«, sagte Steph.

»Was meinst du?« Selena rieb sich über die noch frische Operationsnarbe an ihrem Bauch. Es juckte.

»Das Warten. Wie es ausgeht.«

Ob sie zurückkommen werden. Der unausgesprochene Gedanke, der ihnen im Kopf herumspukte.

»Es wird schon nicht so schlimm werden«, sagte Selena. »Wie wäre es mit einem Kaffee?«

»Oh, oh«, stieß Elizabeth hervor.

Auf dem Bildschirm flammte das Infrarotbild auf. Eine große Hitzesignatur kam in Sichtweite.

»Was ist das?«, fragte Selena.

»Ein Hubschrauber nähert sich.«

»Was will der dort, so früh am Morgen?«

»Gute Frage. Das ist untypisch.« Elizabeth fluchte leise. »Das bedeutet Ärger. Selena, gib Nick Bescheid.«

Sie drückte zweimal hintereinander auf ihren Übertragungsknopf.

»Er antwortet nicht.«

»Seht ihr, was ich meine?«, fragte Steph.

Kapitel 59

Ogorov duckte sich unter den rotierenden Flügeln des Hubschraubers und hastete auf die Pyramide zu. Heute Nacht würden sie die Waffe zum ersten Mal einsetzen. Er hatte die Nachricht erhalten, dass jemand in das Areal eingedrungen war und Kaminsky bereits vorab über Funk gewarnt.

General Kaminsky wartete am Eingang der Pyramide. Ogorov kletterte die Machthierarchie hinauf, und Kaminsky beabsichtigte, mit ihm zusammen hinaufzusteigen. Er war Ogorovs Mann.

»Minister.« Er knallte die Hacken seiner glänzenden, hohen Stiefel zusammen.

»Wie ist die Lage, die Eindringlinge betreffend?« Ogorovs Atem bildete kondensierende Wolken in der kalten Luft.

»Ich hielt es für klug, unsere Spezialeinheit einzusetzen anstatt Truppen der Basis. Sie werden in zehn Minuten hier eintreffen. Wer immer diese Eindringlinge sind, sie werden getötet oder gefangengenommen werden.«

»Einer von unseren Leuten ist bei ihnen«, sagte Ogorov. »Er informierte mich, dass sich drei Amerikaner in der Gruppe befinden.«

»Amerikaner? Was wollen die denn hier?«

»Wahrscheinlich CIA. Es spielt keine Rolle. Versuchen Sie, sie am Leben zu lassen. Ich will sie befragen.«

»Das wird vielleicht nicht möglich sein.«

Die beiden Männer liefen hinein und betraten einen Aufzug. Dieser fuhr in wenigen Sekunden zu dem Kontrollraum unter der Spitze der Pyramide hinauf. Die Türen öffneten sich mit einem leisen pneumatischen Zischen. Der Raum war hell erleuchtet. Mehrere Techniker saßen vor ihren Instrumenten und überwachten den Status der Tesla-Apparatur. Eine Digitaluhr in der Mitte einer der Wände zählte in großen roten Ziffern die Minuten, Sekunden und Zehntelsekunden herunter. Bis zu ihrem Einsatz waren es nicht einmal mehr fünfzehn Minuten. Der Raum roch nach Anspannung und kaltem Schweiß.

Yuri Malenkow saß vor dem Hauptkontrollpult. Eine Reihe von sechs digitalen Anzeigen maß die fluktuierenden Energiewerte der Tesla-Waffe. Ein Bildschirm über den Skalen zeigte einen sich ständig veränderten Strom aus Zahlen und Koordinaten. Yuri erhob sich von seinem Stuhl, als Ogorov und Kaminsky den Raum betraten.

»Wie ist unser Status?«, erkundigte sich Ogorov.

»Wir liegen genau im Plan, Minister.« Er deutete auf den Bildschirm. »Ich bin gerade dabei, die Zielsequenz zu aktivieren.«

Er klappte eine Sicherheitsabdeckung zurück und drückte auf einen roten Knopf. Unter ihren Füßen heulte ein Getriebe auf. Draußen, an der Außenseite der Pyramide, öffneten sich die metallenen Abdeckungen an der Spitze über dem Kontrollraum wie die Blütenblätter einer tödlichen Pflanze. Yuri drückte auf einen anderen Knopf. Ein leerer Monitor erwachte mit einer Liveübertragung der Pyramidenspitze zum Leben. Er zeigte den kristallenen Verstärker und die Zielanordnung.

»Wir können die Entladung des Strahls von hier aus beobachten. Unsere Sensoren werden ODIN erfassen und die Richtung des Strahls anpassen. Wenn wir feuern, wird der amerikanische Satellit augenblicklich zerstört werden.«

»Gut«, sagte Ogorov. »Sehr gut.«

Sie warteten darauf, dass ODIN in Reichweite gelangte.

Kapitel 60

Die Sprossen der Leiter waren spiegelglatt und nur schwer zu fassen. Korov gab während ihres Abstiegs den Befehl, ihre Lampen einzuschalten. Das Dröhnen der herabstürzenden Fluten machte es schwer, etwas zu verstehen. Jeder der Männer trug eine Lampe an seinem Helm. Die Lichter erhellten die von der Feuchtigkeit dunkel angelaufenen Betonwände.

Nick war bereits völlig von dem Spritzwasser durchnässt. Er zitterte. »Wir nähern uns dem Grund«, rief er. »Ich sehe ein Licht.«

Seine Arme und sein Rücken schmerzten von der Anstrengung. Die AK, die von seiner Schulter hing, kam ihm ungewöhnlich schwer vor. *Ich werde wohl langsam zu alt für so was.* Er schob den Gedanken beiseite. *Beweg dich. Du schaffst das. Klettere einfach weiter.*

Er erreichte eine Plattform, die aus der Wand ragte. Die Sprossen führten weiter in die Dunkelheit hinab. Die Plattform mündete in einem Gang. Dieser führte für mindestens fünfzig Meter geradeaus. Die Wände waren mit einem keramischen Material überzogen und von Lichtleisten erhellt, die ein bläulich-weißes Licht abstrahlten.

Nick stieg von der Leiter und betrat die Plattform. Er holte tief Luft, schlang sich die AK von der Schulter und lief ein paar Schritte in den Gang hinein. Entfernt konnte er ein brummendes Geräusch hören. Die Luft war warm.

Er schnüffelte.

Ozon.

Der Geruch löste eine Erinnerung bei ihm aus. Vor einigen Jahren war er hoch oben in den Bergen von Colorado in ein gefährliches Gewitter geraten. Ein Blitz war in den Boden eingeschlagen, keine hundert Meter von der Stelle entfernt, an der er sich unter einen Felsvorsprung gekauert hatte. Die Luft hatte genauso gerochen, bevor der Blitz sich entlud. Nach Elektrizität.

Korov trat zu ihm.

»Nick, übernimm die Führung.«

»Ronnie, Lamont, vorwärts.«

Sie setzten sich in Bewegung, hielten sich nah an den Wänden. Hier gab es keinerlei Deckung für sie. Der Korridor war die reinste Schießbude. Ein pulsierender Kopfschmerz hatte sich zu Nicks steifem Rücken gesellt.

»Mir gefällt es nicht, diesen Kerl hinter uns zu haben«, sagte Ronnie. »Ivanesky. Das ist nicht wie in Texas.«

»Das stimmt.« Das Brummen wurde lauter. »Da vorn ist eine Tür, in die Wand eingelassen.«

Korov schloss zu ihnen auf. »Nick, wir gehen voran. Die anderen bleiben zurück.« Auf Russisch befahl er seinen Männern etwas.

»Wartet hier«, wies Nick Ronnie und Lamont an. Dann lief er mit Korov ein Stück weiter in den Gang hinein.

»Wir haben ein Problem.«

»Was für ein Problem?«

»Kapitän Zhukovs Fallschirm wurde sabotiert.«

Nick ließ die Information sacken.

»Bist du sicher?«

»Ja. Jemand hat ihn umgebracht.« Korov war wütend. »Es muss jemand von meinen Männern gewesen sein, oder jemand von der Crew im Flugzeug. Ich konnte es dir nicht eher sagen.«

»Dann sind wir aufgeflogen. Was willst du jetzt tun?«

»Wir haben zwei Möglichkeiten. Abbrechen oder weitermachen.«

Nick überlegte, was er darauf antworten sollte.

»Arkady«, begann er. »Mein Befehl lautet, die Installation zu zerstören. Wie lautet deiner?«

Korovs Gesicht spiegelte seine Anspannung wider. »Ich will ganz ehrlich sein: Meine Befehle besagen, die Installation zu sichern, nicht zu zerstören. Das macht die Sache für uns problematisch, denke ich.«

»AEON weiß, dass wir hier sind, sonst wäre Kapitän Zhukov noch am Leben. Was glaubst du, werden sie mit dieser Waffe machen, nachdem sie unseren Satelliten pulverisiert haben? Glaubst du, Russland ist sicher? Die Chinesen haben eine Reihe von Satelliten ins All geschossen, mit denen sie den Strahl aus dieser Waffe zurück zur Erde schicken können. An jeden Punkt der Erde, einschließlich Moskau.«

Korov runzelte die Stirn. »Das wusste ich nicht.« China war lange Zeit ein traditioneller Feind gewesen. Und war es noch, ungeachtet der Handelsabkommen und der öffentlichen Freundschaftsbekundungen.

»Vysotsky weiß es ganz sicher. Wenn die Waffe erst einsatzbereit ist, kann jeder, der über sie verfügt, damit jeden ins Visier nehmen, überall. Glaubst du, er würde sie einfach so dem Kreml übergeben? So viel Macht?«

Korov erinnerte sich an etwas, das Vysotsky einmal zu ihm sagte. Sie waren im Büro des Generals gewesen, und Vysotsky hatte getrunken.

»Wir sind Patrioten, Arkady, Sie und ich. Wir glauben an das Schicksal unserer Nation.«

Korov hatte zustimmend genickt. General Vysotsky weihte ihn oft in gewisse Dinge ein, wenn er trank. Vysotsky hatte ihn gelehrt, ihn sogar wie einen Freund behandelt, aber Arkady wusste es besser. Er war Vysotskys Untergebener, nicht sein Freund, in einem System, das streng auf dem Befolgen von Befehlen errichtet worden war.

Vysotsky leerte sein Glas und füllte es von Neuem. »Unsere Führer sind Narren. Ich dachte, wir hätten wieder einen starken Anführer, aber ich habe mich getäuscht. Wir brauchen jemanden, der keine Angst davor hat, zu handeln. Jemanden, der sich nicht von der amerikanischen Vorherrschaft einschüchtern lässt. Jemanden, der unsere Macht versteht. Diese Männer haben keine Eier. Wenn ich das Sagen hätte, würden die Dinge anders laufen.«

Er schwenkte sein Glas in Richtung Kreml. Wodka schwappte auf den Tisch.

»Keine Eier«, wiederholte er.

Diese Waffe würde Vysotsky die Macht geben, nach der er sich sehnte. Wieso hatte er die Zielsatelliten nicht erwähnt? Für Korov fügte sich nun alles zusammen. Vysotsky hatte ihn nicht hierhergeschickt, weil er die Waffe für Russland erobern wollte. Die Kontrolle darüber lag nicht in Russlands, sondern einzig in Vysotskys Interesse. Diese Erkenntnis erschütterte ihn. Das war Verrat.

Nick hatte recht. Vysotsky benutzte ihn nur.

»Arkady«, sagte Nick mit leise drängender Stimme. »Ich kenne den Präsidenten. Er wird nicht zurückweichen. Diese Sache könnte den nächsten Weltkrieg auslösen. Wir müssen die Waffe zerstören. Wenn Zhukov wirklich ermordet wurde, dann weiß AEON, dass wir hier sind. Es ist ausgeschlossen, dass wir die Kontrolle über die Waffe gewinnen werden, geschweige denn, sie zu behalten.«

Die Russen und die Amerikaner beobachteten, wie Korov und Nick sich unterhielten. Lamont und Ronnie standen etwas abseits. Ivanesky starrte sie mit kaltem Blick an.

»Sieht mir nach einer ernsten Unterhaltung aus«, sagte Lamont.

»Ja. Hoffen wir, dass sie sich nicht streiten.«

»Korov ist ein ziemlich anständiger Kerl.«

»Er ist ein Russe«, sagte Ronnie, »anständig oder nicht. Die Frage ist nur, was für eine Art Russe.«

»Das werden wir gleich herausfinden.« Nick und Korov kamen zurück.

»Vor uns ist eine Tür«, sagte Korov. »Sie sollte hineinführen. Bukharin, Sie übernehmen die Führung. Ivanesky, Sie als Nächstes. Wenn wir durch die Tür sind, werden wir unsere Befehle ausführen und dieses Ding zerstören.«

Er sprach auf Englisch. Nick wusste die ganze Zeit schon, dass die Russen Englisch verstehen würden. Immerhin waren sie Spetsnaz. Fremdsprachenkenntnisse, allen voran Englisch, waren eine Grundvoraussetzung für alle russischen Eliteeinheiten. Als Korov erwähnte, dass sie die Pyramide zerstören würden, beobachtete Nick ihre Reaktionen. Über Ivaneskys Gesicht huschte Überraschung, bevor es sich wieder in eine steinerne Maske verwandelte.

»Jawohl, Sir«, sagte Bukharin. Zusammen mit Ivanesky lief er voraus. Die anderen folgten ihnen.

Kapitel 61

Die Tür bestand aus demselben keramischen Material wie die Wände. Bukharin öffnete sie einen Spalt breit und spähte hindurch. Das sonore Brummen wurde lauter, wie das Summen tausender Bienen. Er zog die Tür weiter auf. Sie traten hindurch und verteilten sich an den Seiten, die Waffen schussbereit in den Händen.

Die Grundfläche der Pyramide bestand aus einer gewaltigen quadratischen Kammer. Ein breiter Laufweg aus Beton führte an den vier Innenseiten entlang. Lichtleisten befanden sich an den Wänden. Die Wände liefen für etwa dreißig Meter oder mehr schräg nach oben zu, wo sie in einer flachen Decke mündeten. So wie in dem Gang waren auch hier die Wände mit keramischem Material verkleidet.

Nick blickte über den Rand in einen scheinbar endlosen Abgrund und versuchte zu verstehen, was er hier sah. Exakt in der Mitte der Kammer befand sich eine steinerne Plattform, umgeben von einem flachen Geländer. Von dort führten brückenartige Laufstege zu allen vier der großen Seitenwände. Vier gewaltige Säulen aus Kupfer ragten aus dem Abgrund auf, stützten die Ecken der Plattform und stiegen bis etwa zur Hälfte der Decke hinauf. Unablässig tanzten knackende, blau-weiße elektrische Entladungen von Kupfersäule zu Kupfersäule. Vier dicke Streben aus Kupfer hingen über den Säulen von der Decke und Elektrizität floss in vier ununterbrochenen Strömen von den Säulen zu den Kupferstangen.

In der Mitte der Plattform befand sich eine Maschine. Das summende Geräusch stammte von sechs gigantischen Rädern, die aus glatten, runden Metallbändern gefertigt waren. Jedes dieser Bänder besaß eine eigentümliche goldene Färbung und war mindestens sechs Meter hoch. Sie drehten sich unablässig, was ihre Einzelheiten verschwimmen ließ.

Das ist unmöglich, dachte Nick.

Die Räder waren nirgendwo verankert. Sie schwebten einfach ohne sichtbaren mechanischen Halt in der Luft, rotierten über einer gebogenen Schale aus einem silbernen Metall, die zwischen zwei großen, freistehenden Metallplatten platziert war, die man mit dem Betonsockel verschraubt hatte. Ein schwacher, bläulicher Lichtschein hüllte alles ein.

Die Luft roch nach Ozon. Das Metall seiner AK fühlte sich warm an und gab kleine elektrische Entladungen ab, wenn er sie berührte. Statische Funken sprangen von Nicks Kleidung, wenn er sich bewegte. Seine Haare standen von seinem Kopf ab und waren in ständiger Bewegung.

Am anderen Ende der Pyramide befand sich eine Tür. Ein breiter Vorsprung ragte über den Abgrund und stützte einen Fahrstuhlschacht. Der Schacht führte bis an die Decke und darüber hinaus, was immer sich weiter oben befinden mochte. In der Wand auf der rechten Seite des Abgrundes war eine geschlossene Doppeltür zu erkennen.

Lamont starrte auf die jeglicher Physik widersprechenden Räder. »Das sieht aus wie in einem Science-Fiction-Film.«

»Wie Matrix«, sagte Ronnie, »oder Stargate.«

»Hört zu«, forderte Nick sie auf.

»Der Kontrollraum dürfte sich dort oben befinden.« Korov deutete an die Decke. »Das ist das Herz der Anlage. Wir werden es herausreißen. Nick, wir beide werden die Ladungen platzieren. Ronnie und Lamont, ihr übernehmt den Fahrstuhl und die Türen. Bukharin, Ivanesky, ihr bleibt hier und bewacht den Ausgang.«

Korov und Nick liefen auf die Maschine zu. Nick trat zu der Schale unter den rotierenden Rädern. Sein Körper prickelte vor lauter Elektrizität. Er kniete sich auf den Boden und platzierte Sprengladungen an der Unterseite der Schale. Dann begab er sich zu einer der dünnen Metallplatten und begann dort von Neuem. Nichts auf dieser Plattform würde das überstehen. Korov war unterdessen mit den Kupfersäulen beschäftigt.

Nick hörte es zweimal in seinen kleinen Ohrhörern knacken, dann Selenas Stimme.

»Nick, kannst du mich hören?« Die Übertragung war von statischen Geräuschen überlagert.

Er hustete.

»Vor zwanzig Minuten wurde jemand mit einem Hubschrauber eingeflogen. Ein zweiter ist soeben gelandet. Das war ein Truppentransport.«

In Virginia sah Selena dabei zu, wie grün leuchtende Umrisse wie Ameisen aus dem Helikopter strömten. Dann formierten sich die Punkte in drei geordneten Reihen.

»Dreißig Männer. Sie bereiten sich darauf vor, in die Pyramide einzudringen.«

»Scheiße«, entfuhr es Nick.

»Was?« Korov, der gerade einen Zünder in ein Paket Semtex ganz in der Nähe einer der beiden Säulen schob, sah auf.

»Ein Sturmtrupp, vor der Pyramide. Wir kriegen Gesellschaft.« Nick stand auf und sprach in sein Mikrofon. »Ronnie, Lamont, kommt zurück.«

Korov fragte nicht erst, woher Nick diese Information hatte. Er griff nach einem Timer.

»Hören Sie auf damit, Colonel. Und Sie, Amerikaner – sagen Sie Ihren Männern, dass sie ihre Waffen niederlegen sollen.«

Eine Stimme, direkt hinter ihnen. Sie drehten sich um. Bukharin hielt seine AK-47 auf sie gerichtet. Nick sah Ivaneskys Körper auf dem Boden neben dem Eingang zur Halle liegen. Ronnie und Lamont auf dem Laufgang erstarrten.

»Verräter. Sie haben Zhukov umgebracht, nicht wahr? Ich war mir nicht sicher. Ich dachte eher an jemanden aus der Crew.« Korovs Stimme klang ruhig, aber sein Gesicht verriet Zorn.

Bukharins Gesicht hingegen blieb ausdruckslos.

»Die Lubjanka wird ein guter Ort sein, um über Ihren Verrat nachzudenken. Sie werden …«

Er kam nicht mehr dazu, seinen Satz zu Ende zu sprechen. Ein Schuss von der anderen Seite schnitt ihm das Wort ab. Nick spürte ein Brennen, als die Kugel an seiner Wange vorbeizischte. Das Projektil traf Bukharin im Hals.

Blut schoss aus seinem Mund. Er taumelte rückwärts gegen das Geländer der Plattform und fiel darüber. Sein Körper stürzte in den Abgrund. Auf der anderen Seite ließ Lamont sein Gewehr sinken.

Nick sah zu ihm. »Guter Schuss, wenn auch ein wenig knapp.«

»Hab dich doch aber nicht getroffen, oder? Ihr Marines seid nicht die Einzigen, die schießen können.«

»Wir sollten verschwinden. Ihr kommt besser hier rüber.« Nick drehte sich zu Korov. »Ich dachte, es wäre Ivanesky gewesen.«

Korov schüttelte den Kopf. »Bukharin war schlauer als Ivanesky.« Er kniete sich wieder auf den Boden. »Stell die Timer auf acht Minuten ein.«

»Das ist nicht viel Zeit«, wandte Nick ein.

»Acht Minuten.«

Sie aktivierten die Zeitzünder. Nick stand auf. »Dann hauen wir jetzt wohl besser ab, oder?«

»*Da*, wir hauen ab.«

Sie eilten zu dem Gang zurück. Ronnie und Lamont warteten bereits auf sie. Sie traten durch die Tür.

Die Eingangstüren auf der anderen Seite der Pyramide flogen auf. Truppen in schwarzen Uniformen und mit roten Schulterpatches begannen über den Abgrund hinwegzufeuern. Kugeln ließen Teile der Wände abplatzen. Nick schlug die Tür hinter ihnen zu. Von der anderen Seite hämmerten Kugeln dagegen.

»Das waren nicht unsere Soldaten«, sagte Korov. »Diese Uniformen kenne ich nicht.«

Sie rannten den Gang entlang. Hinter ihnen flog die Tür auf. Nick hielt schon eine Granate bereit. Er drehte sich um, warf sie mit aller Kraft und stürmte dann den anderen hinterher.

Der Schalldruck der Explosion verursachte einen dumpfen Schlag auf seine Ohren. Er war außerhalb der Todeszone, doch die Männer, die durch die Tür gerannt kamen, hatten weniger Glück. Jemand schrie. Nick blickte sich nicht um.

Er erreichte den Schacht, der an die Oberfläche zurückführte. Lamont und Ronnie kletterten bereits die Sprossen hinauf. Korov stand neben der Leiter und feuerte in den Korridor.

»Geh weiter«, rief er.

Nick begann zu klettern. Er hatte das Gefühl, die Kräfte eines Löwen zu besitzen. Wenn die Ladungen explodierten, wollte er so weit wie möglich von der Pyramide entfernt sein. Er kletterte die Sprossen so eilig hinauf, als wäre der Leibhaftige hinter ihm her.

Es war ein langer Weg bis nach oben. Hinunterzuklettern war schon schlimm genug gewesen, wieder hinaufzuklettern aber noch viel schlimmer. Er konzentrierte sich auf einen gleichbleibenden Rhythmus. Greifen, Steigen, Greifen, Steigen, immer und immer wieder. Eine Sprosse nach der anderen. In Gedanken zählte er die acht Minuten herunter. Dann war er oben angelangt. Ronnie packte seine Hand und zog ihn hinauf und in die Nacht. Korov taumelte hinter ihm aus dem Schacht. Es hatte zu schneien begonnen. Sie rannten zum Fluss, wo ihr Fluchtboot wartete.

In Virginia sahen Elizabeth, Selena und Stephanie gespannt zu.

»Sprechen Sie jetzt nicht mit ihnen«, riet Elizabeth. »Sie sind gerade ein wenig beschäftigt.«

Im Kontrollraum in der Spitze der Pyramide betrachtete Yuri die Anzeigen. Die Worte ZIEL ANVISIERT erschienen in roten Buchstaben auf seinem Bildschirm. Dann: ZIEL ERFASST.

»Noch eine Minute«, meldete er.

Ogorov und Kaminsky betrachteten die Videoübertragung aus der Spitze und warteten auf den Moment, an dem der Protonenstrahl ins All schießen und den amerikanischen Satelliten pulverisieren würde. Der Kristall erstrahlte in einem blauen Licht.

Dann vibrierte der Boden unter ihnen. Die Energieanzeigen der Apparatur fielen in den roten Bereich. Malenkovs Gesicht wurde bleich. Der Gedanke, nach seinen Schaltern zu greifen, war das Letzte, was ihm durch den Kopf ging.

Nick und die anderen waren beinahe am Fluss angelangt, als die Ladungen explodierten. Ein starker Windstoß fegte an ihnen vorbei und für einen Moment herrschte absolute Stille. Dann verschwand die Spitze der Pyramide in einer Explosion aus blauem Licht. Ein gewaltiger blauer Energieball breitete sich aus und ließ die Nacht zum Tag werden.

Die Druckwelle riss Nick von den Füßen und wirbelte ihn durch die Luft. Er schlug hart auf dem Boden auf und spürte, wie etwas in seiner Schulter brach. Das Grollen der

Explosion ähnelte nichts, was er je gehört hatte, wie das Donnern eines schweren Gewitters und die Detonation eines hochexplosiven Sprengstoffs vereint.

Trümmer rasten vorüber. Nachbilder des grellen Blitzes tanzten hinter seinen Augenlidern. Eine dichte Rauchwolke stieg auf, purpurrot und weiß, und blieb wie eine leprakranke Rose in der Luft hängen.

Nick hob den Kopf. Wo die Pyramide gestanden hatte, war nichts mehr zu sehen. Gar nichts. Einzig ein schwelendes, höhlenartiges Loch war im Boden zurückgeblieben.

»Vielleicht war das etwas zu viel Semtex«, sagte Ronnie.

Kapitel 62

Die Druckwelle hatte sie alle zu Boden geworfen. Langsam rappelten sie sich auf. Nick fühlte sich, als wäre er von einem Lastwagen überrollt worden. In seinen Ohrhörern war nur statisches Rauschen zu hören. Er nahm sie heraus.

»Dort unten ist die Anlegestelle«, sagte Korov. »Unser Boot sollte da auf uns warten.«

Das Gelände zog sich für etwa einhundert Meter flach dahin, bis es zum Fluss langsam abfiel. Dort befand sich ein Zaun mit einem Tor darin und einem Wachhäuschen davor. Vor der Wachhütte stand ein Soldat und starrte mit offenem Mund auf die leuchtende Wolke hinter ihnen. Er rief etwas und brachte sein Gewehr in Anschlag. Korov rief etwas zurück.

Der Wachmann war jung, beinahe noch ein Kind. Er zögerte. Korov lief zu ihm und schrie ihn auf Russisch an. Der Junge nahm Haltung an. Als er nahe genug war, schwang Korov seine AK und rammte dem Jungen den Kolben seitlich gegen den Kopf. Der Junge brach zusammen.

»Hast du ihn getötet?«, fragte Lamont.

»Nein. Er ist nur ein Soldat, der seine Pflicht tut. Aber er wird später sehr schlimme Kopfschmerzen haben.«

Sie liefen durch das Tor und hasteten ein paar Stufen zu dem Pier hinunter. Dort wartete das Boot auf sie, ein grauer Umriss in der Dunkelheit, mit laufendem Motor.

Der Schnee fiel nun dichter. Die Holzbohlen unter ihren Füßen waren rutschig geworden.

Das Boot gehörte zur Svetlyak-Klasse, eine fünfundvierzig Meter lange Kampfansage. Ein ganzer Wald aus Antennen und Masten ragte aus dem Überbau. Am Bug und Heck waren Dreißigmillimeter-Kanonen montiert. Eine Gangway führte vom Deck zum Pier hinab.

Ein Offizier sah sie näherkommen. Sie liefen die Gangway hinauf und Korov begann sich mit ihm zu unterhalten. An Deck war eine Schiffsmannschaft zu sehen. Nick hoffte, dass keiner von ihnen irgendwelche Fragen stellen würde.

Die Mannschaft zog die Gangway ein. Das Deck vibrierte und dann löste sich das Boot von der Anlegestelle.

»Das sieht nicht gut aus«, sagte Ronnie.

Durch den herabfallenden Schnee deutete er auf ein zweites Boot, das sich von Süden näherte. Wasser schäumte vor dessen Bug, während es auf sie zuhielt. Es gehörte ebenfalls zur Svetlyak-Klasse, mit einer Dreißigmillimeter-Kanone am Heck, war aber zusätzlich mit einem schwereren 76mm-Geschütz am Bug ausgestattet. Noch lag aber etwas Abstand zwischen ihnen. An Deck erkannte man einen Trupp Soldaten, die die gleichen Uniformen und roten Schulterstücke trugen wie die Männer, die AEON ihnen in der Pyramide entgegengeschickt hatte.

»Wäre ja auch zu einfach gewesen«, sagte Lamont. »Was jetzt?«

»Jetzt liegt es an Korov«, antwortete Nick.

Korov sah das Boot und gab dem Offizier einen Befehl. Gemeinsam rannten sie zu einer Tür. Nick hörte, wie ihre

Stiefel über die metallenen Stufen zur Brücke hinaufdonnerten.

Ein Warnschuss aus der 76mm-Kanone donnerte über sie hinweg. Schiffshörner ertönten und aus den Lautsprechern war eine barsche russische Stimme zu vernehmen. Die Schiffsmannschaft eilte auf ihre Stationen. Die Geschütztürme drehten sich auf das herannahende Schiff zu.

Der Ob war so breit wie der Mississippi, mit genügend Raum, um manövrieren zu können. Die Maschinen arbeiteten auf voller Kraft. Das Boot neigte sich nach Backbord und hielt auf die Mitte des Flusses zu. Nick hielt sich an der Reling fest, um nicht das Gleichgewicht zu verlieren. Ein weiteres Geschoss donnerte vorbei. Ihre eigenen Kanonen feuerten. Dann schwang das Boot zurück und hielt direkt auf das andere Schiff zu.

Nick war noch nie in einer Seeschlacht gewesen und hatte auch nie das Bedürfnis danach verspürt. Er fühlte sich hilflos, der Gnade des unsichtbaren Kapitäns ausgeliefert. Er rannte nach vorn und sah, wie sich die beiden Schiffe auf Kollisionskurs näherten.

Ronnie und Lamont traten zu ihm.

»Grundgütiger«, sagte Lamont. »Wie bei einer Mutprobe.«

Die Schiffe der Svetlyak-Klasse verfügten über zwei Torpedorohre. Zwei weiße Streifen schossen aus dem Bug ihres Schiffes und pflügten in gerader Linie durch das Wasser auf das andere Schiff zu, welches gerade beidrehte. Die 76mm-Kanone dröhnte. Das Projektil schlug hinter ihnen in die Aufbauten ein. Die Druckwelle warf die drei Männer zu Boden. Irgendetwas riss schmerzhaft an Nicks Rücken. Ihr Schiff drehte ab.

Die Torpedos bohrten sich in den Schiffsrumpf des angreifenden Bootes und explodierten in einem grellen Feuerball. Eine gigantische Wasserfontäne schoss empor. Das Schiff erzitterte, wurde langsamer und begann mit dem Bug voran unterzugehen, als Wasser durch das Leck eindrang.

Nick registrierte noch, dass ihn etwas getroffen hatte, bevor er das Bewusstsein verlor.

Kapitel 63

Drei Tage später waren sie zurück in Virginia.

Ein Schrapnell hatte ein Stück aus Nicks Rücken gerissen, an seiner rechten Schulter. Fünfzehn Zentimeter weiter links und es hätte ihm den Kopf abgerissen. Ein russischer Marinearzt hatte ihn zusammengeflickt. Vysotsky hatte sie aus Tscheljabinsk abholen und nach Moskau bringen lassen.

Nicks Arm hing in einer Schlinge, um ihn davon abzuhalten, ihn zu benutzen. Er würde etwas Reha brauchen, wenn die Nähte erst verheilt waren, aber abgesehen von der neuen Narbe hatte er Glück gehabt. Im Moment war er mit Schmerzmitteln vollgepumpt. Er mochte die Erleichterung, die sie ihm verschafften, aber nicht die Nebenwirkungen.

»Ich frage mich, wie Korov die Sache mit Vysotsky klären will.« Nick versuchte es sich in seinem Sessel bequem zu machen. »Sie hatten recht, was ihn anbelangt.«

»Ich bin sicher, dass sich der Major etwas einfallen lassen wird«, sagte Harker.

»Er wurde zum Colonel befördert.«

»Oh? Kein dummer Schachzug von Vysotsky.«

»Ich sagte ja schon … es ist wirklich schade, dass Korov keiner von uns ist.«

»Was werden wir wegen Foxworth unternehmen?«, fragte Ronnie. »Um ihn müssen wir uns noch kümmern.«

»Wo ist Foxworth jetzt?«, erkundigte sich Nick. Er rieb sein Gesicht. Durch die Pillen fühlte er sich wie betäubt.

»Er hat sich irgendwo in London verkrochen. Ist paranoid geworden, seit Sie ihn in Italien überfallen haben. Wenn er sich mal heraustraut, ist er von Leibwächtern umringt. Er hat einen neuen Sicherheitschef, der früher einmal für die bulgarische Geheimpolizei gearbeitet hat.«

»Schätze, wir haben ihn nervös gemacht«, sagte Ronnie.

»Haben wir irgendeine Vermutung, was er vorhat?«, fragte Selena.

Sie sieht besser aus, dachte Nick. *Sie erholt sich.* Ein kleiner Teil seiner Schuld verschwand.

»Nein. Ich will, dass Sie alle wachsam bleiben, falls er es noch einmal auf uns abgesehen haben sollte. Er wird sich zusammenreimen können, was in Russland passiert ist. Foxworth scheint solche Dinge sehr persönlich zu nehmen.«

»Wir müssen ihn ausschalten«, sagte Nick.

»Sie können ihn nicht einfach umbringen.«

»Wieso nicht?«

»Sie kennen den Grund sehr genau.« Harker sah ihn an.

»Nein, ich kenne ihn nicht. Weil es nicht politisch korrekt ist?«

»Weil wir nicht einfach Menschen hinrichten lassen. Schon seit den Siebzigern nicht mehr.«

»Das glauben Sie doch selbst nicht.«

»Ich muss es glauben. Und meistens entspricht es auch der Wahrheit. Das *Project* operiert oft genug außerhalb der Regeln, aber zumindest sind wir stets im Besitz von

Beweisen, die unser Handeln rechtfertigen. Klare Einsatzregeln, um tätig zu werden. Irgendwo müssen wir eine Grenze ziehen, sonst sind wir nicht besser als Foxworth.«

»Foxworth ist ein grausamer Mistkerl und muss aufgehalten werden.«

»Das müssen wir erst beweisen können.«

»Glauben Sie nicht, dass Foxworth die nötigen Voraussetzungen dafür bereits erfüllt? Soweit ich mich erinnere, ist der Nachweis schon dann erbracht, wenn jemand gewaltsam gegen uns vorgegangen ist oder eine anhaltende und unmittelbare Gefahr für dieses Land darstellt. Was das angeht, ist Foxworth verdammt hartnäckig gewesen.«

Harker schwieg.

»Direktorin, ich glaube nicht, dass die Rechtmäßigkeit hier noch unser Problem ist. Er hat eine Superwaffe bauen lassen, die das Weiße Haus hätte angreifen können. Er hatte es auf uns abgesehen. Sie haben dieses Ding in der Pyramide nicht gesehen. Es war einfach unglaublich. Es scheint ihn nicht zu kümmern, dass er womöglich den nächsten Weltkrieg ausgelöst hätte, und sein Hirntumor lässt ihn zunehmend wahnsinnig werden. Was brauchen Sie denn noch? Er stellt eine direkte Bedrohung dar. Sprechen Sie mit Rice. Überreden Sie ihn.«

»Das habe ich bereits. Rice ist Ihrer Ansicht. Er hält ihn für gefährlicher als Bin Laden. Aber das ist nicht dieselbe Situation. Wir sprechen hier von einer angesehenen Persönlichkeit des öffentlichen Lebens. Inoffiziell wäre das Weiße Haus natürlich froh, wenn Foxworth kein Problem mehr darstellen würde.«

Nicks Ohr juckte. Er kratzte es. »Werden wir nun etwas gegen ihn unternehmen oder nicht?«

Sie tippte mit ihrem Stift auf den Tisch. »Das werden wir. Jeder ist angreifbar, selbst Menschen wie er. Aber wenn irgendetwas schieflaufen sollte, wird es keine Verstärkung geben, keine Evakuierung. Sie werden auf sich allein gestellt sein.«

»Das wäre ja nichts Neues«, sagte Ronnie.

An jenem Abend besuchten Nick und Selena ein Restaurant in der Nähe des DuPont Circles. Seine Augen suchten den Raum ab, während sie sich setzten, suchten nach etwas Ungewöhnlichem. Der Wölbung unter einer Jacke. Ein Getränk, das unangerührt blieb. Sonnenbrillen, selbst mitten in der Nacht. Personen, die schnell den Blick abwandten. Unbedachtes Anstarren.

Damit ließen sich die Amateure ausmachen. Profis waren schwerer zu erkennen, aber jeder beging früher oder später einen Fehler. Harker hatte gesagt, dass jeder angreifbar sei, und das schloss auch ihn und Selena mit ein. Im echten Leben ging es anders zu als in den Filmen. Wenn man hier einen Fehler beging, konnte es jemanden das Leben kosten.

Er fühlte sich noch immer schuldig wegen Mexiko; fühlte sich in ihrer Gegenwart unwohl. Das Essen kam. Selena spielte mit ihrem Besteck.

»Ich habe über unser Treffen heute Morgen nachgedacht. Findest du, dass wir das Richtige tun?«, fragte sie ihn.

»Was meinst du?«

»Dass wir einfach entscheiden können, ob jemand eine ausreichende Gefahr darstellt und dann als Richter und Geschworene in einer Person auftreten. Ihn hinrichten können, ohne dass ihm der Prozess gemacht wird.«

Niemand befand sich in unmittelbarer Hörweite. »Du meinst unseren englischen Freund. Du weißt, wie ich die Sache sehe.«

»Selbst Charles Manson bekam einen Prozess.«

»Manson besaß auch nicht die Macht, Richter oder Staatsanwaltschaft zu kaufen oder zu kontrollieren, was die Öffentlichkeit in den Zeitungen lesen kann.«

»Aber das bringt uns auf sein Niveau.«

Nick legte seine Gabel beiseite. »Worauf willst du hinaus? Du weißt, wen er repräsentiert. Wenn es 1933 wäre und du die Chance hättest, Hitler zu töten, würdest du sie nutzen?«

Selena nahm einen Bissen von ihrem Steak.

»Foxworth ist der Feind. Und nicht nur unser Feind, er ist jedermanns Feind. Er ist ein Psychopath. Er wird alles tun, um zu bekommen, was er will.«

»Trotzdem.«

»Wir können über die Moral streiten, soviel wir wollen, aber Foxworth schert sich kein bisschen um die Moral seiner Handlungen.«

»Das ist genau der Punkt, den ich meine. Wenn wir uns unmoralisch verhalten, sind wir keinen Deut besser als er.«

»Ich glaube, dass die Moral auf unserer Seite ist. Wir haben die moralische Pflicht, uns und unser Land zu schützen.«

»Jemand anderes wird seinen Platz einnehmen.«

»Ja. Aber es wird Zeit brauchen, bis AEON sich von diesem Schock erholt. Sie werden verwirrt sein, weil ihre Pläne durchkreuzt wurden. Menschen, die anderenfalls gestorben wären, würden leben. Ich denke, das ist vertretbar. Foxworth auszuschalten könnte uns genügend Zeit verschaffen, um AEON ein für alle Mal zu zerschlagen.«

»Du sprichst über ihn, als wäre er ein wildes Tier.«

»Das ist er auch. Wobei das den Tieren gegenüber fast ein wenig unfair ist.«

»Ist für dich immer alles nur Schwarz und Weiß?«

»Verdammt noch mal, Selena. Du solltest mich besser kennen. Was ist los?«

Sie ließ sich mit ihrer Antwort Zeit, trank etwas Wein und setzte das Glas ab, bevor sie sprach.

»Ganz ehrlich? Ich glaube, ich stelle meine eigene Moral infrage.«

»Du fühlst dich schlecht wegen der Dinge, die du tust? Die wir tun?«

»Ich müsste lügen, wenn ich das verneinen würde. Ich dachte, ich würde damit klarkommen, aber das hat alles wieder aufgewühlt. Es ist nicht so, dass ich pausenlos darüber nachdenke. Ich weiß, dass es notwendig ist, dass Menschen wie Foxworth eliminiert werden müssen. Ich wünschte nur, dass nicht wir diejenigen wären, die es tun müssen.«

»Irgendjemand muss es tun. Wir sind so etwas wie der Teil eines Immunsystems für die menschliche Rasse. Wir versuchen das Krebsgeschwür dort draußen zu bekämpfen. Foxworth ist ein solches Geschwür.«

Selena sah auf das blutigrote Steak auf ihrem Teller hinunter.

»Ich glaube, ich habe keinen Hunger mehr.« Sie sah ihn an. »Du hättest getötet werden können.«

»Ja. Aber ich wurde nicht getötet.«

»Aber es hätte passieren können.« Sie schob den Teller von sich. »Ich denke, wir brauchen etwas Abstand.«

Kopfschmerzen kündigten sich an.

»Was meinst du?«

»Ich muss nachdenken, wohin das führen soll. Ich brauche etwas Abstand nach all dem, was in den letzten Monaten passiert ist.« Sie hielt inne. »Nachdem ich angeschossen wurde. Und du beinahe getötet wurdest.«

Sie trank etwas Wein.

»Ich muss über alles nachdenken«, wiederholte sie noch einmal.

Kapitel 64

Das Gesicht des brasilianischen AEON-Repräsentanten füllte den Konferenzbildschirm in Foxworths Londoner Büro aus. Don Julio Silva verhielt sich ungewohnt bescheiden. Seine Stimme heuchelte Aufrichtigkeit. Foxworth hörte ihm zu und versuchte seinen Zorn im Zaum zu halten. Er wusste, was nun folgen würde. Das Rudel hatte sich gegen ihren Anführer gewandt.

»Unglücklicherweise sind diese letzten Abenteuer gescheitert, Malcolm, was mit großen Ausgaben für die Organisation verbunden war. Das hat ungewollt Aufmerksamkeit erregt.« Don Julio machte eine Pause. »Wir sind für Ihre Führung während der letzten Jahre sehr dankbar. Trotzdem halten wir alle es für das Beste, wenn Sie Ihren Stuhl räumen.«

»Sie alle?«

Don Julios Gesicht verfinsterte sich. »Ja, Malcolm. Wir alle. Aus Respekt haben wir beschlossen, Ihnen unsere Entscheidung mitzuteilen, anstatt Sie einfach Ihrer Position zu entheben.«

Ein Führungswechsel bei AEON ging immer auch damit einher, sich der Person dahinter zu entledigen, aber es war wichtig, den Anschein von Anstand und Respekt aufrechtzuerhalten. Es gab Traditionen, die gewahrt werden mussten. Don Julio gab ihm Zeit, seine Angelegenheiten ins Reine zu bringen und Vorkehrungen zu treffen. Vielleicht sogar seinen eigenen Tod zu arrangieren, in einer Weise, die ihm annehmbar erschien. Sokrates und sein Schierlingsbecher. Anderenfalls würde sein Tod weder gelegen kommen noch besonders komfortabel ausfallen.

»Ich verstehe«, sagte Foxworth. Sein Gesicht verriet keine Gefühlsregung.

»Ich wusste, dass Sie es verstehen würden«, sagte Don Julio. »Wenn Sie mich fragen, bedauere ich die Notwendigkeit dieser Entscheidung zutiefst. Aber ich fürchte, dass ich nun Lebewohl sagen muss.«

Der Bildschirm wurde schwarz. Foxworth starrte ihn ein paar Sekunden lang an, dann nahm er einen schweren Kristallaschenbecher von seinem Tisch und warf ihn gegen den Monitor. Er zersplitterte in einem Regen aus Glasscherben.

Und ob er es verstand! Schwache Lakaien waren sie, die nach Macht gierten. Menschen, denen seine Visionen fehlten, sein Sinn für das Schicksal. Zaghafte Kleingeister, die sich weigerten, Risiken einzugehen und damit die Vorherrschaft von AEON voranzutreiben. Sie würden noch herausfinden, welch furchtbaren Fehler sie begangen hatten. Wenn ein paar Rückschläge bereits genügten, um sie zum Verrat zu treiben, dann verdienten sie den Tod. Malcolm hatte für diesen Tag vorgesorgt. Sein Kopf hämmerte unter plötzlichen Schmerzen. Seine Hand begann zu zittern. Er stopfte sie in seine Tasche.

Dann aktivierte er die Gegensprechanlage auf seinem Tisch.

»Mandy, schick Dragonov herein. Und danach Morel.«

Ein paar Minuten später klopfte Foxworths neuer Sicherheitschef an den Türrahmen. Foxworth winkte ihn herein.

»Sie wollten mich sprechen, Sir?«

»Verstärken Sie die Sicherheitsvorkehrungen sofort auf Stufe Eins. Es wird Mordanschläge auf mich geben.«

»Jawohl, Sir.«

»Ich habe einen schwierigen Auftrag für Sie. Dafür wird es nötig sein, dass Sie Ihre alten Kontakte aktivieren, und ich möchte, dass Sie sich persönlich darum kümmern. Es ist mit einem hohen Risiko verbunden.«

Valentin Dragonov war Stabsfeldwebel der bulgarischen Geheimpolizei gewesen, bevor Foxworth ihn rekrutierte. Er war intelligent und absolut skrupellos. Zu seinen Kontakten gehörten gesichtslose Männer, die noch immer geheime Vernehmungseinrichtungen in Osteuropa und der alten Sowjetunion leiteten. Dragonov mochte Frauen. Und er mochte Geld. Foxworth versorgte ihn mit beidem, in großzügigen Mengen. Der Bulgare war wie geschaffen für Foxworths Pläne.

Foxworth zog einen Aktenordner aus seinem Schreibtisch und reichte ihn dem Mann. Der Ordner enthielt Fotografien, Namen und Adressen der anderen Mitglieder des inneren Zirkels von AEON. Nach dem Tod von Ogorov waren noch sieben übrig.

»Öffnen Sie die Akte.«

Dragonov folgte der Aufforderung. Die erste Seite zeigte ein Bild von Don Julio Silva und listete seine bekannten Aufenthaltsorte, Gewohnheiten und Sicherheitsschwachstellen auf.

»Diese Männer müssen eliminiert werden. Ich nehme an, dass Sie dafür Vorbereitungen treffen müssen, aber Zeit stellt hierbei einen entscheidenden Faktor dar. Sie müssen schnell sein. Jeder dieser Männer ist gewarnt und wird schwer bewacht werden. Planen Sie also entsprechend. Haben Sie verstanden?«

»Das sind hochkarätige Zielpersonen«, sagte Dragonov. »Ich werde ein paar Leute rekrutieren müssen. Und ich werde entsprechende Ausrüstung brauchen. Das wird teuer werden.«

»Besorgen Sie sich alles, was Sie brauchen. Sie bekommen einen Blankoscheck von mir. Heuern Sie an, wen Sie wollen. Sorgen Sie nur dafür, dass keinerlei Spuren zu mir zurückführen.«

Foxworth nahm mehrere Bündel violetter Fünfhundert-Euro-Scheine aus seiner Schublade und schob sie über den Tisch. Dragonov musterte das Geld.

»Das ist Taschengeld für Ihre persönlichen Auslagen. Sagen Sie mir Bescheid, wenn Sie mehr benötigen. Für jeden Erfolg erhalten Sie zweihunderttausend Euro. Wenn alle sieben Aufträge ausgeführt wurden, erhalten sie eine weitere Million auf ein Schweizer Bankkonto. Ich denke, das sollte ausreichend sein.« Der große Mann nickte.

»Gut. Enttäuschen Sie mich nicht.«

Er musste nicht mehr sagen. Immerhin war es Dragonov gewesen, der die Leiche seines Vorgängers aus der Bibliothek in Italien gezogen hatte.

Der Bulgare sammelte das Geld ein. »Ich werde Sie nicht enttäuschen.«

»Das wäre alles.«

Dragonov verließ den Raum. Nun, da er sich um Silva und die anderen gekümmert hatte, überlegte Foxworth, was er gegen Elizabeth Harker und das *Project* unternehmen sollte. Sie musste dauerhaft entfernt werden. Er wog verschiedene Möglichkeiten und deren Konsequenzen ab. Das *Project* war nicht Langley oder die NSA, ihre Sicherheitsmaßnahmen aber ähnlich ernstzunehmend.

Aber es gab da noch ein Ass, welches er sich für einen besonderen Anlass aufgespart hatte. Foxworth war der Ansicht, dass die Zeit gekommen war, es auszuspielen. Wenn er es richtig anstellte, würde es nur wenige Konsequenzen zur Folge haben. Niemand würde die Tat zu ihm zurückverfolgen können. Er stellte sich das Resultat vor, sah es in Gedanken bereits vor sich. Es war möglich. Er lächelte in sich hinein.

Mit seinem Koffer voller Magie betrat Morel das Büro.

Es würde also doch noch ein guter Tag werden.

Kapitel 65

Zweiundzwanzig Kilometer von der Küste Virginias entfernt pflügte ein Frachter unter panamaischer Flagge durch die aufgewühlte See. Die *Consuela* war bisher einmal von der US-Küstenwache angehalten worden, eine ergebnislose Routineinspektion. Ihre Papiere waren in Ordnung. Sie war von Vera Crux auf dem Weg nach Norfolk, voller Frachtcontainer mit Möbeln für eine amerikanische Handelskette, die sich auf Produkte aus Dritte-Welt-Ländern spezialisiert hatte.

Die Küstenwache hatte zwei der Container öffnen lassen und ihre Drogenspürhunde an Bord gebracht. Der Kapitän des Frachters hatte ihnen freundlich nachgewunken, als sie zu ihrem Patrouillenboot zurückgekehrt waren und sich dann nach Süden gewandt hatten.

Kapitän Krushenko war eine von Foxworths nützlichen Entdeckungen gewesen. Bevor er die russische Marine verlassen hatte, kommandierte er ein Raketenschiff der Ovod-Klasse. Die Ovod-Klasse verfügte über sechs P-15-Termit-Marschflugkörper, unzuverlässige Waffen mit barometrischen Altimetern und einem launischen Lenksystem. Die Termits waren Unterschallraketen, die Geschwindigkeiten von knapp 1000 km/h erreichten.

Von diesen besaß Krushenko keine mehr. Er verfügte stattdessen nur über eine einzige Rakete, eine chinesische CJ-10. Im Gegensatz zu der Termit war die CJ-10 überschallfähig und imstande, zweieinhalb mal schneller als der Schall zu fliegen. Sie lag am Boden eines der langen Frachtcontainer, verborgen hinter Kisten mit hölzernen Tellern und Salatschüsseln.

Die CJ-10 konnte entweder mit einem nuklearen Sprengkörper oder herkömmlichen Explosivstoffen bestückt werden. Diese spezielle Ausgabe war mit einer sehr großzügigen Menge eines neuen Hochleistungssprengstoffs ausgestattet, mehr als doppelt so leistungsstark wie herkömmliche Typen. Die Rakete nutzte ein akkurates inertiales Zielsystem und war nur schwer zu entdecken. Sie raste mit über 3000 km/h über das Gelände, bis sie ihr Ziel erreichte und zerstörte. Einmal abgeschossen, war die CJ-10 ein tödlicher, nur zu einem Zweck geschaffener selbstmörderischer Roboter.

Die Entfernung der *Consuela* zu ihrem Ziel betrug etwa zweihundertsiebzig Kilometer. Krushenko schätzte die Zeit zwischen Abschuss und Einschlag auf weniger als zwölf Minuten. Wenn der Küstenschutz sie bemerkte, würde es bereits zu spät sein. Das war das Wundervolle an Marschflugkörpern. Sie flogen dicht über dem Boden und damit unter dem Radar, unauffällig und sehr schnell. Raketenabwehrsysteme wie das amerikanische AEGIS-System benötigten eine gewisse Vorlaufzeit, um effektiv zu sein. Die Rakete würde jedoch bereits im Landesinneren angelangt sein, bevor sie sie überhaupt entdecken würden. Ihnen würde keine Zeit mehr bleiben, sie abzufangen.

Krushenko wusste nicht, wieso ausgerechnet dieses Ziel ausgewählt worden war, aber er war auch nicht besonders neugierig. Er machte einfach nur seine Arbeit. Auf diese Weise standen seine Chancen sehr viel besser, nach dem Abschuss der Rakete irgendwo unbehelligt an Land gehen zu können. Das Risiko machte das Spiel nur noch aufregender. Und er war mit einer außergewöhnlich hohen Summe mehr als angemessen bezahlt worden.

Die Seitenwände und die Oberseite des falschen Frachtcontainers waren entfernt worden und gaben nun den Blick auf die Rakete, die Abschussvorrichtung und die zur Tarnung um sie herumdrapierten Holzkisten frei. Mit einer Fernbedienung aktivierte Krushenko die Abschussvorrichtung. Der Flugkörper wurde angehoben, begab sich in Startposition.

Die Rakete verfügte über ein Kaltstartsystem. Dabei wurde unter Druck stehender Stickstoff eingesetzt, um die Rakete in die Luft zu befördern, was ein komplexes Belüftungssystem, wie es für konventionelle Startsysteme nötig war, überflüssig machte. Das war auch der Grund, warum die CJ-10 in einem Container verborgen war und von Deck aus abgeschossen werden konnte. Befand sich die Rakete erst einmal in der Luft, würde die Festbrennstoffeinheit zünden und das Geschoss auf die Reise schicken. Das elektronische Gehirn in ihrem Inneren war bereits mit den Zielkoordinaten programmiert worden.

Krushenko schlenderte gemächlich zur Reling des Frachters und ließ eine Seeleiter zu einem schnellen Motorboot hinab, das ihn an Land und in Sicherheit bringen würde. Seine Notmannschaft wartete bereits in dem Boot auf ihn. Das Motorboot entfernte sich. Krushenko sah dem verlassenen Schiff hinterher, welches unbeirrt weiter Kurs auf Norfolk nahm. Als er der Ansicht war, sich weit genug in Sicherheit gebracht zu haben, zog er die Fernbedienung hervor und betätigte den ersten von zwei Schaltern.

Mit einem Zischen entwich der unter Druck stehende Stickstoff und schoss die Rakete ab. Sie stieg wie ein uraltes, mythisches Seemonster in die Luft. Der Antrieb zündete. Die Rakete beschleunigte, durchbrach mit einem Donnern die Schallmauer und verschwand am Horizont.

Krushenko legte den zweiten Schalter um. Explosionen erschütterten den Rumpf der *Consuela*. Das Schiff stieg aus dem Wasser, dann sank es wieder hinab, seiner Schwimmfähigkeit beraubt. Der Ozean schwappte über ihr Deck. Wenig später war die wild brodelnde Gischt auf der Wasseroberfläche der einzige Hinweis darauf, dass das Schiff jemals existiert hatte.

Die Rakete war verschwunden. Das Schiff ebenfalls. Und auch das Zielobjekt würde in kürzester Zeit verschwunden sein. Das Motorboot hielt auf die Küste zu. Krushenko zündete sich eine Zigarette an und tippte eine Nummer in sein Satellitentelefon.

In London meldete sich Foxworth. »Ja?«

»Auftrag ausgeführt.«

»Gut. Sagen Sie, Kapitän Krushenko, sind Sie ein religiöser Mann?«

Krushenko sah auf sein Telefon hinab. Was für eine seltsame Frage war das? Er bekam ein mulmiges Gefühl.

»Nein. Wieso fragen Sie?«

»Nur so.«

Foxworth drückte auf einen Knopf. Das Signal wurde über den gleichen Satelliten wie Krushenkos verschlüsselte Transmission und von da aus an ein anderes Mobiltelefon verschickt, welches sich im Laderaum des Motorbootes befand, angeschlossen an drei Pakete Semtex. Eine Sekunde später löste sich das Motorboot in einer Eruption aus Flammen und Trümmern auf. Das Geräusch der Explosion hallte über das Meer.

Foxworth lauschte der plötzlichen Stille und schaltete sein Telefon aus. Er erinnerte sich an die Worte von Benjamin Franklin. *Drei Menschen können ein Geheimnis bewahren, wenn zwei von ihnen tot sind.* Franklin musste ein sehr weiser Mann gewesen sein.

Es war nicht leicht gewesen, das alles zu arrangieren. Aber mit genügend Geld war alles möglich.

Kapitel 66

Es war ein warmer Spätsommertag, für Anfang November beinahe zu warm. Elizabeth, Selena und Stephanie aßen in dem überdachten Garten auf der Rückseite des *Project*-Gebäudes zu Mittag. Sie saßen in der äußersten Ecke in der Sonne, weit von dem Gebäude entfernt. Eine Gruppe von sechs Analytikern saß sich unterhaltend und lachend an einem der Tische vor den Türen, die ins Gebäude führten.

Der Garten war sechzig Meter lang und von hohen, sandfarbenen Betonmauern umgeben. An der hinteren Wand befand sich eine Tür mit einem Notausgangschild darüber. Niemand hatte sie je benutzen müssen. Die Mauern speicherten im Winter die Wärme der Sonne und spendeten im Sommer Kühle und Schatten. Von den Mitarbeitern des *Projects* wurde der Garten gern genutzt, als Lieblingsort für eine schnelle Zigarette oder eine Kaffeepause. Kieswege mäanderten durch dekorative Blumenbeete und unter großen Schattenbäumen hindurch. Zu dieser Jahreszeit hatten sie jedoch bereits ihr gesamtes Laub verloren. Auch die Blumen waren verschwunden, bis auf ein paar wenige violette Chrysanthemen.

In der Mitte des Gartens trafen die Wege an einem niedrigen Springbrunnen in der Form eines glatten, grauen Felsbrockens aufeinander. Wasser floss über künstlerisch angeordnete Steine und plätscherte wie ein Gebirgsbach. Das Geräusch ließ Elizabeth an andere Orte denken, andere Zeiten. Wenn sie die Augen schloss, sah sie den Fluss vor sich, der hinter dem Haus ihrer Kindheit in Colorado entlang floss.

Nick und Ronnie kamen mit Tabletts in den Händen aus dem Gebäude und hielten auf sie zu. Nick hatte die Schlinge abgelegt, musste wegen der Nähte aber noch vorsichtig sein. Er sah zu Selena und spürte, wie sich etwas in ihm zusammenzog.

Lamont weilte in einem Krankenhaus in der Stadt. Seine Mutter war wieder krank geworden.

Ronnie und Nick hatten den Garten beinahe durchquert, als etwas kreischend aus dem Himmel stürzte und vor dem Gebäude explodierte. Die Druckwelle erfasste sie und schleuderte sie zur Seite. Die Luft füllte sich mit fliegenden Trümmern. Betonbrocken schlugen in die Erde und prallten gegen die Mauern des Gartens. Teile des Gebäudes regneten vom Himmel.

Später erschien es ihnen, als wäre die Zeit stehengeblieben und sämtliche Geräusche verebbt.

Nick konnte sich keinen Reim darauf machen, was passiert war. Er lag auf dem Kiesbett. Kleine Steine hatten sich in sein Gesicht gebohrt. Die Nähte an seinem Rücken waren wieder aufgerissen und bluteten. Er konnte nichts hören. Er versuchte zu verstehen, was er hier eigentlich tat. Ronnie lag sechs Meter von ihm entfernt und rührte sich nicht. Alles war von einer dicken weißen Staubwolke umgeben.

Langsam kehrte sein Gehör zurück. Mit ihm drang das Geräusch lodernder Flammen und zusammenstürzender

Trümmer in dem Gebäude zu ihm. Nick versuchte sich auf die Knie zu stemmen und schlug sich dabei irgendwo den Kopf an. Ein schartiger Speer aus Stahl hatte sich in einen Baum neben ihm gebohrt. Er sah Selena auf den Knien, gebeugt über jemanden, der am Boden lag. Eine Hälfte ihres Gesichts war blutverschmiert. Direktorin Harker lag auf der Seite, mit dem Rücken gegen die Gartenmauer gelehnt. Ihr schwarzer Rock war ihr bis über ihre Knie gerutscht.

Nick rappelte sich auf und sah zum Hauptquartier des *Projects* zurück. Schwarzer Rauch und orangefarbene Flammen stiegen aus dem Gebäude und in den strahlendblauen Himmel Virginias empor. Die Rückwand lag in Trümmern. Das Dach war verschwunden. Er erinnerte sich, dass nahe dem Eingang Menschen gesessen und gegessen hatten. Sie waren unter den Überresten der Mauer begraben worden. Zwischen Betontrümmern und verbogenen Trägern sah er das Bein einer Frau hervorragen.

Er taumelte zu der Stelle, an der Ronnie bewusstlos lag. Sein Hinterkopf war blutverschmiert. Nick drehte ihn herum und schob erst das eine, dann das andere Augenlid nach oben. Eine Pupille war groß, die andere klein. Eine schlimme Gehirnerschütterung, vielleicht auch etwas Ernsteres. Er zog seine Jacke aus und wickelte sie zu einem Kissen zusammen.

Noch einmal betrachtete er das Ausmaß der Verwüstung. Er wischte sich über die Stirn und hatte Blut an den Händen. Sein Kopf schmerzte. Ronnies Augen flatterten und öffneten sich.

»Was …?«

»Ganz ruhig, Amigo. Es wird alles gut. Nicht bewegen.« Behutsam schob er das behelfsmäßige Kissen unter Ronnies Kopf.

»Ich hab Kopfschmerzen.«

»Ich weiß.«

»Was ist passiert?« Er sprach undeutlich.

»Eine Bombe. Bleib liegen und beweg dich nicht. Ich werde nach den anderen sehen.«

Ronnie schloss die Augen.

Nick lief zu der Stelle, an der Selena über Stephanie gebeugt kniete. Selenas Kleidung war zerrissen und mit Dreck und Staub bedeckt. In ihrer Kopfhaut klaffte eine Wunde, deren Blut über ihr Gesicht geronnen war.

»Geht es dir gut?«

»Ja. Aber Steph nicht.«

»Scheiße.«

Weißlicher Knochen ragte aus Stephs Unterarm. Um sie herum war eine Menge Blut.

»Sie ist bewusstlos. Nick, was sollen wir tun?«

»Achte darauf, sie ruhig zu halten, falls sie aufwachen sollte. Gib mir deine Jacke.«

Selena trug eine dünne Kostümjacke aus Seide. Sie zog sie aus. Er sah, wie sie dabei zusammenzuckte.

»Sicher, dass mit dir alles in Ordnung ist?«

»Mir geht es gut, ich hab nur ein paar Prellungen. Hier.« Sie reichte ihm die Jacke.

Er riss einen langen Streifen davon ab.

»Halte ihren Kopf.«

Nick hob Steph etwas vom Boden an, während Selena ihren Kopf festhielt. Er wickelte ihr den Streifen Seide um den Körper und zog dann damit ihren Unterarm fest an ihre Brust heran. Sie stöhnte.

»Sie wacht auf. Halte sie fest.«

Elizabeth kniete sich neben sie. »Ich helfe Ihnen.« Sie hustete, ein harter, rasselnder Husten.

Nick wickelte einen weiteren Streifen um Stephs Unterarm, knapp unter ihrem Ellbogen, und zog ihn fest zu. Die Blutung ließ nach. Die Flammen verursachten ein unablässiges tosendes Geräusch und sogen den Sauerstoff aus der Luft. Die Hitze des Feuers war enorm.

»Lasst sie uns von hier wegbringen. Jeder nimmt ein Bein.«

Die drei trugen Stephanie aus der Tür in der Rückseite der Mauer und legten sie dort ab.

»Bleib bei ihr. Ich hole Ronnie. Weiter können wir nichts tun.«

Das, was von dem Hauptquartier des *Projects* noch übrig war, glich einem Inferno. Nick half Ronnie auf die Beine. Halb lief er, halb ließ er sich zu Harker schleppen, die die Brandschutztür für sie aufhielt. Aus der Ferne näherten sich Sirenen. Er legte Ronnie neben Stephanie ab und machte sich dann auf den Weg zu dem Parkplatz, wo die Krankenwagen halten würden.

Dann erst spürte er die Wut in sich hochkochen.

Kapitel 67

Sie trafen sich noch am selben Abend in Selenas Wohnung. Stephanie und Ronnie lagen im Bethesda-Krankenhaus. Selenas tiefe Wunde an ihrem Kopf war bereits verarztet worden. Vier Stiche waren notwendig gewesen, um den Schnitt an Nicks Stirn zu schließen, und einige mehr, um seine Schulter wieder zu vernähen. Sein Arm hing wieder in der Schlinge. Elizabeth hatte mehrere Schnittverletzungen und gebrochene Rippen davongetragen.

Sie saßen an der Küchentheke aus Granit, die den Wohnbereich von der Küche abtrennte, und tranken Kaffee. Selena hatte ein Tablett mit kleinen Stückchen einer dunklen Schokolade dazugestellt.

»Schokolade?«, fragte Nick.

»Das hilft«, sagte sie. »Na los, probier mal.« Sie nahm sich ein Stück.

»Alle wurden getötet«, sagte Elizabeth. »Einfach alle.«

Sie schwiegen. Dann erklärte Elizabeth: »Es war ein Marschflugkörper. Das Pentagon glaubt, dass er von einem Frachter vor der Küste gestartet wurde.«

»Ein Frachter? Wie will man denn eine Rakete von einem Frachter abfeuern?« Nick hielt eine Tasse Kaffee in seiner linken Hand. Heiß. Schwarz. Das half ihm nachzudenken.

»Offenbar war sie in einem Frachtcontainer verborgen. Die Satelliten hätten sie sonst aufgespürt. Unter

Verwendung der Kaltstarttechnologie brauchten sie auch keine belüftete Startplattform dafür. Die Rakete flog mit Überschallgeschwindigkeit. Als sie unsere Leute bemerkten, war sie bereits zu nah. Sie konnten nicht mehr rechtzeitig etwas in die Luft bringen, um sie aufzuhalten. Bisher gibt es keine Hinweise auf weitere Bedrohungen, aber Rice hat vorsichtshalber DEFCON III ausrufen lassen.«

»Kaltstart und Überschall. Das ist Kriegsgerät der Regierung. Hat sich schon jemand zu dem Anschlag bekannt?«

»Sogar mehrere. In Langley und im Pentagon arbeiten sie bereits auf Hochtouren an der Sache und versuchen herauszufinden, wer wirklich dahintersteckt.«

»Wie wird das Weiße Haus den Vorfall behandeln? Einen Anschlag wie diesen kann man nicht einfach vertuschen. Sie werden durchsickern lassen müssen, dass eine Rakete unseren Verteidigungsschirm passieren konnte.«

»Soweit es die Öffentlichkeit anbelangt, handelte es sich bei unserem Hauptquartier um eine High-Tech-Forschungseinrichtung. Die offizielle Geschichte wird lauten, dass ein geplanter Terroranschlag schiefgelaufen ist und eine Rakete, die eigentlich das Weiße Haus hätte treffen sollen, stattdessen versehentlich hier in Virginia einschlug. Ein Fehler in den Zielkoordinaten. Der einzige Vorteil ist, dass damit Rices Wiederwahl gesichert sein dürfte.«

»Aber wieso wir? Wieso haben die nicht einfach das Weiße Haus ins Visier genommen?«

»Das Weiße Haus verfügt über AEGIS-Verteidigungsanlagen, aber Sie haben recht, vielleicht wäre eine Rakete hindurchgekommen. Deshalb ist das genau die entscheidende

Frage. Bei hochgradigen Zielen wie dem Weißen Haus, dem Capitol Hill oder dem Pentagon – wieso ausgerechnet uns angreifen?«

»Lasst uns Vermutungen anstellen«, schlug Selena vor. »Für gewöhnlich funktioniert das, auch wenn ich nicht so genau weiß, warum.«

»Okay«, antwortete Nick. »Beginnen wir mit den Fakten. Irgendjemand hat einen Marschflugkörper abgeschossen und diesen auf unser Hauptquartier gerichtet. Es kann kein Versehen gewesen sein, dass die Rakete uns traf. Eine so fortschrittliche Technik wird über eine interne Programmierung verfügen, die ihr Geld wert ist.«

Alle nickten zustimmend.

»Dann lautet die erste Annahme, dass es jemand auf uns abgesehen hat. Was können wir weiterhin annehmen, außer dem Umstand, dass wir irgendjemanden gehörig auf den Schlips getreten sein müssen?«

»Nummer zwei wäre, dass es jemand sein muss, der über sehr viel Geld und die nötigen Kontakte verfügt«, überlegte Elizabeth weiter. »Raketen sind teuer und man kann sie nicht einfach über einen Katalog bestellen. Es sei denn, man arbeitet für die Regierung.«

»Ich glaube nicht, dass eine Regierung dahintersteckt«, sagte Selena. »Wir sind nicht wichtig genug, um einen Krieg mit den Vereinigten Staaten zu riskieren, indem man eine Rakete auf uns abschießt. Das ist zu viel des Guten. Es wäre Wahnsinn, so etwas zu tun.«

»Also suchen wir nach jemandem, der stinksauer auf uns sein muss, genügend Geld und Verbindungen besitzt und zudem wahnsinnig ist. Na, jemand eine Idee?« Lamont rieb sich mit einem Knöchel an der Nase.

»Foxworth«, sagte Elizabeth. »Adam sagte, er würde an einem Gehirntumor leiden.«

»Dieses Dreckschwein«, murmelte Nick tonlos. »Er muss es sein. Haben sie den Frachter gefunden? Der Kapitän könnte uns vielleicht etwas verraten.«

»Das ist die andere Sache. Die Unterwassersensoren vor der Küste registrierten eine seismische Anomalie, an genau der Stelle, von der die Rakete abgeschossen wurde. Eine Art Explosion. Die Küstenwache sucht bereits nach dem Schiff, aber sie haben in dem Gebiet noch nichts gefunden außer einem Ölteppich und etwas Treibgut.«

»Sie haben ihn versenkt. Er liegt auf dem Grund des Ozeans.«

»Dasselbe würde ich auch tun«, pflichtete ihm Elizabeth bei. »Ich denke, hier geht noch weitaus mehr vor sich. Erinnert Ihr euch, dass Adam uns vor ein paar Monaten verriet, dass Henri de Maupassant zu AEON gehört?«

»Der französische Finanzminister? Er stand auf der Liste aus Foxworths Villa.«

»Maupassant erlitt gestern Nacht in einem seiner Lieblingsrestaurants in Paris einen Herzanfall. Er ist tot. Ein Kellner berichtete, dass ihn jemand anrempelte, als er hereinkam. Eine Minute später fiel er um.«

»Das klingt nach KGB«, sagte Lamont. »Die waren für so etwas berühmt. Erinnert Ihr euch an den Typen, den sie mit Plutonium umbrachten?«

»Der KGB ist Geschichte.«

»Aber unvergessen. Es gibt noch genügend ehemalige Mitarbeiter da draußen, die Arbeit suchen.«

»Wieso sollte jemand Maupassant umbringen wollen?«, fragte Nick.

Elizabeth hob ihre Kaffeetasse, dann setzte sie sie wieder ab. Stattdessen nahm sie sich ein Stück Schokolade. »Ich denke, es ist ein Machtkampf bei AEON. Vor zwei Tagen gab es bereits einen anderen Todesfall, Julio Silva in Brasilien. Ihm gehörte einer der größten Energiekonzerne der Welt. Ein Big Player.«

»Sie glauben, Silva gehörte zu AEON?« Selena berührte den Verband um ihren Kopf. Die Nähte juckten.

»Ich denke, er gehörte dazu. Silva wurde hingerichtet. Ein Scharfschütze erwischte ihn, als er gerade in seine gepanzerte Limousine steigen wollte. Seine Leibwächter und sein Fahrzeug nützen ihm in dem Moment nicht viel.«

»Foxworth macht Jagd auf seine Gegner, uns eingeschlossen.« Nick stand auf und goss sich noch etwas Kaffee ein. Lamont hielt ihm seine Tasse hin. Nick wollte ihm aus der Kanne nachschenken und spürte, wie sich in seinem Rücken etwas verkrampfte. Er verschüttete etwas Kaffee.

»Verdammt.«

»Alles okay, Nick?«

»Ja.« Er stellte die Kanne ab. »Nur ein Zucken. Ich werde im Fitnessstudio daran arbeiten. Das wird wieder.«

»Dann sind wir uns also einig?«, fragte Elizabeth in die Runde. »Wir gehen davon aus, dass Foxworth dahintersteckt?«

»Ja«, erwiderte Nick. Lamont und Selena nickten.

»Wir werden ihn uns holen. Zuerst aber brauchen wir einen Platz, an dem wir übergangsweise arbeiten können. DCI Hood hat uns Büros in Langley angeboten. Rice hingegen schlägt das Pentagon vor.«

»Können wir per Fernzugriff die Mainframes der NSA und der CIA sicher abrufen?«, erkundigte sich Selena.

»Ja.«

»Wieso arbeiten wir dann nicht von hier aus? Steph wird morgen entlassen. Hier ist genügend Platz, sogar ein Schlafplatz, falls jemand einen braucht, und ausreichend Sicherheit. Wir haben zwei große Fernseher, die wir als Monitore verwenden können. Wir können alles herbringen, was wir brauchen. Damit bleiben wir unentdeckt.«

Elizabeth schwieg für einen Moment. »Das ist eine gute Idee«, sagte sie dann.

Sofort begannen sie mit der Arbeit.

Kapitel 68

Valentin Dragonov war zufrieden, wie die Dinge liefen. Zwei Tote. Der Franzose war ein Kinderspiel gewesen. Manchmal waren die alten Methoden eben die besten. Ein simpler Nadelstich, ein schnell wirkendes Gift, und das Problem war gelöst.

Silva hatte sich als schwieriger erwiesen, aber jeder Mensch besaß gewisse Routinen, die ihm zum Nachteil gereichen konnten. Silva war klug genug gewesen, diese zu variieren. Dragonov musste ihm zugestehen, dass das genügt hätte, um die meisten Feinde abzuschütteln, aber er war nicht wie die meisten Feinde. Silvas Untergang wurde von einem niederen Angestellten mit einem Groll gegen ihn und beträchtlichen Geldsorgen besiegelt. Bereitwillig hatte er ihm Silvas Fahrtwege zugänglich gemacht.

Wie versprochen hatte Foxworth zwei Bonuszahlungen von je zweihunderttausend Euro auf ein Nummernkonto in Zürich angewiesen. Valentin grübelte bereits über seine nächste Zielperson nach, einen Bankier aus Hongkong mit engen Verbindungen nach Beijing. Die Logistik war schwierig.

Dragonov hatte sich eine Suite im luxuriösen Upper House Hotel gemietet, mit Blick auf den Victoria Harbor. Der Service dort war der beste in ganz Hongkong und das Essen im Hotelrestaurant exzellent – in einer Stadt, die ohnehin für ihr kulinarisches Angebot berühmt war.

Die Suite kostete neunhundert Dollar am Tag. Dragonov sah keinen Grund, zu Foxworths Gunsten auf gewisse Annehmlichkeiten zu verzichten.

Die Mädchen des Escort-Service, die er sich auf sein Zimmer bestellt hatte, würden jeden Moment eintreffen. Dragonov freute sich auf eine Nacht voller zahlreicher und vielfältiger Vergnügungen. Ein diskretes Klopfen an der Tür erklang. Dragonov sah auf die Uhr. Auf die Minute genau. Er durchquerte das Zimmer und öffnete die Tür.

Die beiden großen Chinesen bewegten sich so schnell, dass Dragonov keine Zeit blieb, um zu reagieren. Sie waren stark, mit eisernem Griff. Die Pistole, die sich in seine Rippen bohrte, machte jeden Widerstand zwecklos.

»Setzen«, befahl einer der Männer. Er stieß Dragonov auf eine Couch.

Ein dritter Mann betrat sein Zimmer und schloss hinter sich die Tür. Dragonov erkannte ihn. Es war sein drittes Zielobjekt.

Ich bin erledigt, schoss es ihm durch den Kopf.

Der Mann war schlank und nicht sehr groß. Graue Strähnen durchzogen sein Haar. An seinem linken Handgelenk trug er eine goldene Rolex, dazu einen dunkelblauen Anzug aus Hongkong-Seide und eine rote Krawatte. Augen mit schweren Lidern musterten Dragonov durch eine Brille mit getönten Gläsern. Auf eine Geste hin brachte ihm einer der großen Männer einen Stuhl und stellte ihn direkt vor dem Bulgaren ab. Der Chinese setzte sich.

»Sie wissen, wer ich bin«, sagte er. Das war keine Frage.

Dragonov leckte sich über die Lippen, die sich plötzlich sehr trocken anfühlten. Es abzustreiten würde ihm nicht helfen. »Ja.«

»Gut. Dann wissen Sie auch, dass ich ein ernsthafter Mann bin.«

Dragonov schwieg.

»Habe ich recht, Mister Dragonov? Bin ich ein ernsthafter Mann?«

»Ja.«

»Ja *was*?«

»Ja, Sir.«

»Meine Berater sind der Meinung, dass ich Sie einfach eliminieren sollte. Ich nehme aber an, dass Ihnen das nicht gefallen würde.«

Gelassen wartete er auf Dragonovs Antwort.

»Nein, Sir, das würde es nicht.«

»Wie viel hat Foxworth Ihnen bezahlt?«

Dragonov verriet es ihm.

Der Mann lächelte. »Es ist immer von Vorteil zu wissen, welchen Wert man in den Augen seiner Gegner besitzt. Wie viel sind Sie wert, Mister Dragonov?«

»Ich verstehe nicht ganz, Sir.«

»Ich mache Ihnen ein Angebot. Sie haben sich als überaus einfallsreich erwiesen. Am Ende geht es hier nur ums Geschäft. Sie werden für mich arbeiten. Nehmen Sie mein Angebot an, werde ich Ihnen gestatten, weiterzuleben. Ihr Auftrag wird mit einer weiteren Zielperson erfüllt sein und Sie werden mit der gesamten vorher vereinbarten Summe entlohnt werden. Können Sie sich vielleicht vorstellen, wer Ihre nächste Zielperson sein wird?«

Dragonov gestattete sich, Luft zu holen. Erst jetzt hielt er es zumindest für möglich, dieses Treffen lebend zu überstehen. »Ja, Sir. Malcolm Foxworth.«

»Gut. Wie ich sehe, habe ich Sie richtig eingeschätzt. Und können Sie sich vorstellen, was passieren wird, wenn Sie etwas Dummes tun? Beispielsweise, indem Sie Malcolm von diesem Treffen berichten?«

Dragonov nickte. »Ja, Sir.«

»Nein, das können Sie nicht. Sie haben nicht einmal eine blasse Ahnung davon. Haben Sie das verstanden?«

Valentin Dragonov kannte vielerlei Arten, dem menschlichen Körper Schmerzen zuzufügen. Er wusste, dass man über Tage hinweg qualvollste Schmerzen erleiden konnte, bevor man starb. Und Dragonov kannte Angst. Wenn er dem Chinesen in die Augen blickte, spürte er eine Angst, wie er sie noch nie zuvor in seinem Leben gespürt hatte.

Der Mann sah ihn an und lächelte. »Gut. Sie verstehen es.« Er tätschelte seinem neuen Angestellten das Knie und stand auf. »Sie haben eine gute Entscheidung getroffen. Ich warte auf Neuigkeiten, Mister Dragonov. Warten Sie nicht zu lange damit.«

Er schritt zur Tür. Seine beiden Leibwächter waren vorausgegangen, einer von ihnen hielt ihm die Tür auf. Dort angekommen drehte sich der Chinese noch einmal um.

»Die Damen werden gleich hier sein«, sagte er. »Vielleicht wollen Sie sich vorher noch umziehen.«

Die Tür schloss sich hinter ihnen. Dragonov sah auf den Fleck hinunter, der sich langsam auf seiner Hose ausbreitete.

Kapitel 69

Mandy Atherton trug ein maßgeschneidertes graues Business-Kostüm aus italienischer Seide, welches ihren perfekten, schlanken Körper betonte. Ein goldenes Armband besetzt mit Saphiren schmückte ihr linkes Handgelenk. Mandy mochte Saphire. Sie sah auf, als Foxworths Sicherheitschef den Raum betrat.

»Er erwartet Sie nicht«, sagte sie. »Ich dachte, Sie hätten die Stadt verlassen.«

Sie musterte den Mann. Etwas grobschlächtig, aber Healy war auch keine Schönheit gewesen. Sie vermisste den Sex, den Reiz, es hinter Foxworths Rücken zu treiben. Während sie Dragonov betrachtete, spürte sie, wie er sie erregte. Er besaß große Hände, war kräftig gebaut. Sie fragte sich, ob der Rest von ihm ebenfalls diesem Bild entsprach. Davon abgesehen war sie noch nie mit einem Bulgaren zusammen gewesen. Glaubte sie zumindest.

»Sie brauchen mich nicht ankündigen«, sagte er, lief zu ihr, beugte sich zu ihr hinunter und roch an ihrem Haar. »Welches Parfüm tragen Sie?«

»Mögen Sie es?«

»Sehr sogar.« Er legte ihr seine große Hand in den Nacken und schloss seine Finger fest um ihre Kehle. Sie erschauderte. Für einen Moment bekam sie es mit der Angst. Dragonov hatte etwas an sich, eine Art unbändiger Gefahr, die wie Hitzewellen von ihm ausging. Sie spürte, wie sie feucht zwischen ihren Schenkeln wurde. Er hielt inne, als würde er über etwas nachdenken, dann zog er seine Hand sanft zurück.

»Verrate ihm nicht, dass ich gekommen bin, okay?«

»Okay.«

»Wenn ich hier fertig bin, gehen wir beide aus.«

»Okay.«

Mandy hatte noch nie zuvor so etwas gespürt. Sie war nicht die Art von Frau, die es einfach hinnahm, wenn ein Mann ihr befahl, was sie zu tun hatte. Auf irgendeine Weise war Dragonov anders.

»Malcolm will, dass ich ihn heute Abend auf einen Empfang begleite.«

»Das wird kein Problem sein.«

»Ich verstehe.«

»Wieso rauchst du nicht einfach eine Zigarette und kommst in zehn Minuten wieder?«

Sie sah ihm nach, wie er das Büro betrat. Hörte, wie Foxworth überrascht die Stimme erhob.

»Was machen Sie denn hier?«

Die Tür war schwer und schalldicht. Dragonov schloss sie hinter sich. Mandy kramte eine Zigarette und ein Feuerzeug aus ihrer Handtasche und eilte nach draußen.

Foxworth sah mürrisch von seinem Schreibtisch auf. Sein Kopf hämmerte. Morel verspätete sich. Seine Hand zitterte, als er nach einem Glas Wasser griff.

»Nun, was gibt es? Ich dachte, Sie wären in Hongkong?«

»Da war ich.«

»Und, ist er tot?«

»Nein.« Dragonov zog eine Pistole aus seiner Jacke.

»Ah, ich verstehe«, sagte Foxworth. »Wie viel hat er Ihnen geboten?«

»Mehr als Sie«, antwortete Dragonov.

»Sie enttäuschen mich, Dragonov. Geld spielt keine Rolle. Hier, ich habe weitere Fünfzigtausend für Sie.«

Er griff in seine Schreibtischschublade, zog seine Walther heraus und feuerte im gleichen Augenblick, als Dragonov ihm zwischen die Augen schoss. Foxworths Kopf schnellte zurück. Er rutschte von seinem Sessel. Dragonov umklammerte seine Brust und betrachtete danach seine Hand. Sie war voller Blut.

Er hat auf mich geschossen. Dieser Bastard hat auf mich geschossen.

Die Kraft wich aus seinen Beinen und er fiel zu Boden. Blut quoll zwischen seinen Fingern hervor.

Er hat auf mich geschossen.

Dann hüllte ihn Dunkelheit ein.

Kapitel 70

Nick legte das Telefon beiseite. Selena sah ihn an.

»Das war Harker. Foxworth ist tot.«

»Wie?«

»Sein Sicherheitschef hat ihn erschossen. Foxworths Assistentin war für eine Zigarette nach draußen gegangen. Als sie zurückkam, fand sie die beiden tot in seinem Büro.«

»Beide?«

»Foxworth hat ihn erschossen. Wie es aussieht, feuerten beide gleichzeitig aufeinander.«

Sie befanden sich in Nicks Apartment. Im Hintergrund spielte Miles Davis. Nick nahm eine Flasche Jameson und ein Glas aus der Vitrine über der Bar.

»Für mich auch einen«, sagte Selena.

Er nahm noch ein weiteres Glas heraus und trug die Flasche und die Gläser zu dem Tresen, an dem sie saß.

»Ich liebe dieses Album«, sagte Nick. »*Kind of Blue.* Davis, Cannonball Adderly, John Coltrane, Bill Evans. Künstler wie sie gibt es heutzutage nicht mehr.«

»Es ist eine andere Welt geworden.« Sie trank etwas. »Was wird Elizabeth deiner Meinung nach jetzt tun?«

»Du meinst in Bezug auf *Project?*«

»Ja. Wo wird das neue Hauptquartier sein?«

»Sie ist über die ganze Publicity nicht besonders glücklich. Vielleicht irgendwo außerhalb der Stadt.«

»Ich hätte nie gedacht, dass es einmal so weit kommen könnte.«

»Ich auch nicht.« Er sah sie an. »Was wirst du jetzt tun? Mit *Project?* Mit uns? Dir würde es niemand übelnehmen, wenn du dich wegen der Sache in Mexiko künftig aus Einsätzen heraushalten würdest. Oder uns ganz verlässt.«

Er sah auf seinen Drink hinunter, als er das sagte.

»Ich werde noch für einige Monate nicht einsatzfähig sein.« Sie dachte sorgfältig über ihre Worte nach. »Würde es dir jemand übelnehmen, wenn du angeschossen worden wärest und deshalb gehen würdest?«

»Wie meinst du das?«

»Es klingt so, als würden für mich andere Spielregeln gelten als für dich.«

»Das wollte ich damit nicht sagen.«

»Du hast meine Frage nicht beantwortet. Würde es dir jemand übelnehmen?«

»Bei mir ist das etwas anderes.«

»Siehst du? So denken du und Ronnie und Lamont.« Sie goss sich noch einen Drink ein.

Nick spürte, wie sich seine Schultern verspannten. Sie hatte recht mit dem, was sie sagte. Er *war* davon ausgegangen, dass es für sie anders sei.

»Das ist wichtig für mich«, sagte Selena. »Glaubst du, verwundet zu werden macht irgendeinen Unterschied? Glaubst du, es wäre eine Entschuldigung, wenn ich aufhörte?«

Er sah zu, wie das Eis in seinem Glas schmolz. »Ich weiß es nicht.«

Sie atmete tief durch. »Wir sind ein Team. Wenn ich hinschmeiße, lasse ich dich und Ronnie und Lamont im Stich. Und ich nehme es dir übel, dass du glaubst, ich wäre zu so etwas in der Lage.«

Er schwieg. Sie spielte mit ihrem Glas herum, drehte es auf der glatten Steinoberfläche herum.

»Ich muss zugeben, dass es mir eine Heidenangst eingejagt hat, so verwundet zu werden. Mehr noch als in Pakistan. Aber ich werde nicht aufhören.«

»Du wärst beinahe gestorben.«

»Bin ich aber nicht. Weil du mich gerettet hast. Dasselbe, was ich auch für dich tun würde.« Sie sah ihn an. Ihre Stimme verriet ihre Emotionen. »Das Team bedeutet mir viel. Es ist nicht nur die Arbeit, die wir tun. Es ist das Ganze. Wir verlassen uns aufeinander. Wir sind eine Familie. Wie könnte ich das aufgeben? Glaubst du wirklich, dass mir das nicht bewusst geworden ist, nach allem, was wir im letzten Jahr durchgemacht haben?«

Nick griff nach ihrer Hand. »Du hast recht. Es tut mir leid.«

»Okay. Aber ich möchte kein Wort mehr darüber hören, nicht wieder in den Einsatz gehen zu können.« Sie zog ihre Hand weg.

»Du hast auch meine Frage noch nicht beantwortet. Was wird aus uns?«

Er wartete. Sie schien mit sich zu ringen.

»Ich bin mir noch nicht sicher. Was glaubst du, wie ich mich fühlen würde, wenn du getötet worden wärest. Hast du jemals daran gedacht?«

Die Worte überraschten ihn.

»Nein. Daran habe ich nicht gedacht.«

»Nun, ich schon. Ich habe es schon einmal von mir weggeschoben. Aber Mexiko hat alles verändert. Es hat bewirkt, dass ich meine Ängste aus einem anderen Blickwinkel sehe. Nicht nur die Angst, dass ich sterben könnte, sondern auch du. Und dann wärst du beinahe nicht mehr aus Russland zurückgekehrt.«

»Aber ich kam zurück.«

»Dieses Mal. Aber was ist beim nächsten Mal?«

»Das ist das Risiko, das wir eingehen.«

»Ja, das stimmt. Aber das macht es nicht leichter.«

Sie stand auf.

»Ich denke, ich sollte besser gehen.«

»Wieso bleibst du nicht?«, fragte er.

»Es tut mir leid, Nick. Ich kann nicht, noch nicht. Gib mir einfach noch etwas mehr Zeit, mit allem klarzukommen.«

Sie schloss die Tür hinter sich.

Kapitel 71

Drei Tage später berief Harker ein Treffen in Selenas Apartment ein. Nick war zehn Minuten zu spät dran. Er trat aus dem Fahrstuhl und lief zu Selenas Wohnungstür. Seit der Nacht ihrer Unterhaltung hatte er sie nur zu den offiziellen Treffen gesehen. Er benutzte seinen Schlüssel und trat ein.

Die Tür öffnete sich zu einem breiten Flur, der in einen großen Raum auf der rechten Seite führte. Er lief bis ans Ende des Flurs und bog um die Ecke.

»Überraschung!«

Selena, Elizabeth, Ronnie, Stephanie und Lamont standen unter einem breiten roten Banner, auf dem HAPPY BIRTHDAY zu lesen war. Der ganze Raum war mit Ballons geschmückt. Der Esstisch war mit Speisen beladen. Sogar ein Kuchen mit Kerzen darauf wartete auf ihn.

Sprachlos stand er einfach nur da.

»Alles Gute zum Geburtstag, Nick.« Selena trat zu ihm und küsste ihn. »Ich liebe dich«, flüsterte sie ihm ins Ohr. »Keine Sorge, ich gehe nirgendwohin.« Sie küsste ihn noch einmal.

»Erwischt, Mann«, rief Lamont. »Wir haben dich tatsächlich überrascht. Alles Gute.«

»Und wieder ein Jahr weniger«, sagte Ronnie.

»Typisch Skorpion«, sagte Stephanie. »Kommt immer zur spät zur eigenen Party.«

Elizabeth lächelte. »Zum Glück. Wir hätten es sonst nicht geschafft, das ganze Essen aufzubauen.«

Alle lächelten ihn an. Sein Team. Seine Familie.

»Ihr seid …« Er sprach nicht weiter.

Am Ende war es genau das, was zählte. Wofür er kämpfte. Nicht für eine Flagge oder ein Land, sondern für die Menschen in seinem Leben. Nur das zählte.

Er sah zu Selena. Und mit einem Schlag fühlte sich das Leben wieder gut an.

– ENDE –

Anmerkungen des Autors

In meinen Geschichten vermische ich gerne Fantasie und Wirklichkeit.

Tellurische Felder gibt es wirklich, eine unerschöpfliche Energiequelle, die sich ohne Auswirkungen auf die Umwelt nutzen ließe. Nikola Tesla erfand den Wechselstrom, Turbinen ohne Rotorblätter und drahtlose Übertragungen. Er ließ sich Entwürfe für die Übertragung freier elektrischer Energie unter Nutzung der geomagnetischen Felder der Erde patentieren. Wir könnten heute diese freie Elektrizität nutzen, wenn J.P. Morgan Tesla nicht die Geldmittel entzogen hätte. Es ließe sich immer noch realisieren, was uns allen zu denken geben sollte.

Der *Mafra Codex* existiert nur in meiner Fantasie. Es gibt keine Bücher der Maya aus der Zeit zwischen 500 und 600 n.Chr. Der Nationalpalast von Mafra und die berühmte Bibliothek hingegen sind real, ebenso das riesige und weitläufige Abwassersystem darunter.

Zaslon existiert ebenfalls. Es setzt sich aus der Crème de la Crème russischer Spezialeinheiten zusammen, was sie zu einer sehr furchterregenden Einheit macht. Sie ist Teil des Department S des SVR, welcher ebenfalls existiert.

Auch die Kaltstarttechnologie gibt es in Wirklichkeit. Mit ihr ist es möglich, Raketen von einem Frachter aus abzufeuern, der direkt vor Ihrer Küste liegt. Hoffen wir, dass niemand ernsthaft auf diese Idee kommt. Eine Rakete, die von der Küste Virginias auf das Capitol abgefeuert würde, wäre beinahe unmöglich aufzuhalten.

Die Annahme, es gäbe verlorengegangene Pläne für eine Todesstrahlen-Apparatur basiert auf Fakten. Tesla führte tatsächlich ein kleines Gerät vor, das in einem Vakuum operierte und von der Presse als *Todesstrahlenkanone* bezeichnet wurde. Unter den ägyptischen Pyramiden existieren Kanäle, die früher einmal Wasser führten, bevor der Nil seine Laufrichtung veränderte. In der Cheops-Pyramide gibt es keinerlei Rußflecken von Fackeln an den Hieroglyphen tief in ihrem Inneren. Womit erzeugten die Erbauer der Pyramiden dann aber Licht? Wieso sind die inneren Wände der Pyramide so konstruiert, dass sie einen perfekten Nichtleiter abgeben würden? Wieso gibt es Illustrationen, die so etwas wie Glühbirnen zeigen? Und wieso halten es selbst angesehene Ägyptologen mittlerweile für möglich, dass die Cheops-Pyramide nicht einfach nur eine Begräbnisstätte darstellte? Wenn sie kein Grabmal war – was dann?

Tesla sah die Unausweichlichkeit eines Zweiten Weltkriegs und versuchte alles, den Regierungen der USA und Großbritanniens seine Idee für eine Superwaffe zu verkaufen. Doch sowohl Franklin D. Roosevelt als auch Churchill lehnten sein Angebot ab. Tesla glaubte, dass seine Waffe wegen ihres enormen Zerstörungspotenzials jeden weiteren Krieg obsolet machen würde. Zu jener Zeit galt er aber bereits als Exzentriker. Niemand schenkte ihm Glauben. Er starb 1943, verarmt und allein, ein exzentrischer Mann, den man als unbedeutend und geistesgestört abgestempelt hatte. Hoovers FBI ließ alle seine Pläne, Aufzeichnungen und Modelle konfiszieren. Neun Jahre später wurden sie jedoch wieder herausgegeben und nach Serbien gebracht, wo man sie heute im Tesla-Museum in Belgrad bestaunen kann.

Wenn Tesla aber so unbedeutend gewesen war, wieso hatte das FBI dann ein solches Interesse an seinem Schaffen?

Wir können bereits heute futuristisch anmutende Strahlenwaffen bauen, darunter Phaser (die dem aus STAR TREK bekannten Design sehr stark ähneln und im Vakuum des Alls perfekt funktionieren würden), Maser, und Laser. Die Vereinigten Staaten forschen derzeit an einer Protonenstrahlwaffe. Ich nehme an, dass die Russen und die Chinesen dasselbe tun. Es gibt dabei immer noch schwerwiegende Probleme zu lösen, insbesondere die Frage der Energiezufuhr, wie ich sie in meiner Geschichte beschrieben habe. Jede Strahlenwaffe sieht sich dem »Blooming«-Effekt ausgesetzt und muss den Widerstand der Atmosphäre überwinden, um als Waffe im Krieg effektiv zu sein.

In den Fünfziger- und Sechzigerjahren betrieben die Russen mit großem Aufwand auf dem Atomwaffentestgelände Semipalatinsk in Kasachstan Forschungen, um eine Protonenstrahlkanone zu entwickeln. In der Theorie ist eine solche Waffe durchaus möglich. Teslas *Todesstrahlen* werden schrittweise Realität. Stellen Sie sich eine Waffe vor, die imstande wäre, die atomare Struktur eines jeden Ziels zu destabilisieren. Es ist nur eine Frage der Zeit, bis die letzten Hindernisse dafür überwunden sein werden.

DANKSAGUNG

Mein Dank gilt wie immer meiner Frau Gayle. Ihre Geduld ist geradezu legendär. Wann immer sie meine Entwürfe liest, sind ihre Anmerkungen dazu auf den Punkt.

Viele Personen haben mir beim Schreiben dieses Buches und mit ihren Kommentaren zu der *Vorab*-Version geholfen. Danke an Valerie Miller, Jeff Dawson, Gloria Lakritz und Penny Nichols. Euer scharfes Auge und Eure Hinweise haben dies zu einem besseren Buch und mich zu einem besseren Autor werden lassen.

LUZIFER

VERLAG